KB129741

돌아보니
보이는 것들

저자 김상문

돌아보니 보이는 것들

지 은 이 김상문

2판 1쇄 발행 2019년 4월 12일

저작권자 김상문

발 행 처 하움출판사
발 행 인 문현광
교정교열 서지은
편   집 곽누리
주   소 광주광역시 남구 대남대로 149번지 19 3층 하움출판사
I S B N 979-11-6440-019-5

홈페이지 http://haum.kr/
이 메 일 haum1000@naver.com

좋은 책을 만들겠습니다.
하움출판사는 독자 여러분의 의견에 항상 귀 기울이고 있습니다.

이 도서의 국립중앙도서관 출판예정도서목록(CIP)은 서지정보유통지원시스템 홈페이지(http://seoji.nl.go.kr)와
국가자료종합목록시스템(http://www.nl.go.kr/kolisnet)에서 이용하실 수 있습니다. (CIP제어번호 : CIP2019012945)

돌아보니 보이는 것들

저자 김상문

제1장 나와 가족 그리고 신앙

1부 고창 시골 마을에서의 유년 시절

2부 가족이라는 이름으로

제2장 직장 생활이 가르쳐 준 지혜

제3장 대인 관계에 관한 단상

7부 타인을 대하는 기본자세

그의 삶은 단풍이다

나는 서울에서 목회할 때인 2000년대 초반에 김상문 집사 부부를 알게 되었다. 집사님 부부는 사당동에 있는 롯데캐슬아파트에서 사셨고, 나는 아파트 앞에 있는 상가에서 교회를 개척하고 있었다. 두 분은 당시에 방배동에 있는 교회를 다니셨는데 새벽 예배는 거리상의 관계로 내가 목회를 하는 교회로 나오셨다. 그러면서 자연스럽게 교제가 이루어졌다.

집사님 부부는 항상 웃는 얼굴이셨다. 그리고 매사에 긍정적이고 열정적이셨다. 행여 개척 교회 목사가 지치거나 슬럼프에 빠질까 봐, 바쁜 와중에도 한두 달에 한 번씩 시간을 내서 내게 식사 자리를 제안하셨다. 지금도 집사님 내외와 백운호수 근처에서 식사하면서 이야기를 나누었던 아름다운 시간들이 생각난다.

그러던 어느 날이었다. 그날도 저녁 식사를 함께 하고 헤어질 때가 되었는데 집사님이 하얀 봉투 하나를 나에게 내밀었다. 그러면서 "목사님이 새벽마다 교육관 마련을 위해서 기도하시는 걸 들었습니다. 얼마 되지는 않지만, 이걸로 계약금을 치르고 추진하시는 게 어떨까요?"라고 말씀하셨다. 당시에 사당동에 있는 롯데캐슬아파트 상가 2층을 얻어서 교회를 시작했는데, 성도들의 숫자가 늘어나고 부흥이 되면서 공간이 비좁았다. 자연스럽게 교육관 이야기가 나왔지만 감히 엄두를 내지 못하고 기도만 하고 있던 상황이었다.

그런데 어떻게 그런 사정을 알고 집사님께서 헌금을 해주신 것이었다. 주신 헌금을 가지고 그 주 주일에 장로님들과 모여서 당회를 열고 교육관을 얻기로 했다. 그리고 부족한 금액은 교인 분들의 헌금으로 마련하여 상가의 두 개 층을 얻었다. 한 층은 지역사회 주민들을 위해서 '하늘정원'이라는 북 카페를 만들어서 개방했고, 한 층은 교육관과 세미나실을 겸한 공간을 만들어서 사용했다. 지금도 그때의 일을 생각하면 얼마나 감사하고 기쁘고 즐거운지 모른다.

집사님은 이처럼 매사에 열정적이시다. 나는 그 이유가 궁금했다. 분양업이라는 치열한 생존경쟁의 장에서 일하시면서 어떻게 이런 에너지가 나오는 것일까? 어떻게 저렇게 밝고 건강할 수 있을까? 그러다가 이번에 집사님이 쓰신 책을 읽고 나서야 비로소 깨달았다. 그것은 다름 아닌 '사랑'이다.

집사님은 누구보다도 아내와 가족들을 사랑하신다. 부인이신 김미숙 전도사님은 신학을 전공하시고 나와 같은 교회에서 사역을 담당하셨었다. 그래서 전도사님이 육체적으로 얼마나 힘든 시간을 보내셨는지 나는 잘 알고 있다. 그런데 당시뿐만 아니라 지금까지도 김상문 집사님은 아내에 대해서 불평하거나 원망하는 것을 들어본 적이 없다. 항상 아내를 사랑스러운 눈길로 바라보신다. 자녀들에게도 마찬가지다. 늘 친구처럼, 애인처럼 함께하신다.

집사님은 자신이 하는 일에서도 마찬가지다. 아무리 전문가라고 할지라도 매번 바뀌는 현장과 사람들, 그리고 치열한 경쟁……. 웬만한 사람들은 이러한 곳에서 오래 버티지 못할 것 같다. 집사님은 현장이 바뀔 때마다 나에게 기도를 부탁하곤 했는데, 그때마다 항상 "목사님, 잘될 겁니다. 기대돼요. 저를 위해서 기도해 주세요."라고 말씀하셨다. 누구보다 자신이 하는 일을 사랑하고, 또 자신감이 넘치셨다.

하나님에 대한 사랑도 마찬가지다. 매일 발로 뛰고 고객들을 상담해야 하는 고된 직업을 가지고 있는 사람이 매일같이 새벽 예배를 드린다는 것은 쉬운 일이 아니다. 하지만 매일같이 새벽 예배에 참석했고, 또 집으로 돌아가서는 홀로 성경 읽는 시간을 갖는다고 하셨다. 나는 집사님이 가지고 있는 열정과 긍정적인 사고가 여기에서 나왔다고 생각한다.

성경에서는 '열정'이라는 단어를 'passion'을 사용하지 않고 'enthusiasm'을 사용한다. 이 말은 헬라어 'entheous(엔테오스)'에서 온 것인데, 'entheous'는 '하나님이 우리 안에 들어와 계시는 것'을 의미한다. 매일같이 하나님 앞에 기도하고 말씀을 묵상하는 데서 나오는 열정을 누가 감당할 수 있겠는가?

찰스북 스톤은 "사람의 마음을 움직이기 위해서는 진지한 열의가 없어서는 안 된다. 성공은 능력보다 열정에 의해서 좌우된다. 승리자는 자신의 일에 몸과 영혼을 다 바친 사람이다."라고 했고, 노만 빈센트 필 박사는 "열정이 차이를 만들어 낸다."라고 했다. 그만큼 인간에게 열정이란 중요한 요소이고, 나는 김상문 집사님이 열정이 가득한 분이라는 점에서 존경한다.

60대에 접어든 집사님의 모습은 내가 사는 정읍의 10월 같은 느낌이다. 정읍은 내장산 때문에 단풍이 유명하다. 가을이 되면 도시 전체가 붉고 아름다운 색으로 뒤덮인다. 단풍이 그렇게 아름다운지를 정읍에 내려와서야 알게 되었다. 10월 초에 접어들면서 나뭇잎마다 조금씩 붉은 기운이 감돌고 있다. 단풍이 들기 시작하는 징조다. 이제 11월 초가 되면 절정을 이루게 될 것이다. 절정에 이른 단풍은 만개한 꽃보다도 아름답다.

100세 시대에 60줄에 들어선 집사님은 단풍이 들기 시작했다고 말할 수 있다. 이제 시간이 지나면 지날수록, 관록이 더 쌓이면 쌓일수록, 그 색깔은 더 진하고 아름답게 물들어 갈 것이다. 집사님이 물들일 단풍 색깔이 궁금해진다. 같은 신앙을 가진 목사로서 그 단풍이 무엇보다 곱고 아름답기를 응원하고 기도한다.

책을 쓴다는 것이 쉬운 일이 아니다. 그럼에도 이렇게 멋지게 자신의 살아온 날들을 갈무리해서 글로 표현한 것에 대해서 축하를 드린다. 집사님의 글은 서두에서 밝힌 것처럼 유명한 정치인의 자기 자랑도 아니요, 유명한 경제인의 성공 신화도 아니요, 전문적인 작가의 사색도 아니다. 그저 보통 사람이 보통 사람들과 어울려 살아온 소박한 이야기들이다. 자신이 지금까지 살아 온 진솔한 삶의 이야기요, 마음속 깊은 곳에 있던 생각과 감정의 표현이다. 그래서 더 공감되고, 더 감동을 준다. 부디 많은 사람이 이 책을 읽고 위로와 용기를 얻기를 바란다.

단풍이 아름다운 내장산 자락에서

서 염 광 목사

이 사람을 보라

사람은 평생을 살아가는 동안 여러 가지 일을 겪는다. 그리고 많은 사람들이 자신이 겪은 일을 글로 남기고 싶어 한다. 하지만 시간이 없거나, 자신을 남에게 보여주는 것이 부담스러워서 행동으로 옮기기가 어렵다. 벼르기만 하다 기회를 놓쳐 결국 생각에만 그치고 마는 경우가 대부분이다.

자서전은 나의 삶을 타인에게 보여주는 글이다. 근래에 자신의 삶을 기록으로 남기고자 자서전을 쓰고 싶어 하는 사람들이 늘어나고 있다. 그런데 서양에서 말하는 '고백록'을 쓴 사람은 흔하지 않다. 기독교적 관점에서 봤을 때, 자신의 나쁜 점이나 지은 죄를 신에게 고한 뒤 거듭나겠다고 고백하는 글은 아직 한국에서는 못 본 것 같다.

그런데 나는 이 책의 초고를 읽고 깜짝 놀랐다. 김상문 이사님은 부끄러움 없이 아주 담담하고도 진솔하게, 자신의 살아온 날들을 마치 신에게 고백하듯이 썼기 때문이다. 과장이나 미화가 없고, 친근하고 솔직한 이야기들이었다. 또한 '업적 중심'이 아니라 '사람 중심'의 이야기였다. 나는 다른 자서전에서 느끼지 못한 공감을 김상문 이사님의 글에서 발견했다.

이 책은 크게 세 부분으로 나뉘어져 있다. 첫 부분은 저자의 개인적인 삶의 기록이다. 가난한 농촌에서 태어나 서울로 올라와 많은 고생을 하며 커리어를 쌓고 가정을 꾸리고 하나님을 영접한 이야기가 그 중심이다. 여기에는 평범한 한국 사람들이 겪는 고난과 역경을 신앙으로 이겨가는 과정이 그려져 있다. 특히 가족애가 감동적이다.

두 번째 부분은 저자가 평생 동안 직장 생활을 하면서 깨달은 '직업인이 가져야 할 마음가짐과 자세'에 대한 것이다. 오랜 직장 생활을 통해 스스로 깨우친 것들을 독자들에게 알려준다. 본인의 경험을 토대로 하여, 자아성찰을 하듯 깨달은 것들을 풀어썼다. 이는 비슷한 일을 겪은 이에게는 공감을, 겪어보지 못한 이에게는 지혜를 준다.

그리고 세 번째 부분은, 다양한 인간관계에 대한 저자의 생각이 정리돼 있다. 사람을 좋아하고 격의 없이 여러 사람들과 어울리며 베푸는 삶을 지향하는 저자답게, 인간미가 넘친다. 물질만능주의가 팽배한 이 시대에 '사람의 가치', '관계의 가치'를 되돌아보게 한다.

추천사를 써 주겠노라고 약속했을 때, 나는 그저 책 앞이나 책의 뒷부분에 있는, 예의적인 글 정도로만 생각했다. 그러나 막상 완성된 원고를 처음부터 끝까지 읽고 난 후에는 생각이 바뀌었다. '이 책을 누구나, 특히 젊은이들이 읽었으면 좋겠다.'하는 마음이 진심으로 우러났다. 저자가 이야기한 책임 의식과 동료애, 희생정신은 분양업계에 종사하는 사람에게만 필요한 것이 아니다. 모든 이가 직장 생활이나 생업에서 이를 갖추고 일에 매진한다면 성공하지 못할 사람은 없을 것이라고 믿는다.

내가 이 글의 제목을 '이 사람을 보라'라고 한 이유도 여기에 있다. 원래 이 제목은 프리드리히 니체가 자신을 자랑하려고, 신은 죽었으니 내가 대신 왔다고 말하고 싶어 쓴 책의 제목이다. 나는 이 책을 읽고 "이 사람(김상문)을 보라."라고 다른 사람들에게 말하고 싶어졌다.

물론 나는 이 책을 쓴 저자의 인생 전부를 알지는 못한다. 그러나 글에서 드러나는 선한 마음과 깊은 성찰은, 치열하게 살면서 스스로를 다듬으며 얻은 결과물이라고 믿는다. 그래서 나는 이 책을 권유하면서 "이 사람을 보라."라고 말하고 싶다.

고려대학교 명예교수

김 승 옥

사람은 자신의 과거와 마주하는 순간이 있다. 바로 어제 있었던 일을 떠올리기도 하고, 어릴 적 기억이 눈앞에 스쳐가기도 한다. 우리는 그것을 추억이라고 부른다. 그러다 삶의 마지막 순간을 맞이할 때 추억들이 주마등처럼 스쳐간다. 자신의 내면에 있던 모든 기억이, 마치 화산이 분출하듯이 터져 나온다. 이런 말을 들은 적이 있다. "인간은 죽기 전에 체내에 남아 있는 모든 에너지를 분출하여 마지막을 알린다. 뇌와 심장뿐만 아니라 모든 세포들이 마치 빛을 발하듯이 에너지를 분출하여 마지막을 알린다."

나는 이 말을 듣고 인간이 죽음을 목전에 뒀을 때 모든 기억이 나타나는 현상을 과학적으로 증명할 수 있다고 생각했다. 죽음에 대한 예찬이나 인생의 허무함에 대해서 말하는 게 아니다. 나는 아직 가야 할 길이 멀고, 그 시간 동안 해야 할 일이 무척이나 많다고 생각한다. 그중 하나가 지난 경험을 추억으로 기록하는 일이다. 그래서 나는 이렇게, 해야 할 일을 하면서 그 경험을 추억으로 만드는 작업을 하고 있는 것이다. 나중에 이 추억들은 마치 마지막을 맞이한 세포들처럼 에너지를 분출하며 주마등처럼 스쳐갈 것이다.

이제 겨우 환갑을 살았다. '이제 겨우 환갑'이라는 표현이 낯설지 않다. 과거에는 환갑만 살았어도 대단하다고 생각했다. 환갑이나 칠순만 돼도 장수라며 축하해 줬다. 그러나 이제는 환갑을 산 사람을 쉽게 찾을 수 있다. 팔순, 구순, 심지어 백 세가 넘은 분들도 꽤 있다. 나는 그분들을 존경한다. 그토록 오랫동안 살면서 많은 우여곡절을 겪었을 텐데, 여전히 한 그루의 나무처럼 서 있는 모습을 보면 대단하다는 생각이 든다.

인간은 누구나 나이를 먹는다. 세월의 흐름을 되돌릴 수는 없다. 미래에는 늙음을 젊음으로 바꿀 수 있는 기술이 개발된다고 하던데, 그게 언제가 될지 알 수 없다. 적어도 그런 기술이 나타날 때까지 인간은 세월의 흐름을 견뎌내야 한다. 그러나 젊을 때만 해도 무엇이든 할 수 있다고 자부하던 사람들이 노년이 되면 스스로 아무것도 할 수 없다고 체념한다. 하지만 나는 다르다. 중년이어도, 노년이어도 할 수 있는 일은 얼마든지 있다. 나는 아무리 나이가 들어도 과거를 후회하거나 의미 없는 일을 하는 데 시간을 허비하고 싶지 않다.

한 노교수가 있었다. 오랫동안 교단에서 일했던 그는 정년퇴임 후 집에서 시간을 보냈다. 어느 날, 그는 앞으로 자신이 얼마나 더 살 수 있을지를 고민했다. 자신의 삶이 얼마나 남았을까? 그건 수많은 지식을 습득한 노교수도 알 수 없었다. 삶은 우리에게 얼마나 더 살 수 있을 것이라고 말해주지 않는다. 그래서 노교수는 남은 시간 동안 무엇을 할지 진지하게 고민했다. 마침내 늘 배우고 싶었던 스페인어와 프랑스어를 공부하기로 결심했다. 환갑을 넘긴 나이였지만 그는 공부를 시작했고, 88세가 될 때까지도 스페인어와 프랑스어를 손에서 놓지 않았다. 나중에 노교수는 스페인어와 프랑스어를 자유롭게 구사할 수 있게 되었다. 교수로 재직했을 때 이루지 못한 꿈을 노년에 이룬 것이다.

이제 100세 시대다. 큰 사고나 질병을 겪지 않는 이상 우리는 어느 시대보다 오랫동안 살게 될 것이다. 그럼 그 시간 동안 무엇을 해야 할까? 노교수처럼 언어를 공부해야 할까? 그동안 못 갔던 해외여행을 가야 할까? 아니면 먹어본 적이 없는 산해진미를 먹어야 할까?

내가 책을 쓰게 된 이유가 여기에 있다. 100세를 기준으로 앞으로 40년 정도를 더 살아야 하는데, 나는 무엇을 할지 진지하게 고민해 보았다. 오랫동안 깊은 생각에 빠져 있던 나는 지난날의 추억을 하나씩 되짚기 시작했다.

'그래, 그런 일이 있었지. 맞아, 그런 사람을 만났었지. 그건 내가 하지 말았어야 했는데…….. 내가 그 일을 한 건 정말 잘했어…….'

지금까지 살아오면서 많은 일이 있었다. 수많은 사람들과 인연을 맺었고, 인연은 나에게 소중한 추억을 만들어 주었다. 그리고 여러 일을 전전하며 많은 경험을 얻었다. 내가 오랫동안 몸담은 분양업에서도 여러 일을 겪었다. 나는 많은 경험을 쌓은 것에 대해 하나님께 감사하다. 만약 이토록 많은 사람들을 만나지 않았다면, 그리고 내 추억과 경험이 많지 않았다면 이 글을 쓰지 못했을 것이다.

지난 삶을 돌이켜 보면, 많은 생각이 떠오른다. 좋은 일도 있었고, 나쁜 일도 있었다. 다른 사람들에게 자랑하고 싶은 일도 있고, 남들이 몰랐으면 하는 부끄러운 일도 있다. 나는 그것들을 고스란히 이 책에 담았다. 모든 일은, 좋은 일이었든 나쁜 일이었든 온전히 나의 것이다. 나는 내 삶을 글로 표현했고, 이를 독자들과 공유하고 싶다.

나는 이 책에서 개인적인 이야기들, 가령 나의 어린 시절을 비롯해 가정을 꾸리고 아내와 두 딸과 함께 하며 울고 웃었던 시간들과 신앙생활을 이야기할 것이다. 또한 사회생활을 하면서 겪었던 수많은 일과 그로 인해 깨달은 직장인의 자세에 대해 이야기할 것이다. 그리고 마지막으로 내 경험을 거울삼아, 다양한 인간관계에서 가져야 할 태도 등에 대해 생각을 정리해 보려고 한다.

나는 유명한 정치인도 아니요. 전문 경영인도 아니다. 그렇다고 글 쓰는 것을 업으로 하는 작가는 더더욱 아니다. 이 책에는 정치인이 말하는 정치적인 주장이나 경영인이 말하는 비즈니스 노하우, 작가의 사색은 담겨 있지 않다. 그저 서울이라는 도시에서 살고 있는 평범한 한 가장의 인생 이야기다. 그러나 평범한 삶 속에서 얻은 소중한 경험과 지혜는 독자의 공감을 얻고, 타산지석 또는 귀감으로써 영감을 줄 수 있지 않을까 싶다. 무엇보다 많은 사람들이 이 시대를 사는 한 아버지의 삶과 생각에 공감했으면 하는 바람이다.

이 책이 나올 때까지 많은 이들의 축하와 격려가 있었다. 처음 글을 쓰겠다고 말했을 때 반대하지 않고 응원해준 아내가 가장 먼저 떠오른다. 그리고 아직 완성되지 않은 원고를 읽어보며 조언을 아끼지 않았던 딸들과, 그 옆에서 묵묵히 내 일을 도와준 사위들에게도 고마움을 표하고 싶다. 하나님의 곁으로 가신 아버지와 어머니에게도 이 글을 바치고 싶다.

그리고 나와 인연을 맺은 많은 사람들, 특히 내 멘토이자 스승이었던 고(故) 김왕용 대표를 비롯하여 분양업을 함께한 동료들에게 감사를 표하고 싶다. 내 선배와 동료, 후배, 친구들에게도 고맙다는 말을 전하고 싶다.

글이 완성되기까지 몇 번이나 중도에 포기할까 하는 마음도 들었지만 그때마다 위로와 용기로 섬세하게 인도해주신 하나님께 감사하며, 이 모든 영광을 올린다. 이 모든 분들이 있었기에 여기까지 올 수 있었다. 나 혼자 글을 완성하려 했다면 온전한 글이 나오지 못했을 것이다.

내 이야기를 읽고 공감할 수도 있지만, 그렇지 않을 수도 있다. 나는 그것이 살아온 삶과 가치관의 차이에서 비롯된다고 생각한다. 사람은 누구나 자신만의 경험과 거기에서 비롯된 자기만의 생각이 있으니까. 나는 그 차이를 존중한다. 그러나 독자가 내 글에서 공통분모를 찾아 공감대가 만들어지기를 희망한다. 내 이야기가 독자와 나를 더욱 가깝게 이어주는 다리가 되기를 바라며 글을 시작한다.

김상문 씀

1장
나와 가족 그리고 신앙

사람은 저마다의 인생이 있고, 그 안에 삶의 굴곡이 있다. 나이가 많은 사람이나 적은 사람이나 누구에게든 말이다. 나 또한 지금까지 살아오면서 다양한 삶의 굴곡을 경험했다. 어렸을 때부터 나를 쫓아다녔던 가난, 갑작스러운 사고, 아내와의 만남부터 결혼, 그리고 자식들과의 추억 등등.

돌이켜보면 좋은 추억만 있었던 것은 아니다. 어쩌면 힘들고 고된 기억이 더 많은 듯하다. 하지만 그 모든 일들이 지금의 나를 만들었다고 생각한다. 앞으로 또 어떤 일들이 내 앞에 펼쳐질지 모르지만, 사람은 다양한 일들을 겪어 가면서 추억을 쌓고 그것들이 모여 '인생'을 완성한다고 생각한다.

사람은 각자 생각하는 게 다르고, 경험 또한 다르다. 또한 똑같은 일을 동시에 경험해도 그 경험에 대한 생각과, 그 경험을 통해 얻는 지혜는 각자 다르다. 지금부터 펼쳐질 이야기는 나의 개인적인 이야기지만, 받아들이는 독자들은 이를 통해 다양한 생각으로 승화시킬 수 있을 것이라고 생각한다.

모든 이야기를 구체적이고 세세하게 펼치기는 힘들다. 내 인생에서 가장 중요하다고 생각하는 몇 가지 경험을 중심으로 이야기하고자 한다. 때로는 웃음이, 때로는 슬픔이 있는 이야기다.

　사람은 각자 생각하는 게 다르고, 경험 또한 다르다. 똑같은 일을 동시에 경험해도, 그 경험을 통해 얻는 지혜와 생각은 각자 다르다. 지금부터 펼쳐질 이야기는 나의 개인적인 이야기지만, 받아들이는 독자들은 이를 통해 다양한 생각으로 승화시킬 수 있을 것이라고 생각한다.

　모든 이야기를 구체적이고 세세하게 펼치기는 힘들다. 내 인생에서 가장 중요하다고 생각하는 몇 가지 경험을 중심으로 이야기하고자 한다. 때로는 웃음이, 때로는 슬픔이 있는 이야기다.

고창 시골 마을에서의
유년 시절

신월의 유돌이

"유돌아!"

마을에서 누군가 "유돌아."라고 부르면 내가 대답했다. 마을에서 나를 아는 사람들은 나를 유돌이라고 불렀다. 나는 전북 고창군 무장면 옥산리 신월마을에서 가난한 농부의 4남 2녀 중 넷째로 태어났다. 무더운 여름날인 음력 6월 15일 유두절에 태어나서, 사람들은 나를 유돌이라고 불렀다. 지금은 유두절을 쇠는 행사가 없어졌지만, 과거에는 마을 사람들이 모여 멱을 감거나 음식을 해먹으며 함께 어울리는 문화가 있었다.

1950년대 후반, 아직 경제발전이 제대로 이루어지지 않은 시기였으므로 시골 마을은 어느 집이나 형편이 좋지 않았는데, 우리집 역시 마찬가지였다. 쌀밥 한 번 제대로 먹어 보는 게 소원이었을 정도로 우리 집은 가난했다. 김치밥, 수수밥, 무밥, 쑥밥을 먹는 날은 그나마 괜찮은 날이었고, 칼국수나 수제비로 끼니를 때우는 날도 많았다. 친구네가 어쩌다 쌀밥을 해먹는다는 이야기를 들으면 괜히 그 집 앞에 가서 기웃거릴 때도 있었다.

가정형편이 어려우니 나와 형제들은 초등학교에 입학하기 전부터 부모님을 따라 논밭에서 일을 했다. 아버지는 오일장이 열리면 무장읍에 가서서 생선을 파시고, 쉬는 날은 우리 집의 농사일을 하시거나 남의 집에 일을 하러 가셨다. 특히 모내기철에는 아버지를 따라 논에 가서 밥을 얻어먹곤 했는데, 어쩌다 따라가지 않는 날에는 아버지께 호되게 야단을 맞았다.

"왜 논에 와서 밥을 먹지 않아? 벌써 배가 부른 거냐!"

지금 생각해 보면 그리 어려운 일도 아니었는데, 어린 나이에 아버지를 따라 밥을 얻어먹으러 다니는 게 무척이나 창피했다.

그렇게 끼니를 때울 만큼, 집밥을 배불리 먹는 날은 손에 꼽힐 정도였다. 그래서 나는 친구들과 자주 제사와 시제를 지내는 곳을 찾아다녔다. 지금은 시제를 지내는 집이 거의 없지만, 당시에는 시제를 지내는 집이 많았다. 어느 집에서 시제를 지낸다는 소리를 들으면 잼싸게 그곳에 가서 떡을 얻어먹곤 했다.

가난한 집안형편은 학교에 입학해서도 나아지지 않았다. 일손이 모자랄 때는 학교에 가는 대신 논밭에서 부모님의 일손을 도와야 했다. 60여 가구가 사는 작은 신월마을에서 나만큼 농사일을 많이 한 아이는 없었을 것이다. 나는 초등학교에 들어가기 전부터 고등학교를 졸업할 때까지 부모님의 농사일을 도와드렸다.

집에서는 소를 몇 마리 키웠는데, 소를 굶기지 않기 위해서는 비가 억수로 내려도 풀 뜯는 일을 게을리 할 수가 없었다. 들판에 나가 소에게 풀을 먹이는 일은 그나마 쉬운 일이었다.

밭일부터는 정말 힘들다. 봄이 되면 감자·고구마·고추·오이·수박을 심고, 늦여름에는 무·배추 등을 심어 초겨울에 수확을 한다. 당시 마을에서는 담배 농사를 많이 지었는데, 여름이면 집집마다 밭에 가서 담뱃잎을 따다가 저녁 늦게까지 일일이 엮어 햇볕이 잘 드는 곳이나 건조장에서 말렸다. 그리고 겨울에는 말린 담배를 밤늦은 시간까지 수작업을 해서 공판장에 내다 팔았다.

볏모는 아버지와 큰형님의 몫이었지만, 바짝 마른 논바닥에 물을 댄 후 쟁기로 흙을 갈아엎으면 나는 그 뒤를 따라다니면서 괭이로 논바닥을 편평하게 고르는 작업을 했다. 모내기를 할 때는 줄자를 잡거나 모내기 선수로 직접 참여하기도 했다. 오랫동안 몸을 구부린 채 벼를 심고 있노라면, 30분도 지나지 않아서 허리가 끊어질 듯이 아팠다. 허리가 아프다고 소리를 지르면 어른들은 "어린놈이 뭐가 허리가 아프냐!"라고 야단을 치셨다.

모가 자랄 때 가뭄이라도 들면 논에 물대기를 해주거나 김을 매줘야 하는데, 아버지와 형님을 따라서 그 무더위 속에서 일을 했다. 혹 태풍으로 벼가 쓰러지기라도 하면 일일이 볏단을 세우고, 병충해를 입으면 분무기로 약을 뿌렸다. 벼가 여물면 베어내고, 일정한 시간이 지나면 약 1킬로미터 정도 되는 거리를 지게로 날랐다.

집으로 옮긴 벼는 차곡차곡 쌓아 놓았다가 일손이 한가해지면 탈곡해서 햇볕에 말려 방아를 찧는다. 벼가 밥이 돼서 입에 들어가기까지는 참으로 많은 과정을 거쳐야 한다.

지금은 농기구가 현대화되어 농사도 기계가 거의 다 해주지만, 내가 어릴 때는 일일이 사람의 손으로 농사를 지었다. 지난날로 돌아가서 당시 했던 일을 다시 하라고 하면 도저히 못할 것 같다. 그때는 어린 나이에 부모님을 도와 일을 하는 것이 왜 그리도 부끄럽고 창피했는지 모르겠다. 학교 가는 길목에 밭이 있었는데 열심히 일을 하다가도, 하교 시간이 되면 혹여 친구들에게 일하는 모습을 들킬까 봐 마음이 조마조마했다. 어떨 땐 아예 밭고랑에 숨어서 친구들이 지나가길 기다렸다.

그때는 가난도 싫었고, 친구들과 달리 논밭에서 일하는 것도 싫었다. 학생이 공부에 열중해야 하는데, 공부보단 일하는 데 더 많은 시간을 보내야 했으니, 시험 볼 때는 언제나 벼락치기 공부를 했다.

서리와 꿩 사냥

집에 먹을 게 없으니 밖으로 나가서 먹거리를 구하는 날이 많았다. 그중 하나가 바로 서리다. 가로등 하나 없는 시골길은 해가 떨어지면 금세 캄캄해졌다. 나는 친구들과 함께 어두운 길을 따라, 살금살금 밭에 들어가 서리를 했다.

가장 많이 서리한 것은 과일이었다. 여름철에는 수박밭이나 복숭아밭에 들어가 서리를 했다. 수박은 워낙 커서 수박밭에 들어가 몰래 속만 파먹고, 그중에 잘 익은 수박은 한 덩이 정도 집으로 가지고 와서 먹기도 했다.

복숭아는 수박에 비해 크기는 작지만 여러 가지로 신경을 써야 했다. 복숭아밭은 바로 옆 동네 대산마을에 있었는데, 주인은 어두컴컴해지면 전등을 들고 복숭아밭을 순찰했다. 나는 친구들과 복숭아밭에 숨어 주인이 지날 때까지 기다리고 있다가 인기척이 사라지면 재빨리 복숭아를 따서 도망쳤다. 쫓고 쫓기는 자의 신경전은 첩보 작전을 방불케 했다.

여름철에 서리를 하면 모기에 쏘이기 일쑤였고, 복숭아를 만진 손으로 모기에 쏘인 곳을 만지기라도 하는 날에는 온몸이 가려워 밤새도록 고생하기도 했다. 만약 주인에게 들키기라도 하면 복숭아고 뭐고 도망가기에 바빴다. 그때 제일 먼저 도망쳤던 사람은 가장 민첩한 나였다. 주인에게 걸려서 호되게 야단을 맞은 적도 있지만, 거의 잡히지 않았다.

서리와 관련된 해프닝도 있었다. 학교에 가는 길에 뽕나무를 재배하는 밭이 있었다. 뽕나무의 오디가 익으면 그 모습이 장관을 이룬다. 수많은 뽕나무 푸른 잎 사이로 진보라색, 붉은색의 오디 열매가 열린 그 모습은 정말 아름답다. 바람이라도 불면 녹색의 푸른 잎과 오디의 색깔이 어우러져 더욱 황홀한 장관을 연출했다. 우리는 홀린 듯 너 나 할 것 없이 뽕나무밭에 들어가 오디를 서리해서 먹곤 했다. 그러다가 한번은 뽕나무밭 주인에게 걸리고 말았다.

"거기 이놈들 뭐하냐!"

주인아저씨가 몽둥이를 든 채 나와 친구들에게 성큼성큼 걸어오는 모습은 지금 생각해도 오금이 저린다. 그때 우리는 양손에 가득 쥔 오디를 어떻게든 빨리 처리해야 한다는 생각뿐이었다. 증거물이 없어야 혼나지 않으니까. 나와 친구들은 얼른 오디를 입에 쑤셔 넣었다. 뻘겋게 익은 오디를 입안에 꾸역꾸역 넣었으니 말도 제대로 하지 못하고, 입은 물론이거니와 얼굴 전체가 벌겋게 물들고 말았다.

씩씩거리며 몽둥이를 들고 다가온 주인아저씨는 우리를 빤히 쳐다봤다. 손과 입, 얼굴 전체가 뻘겋게 물든 모습이 가관이었나 보다. 야단을 치려고 했던 주인아저씨는 우리들의 모습을 보고는, 이내 웃음을 뻥 터뜨렸다. 한참을 웃던 아저씨는 야단칠 마음조차 사라졌는지 우리에게 가볍게 꿀밤 한 대씩을 때렸다. 그게 다였다.

"내가 아주 확실히 웃었다."

주인아저씨는 그렇게 말하며 돌아가셨다. 어린 마음에 혼나지 않아서 다행이라고만 생각했는데, 당시 나와 내 친구들의 모습은 지금 생각해 봐도 웃음이 절로 나온다.

배를 채우기 위한 사투는 서리뿐만이 아니었다. 종종 큰형과 함께 물고기나 새를 잡아오기도 했다. 집 앞에는 긴 개천이 하나 있었는데 비가 억수로 내리는 날이면 민물고기, 특히 붕어가 자주 올라왔다. 그때 나는 큰형과 함께 뜰채와 큰 양동이를 들고 나가 고기를 잡았다. 물이 넘치는 날이면 물고기도 많았다. 물 반, 고기 반. 그래서 양동이만큼 물고기를 잡는 건 아주 쉬운 일이었다.

나는 큰형이 가는 곳마다 그림자처럼 따라다녔다. 큰형은 두뇌 회전이 빠르고 힘이 세서 동네 청년들이 덤비지를 못했고, 남의 집에 일을 하러 가도 다른 사람보다 두 배 이상의 일을 하다 보니 동네에서 인기가 많았다. 성품이 온순하고 착해서 부모님의 말씀을 거역하거나 반항하는 일이 없었고, 아무리 힘든 일을 해도 불평하지 않고 잘 참고 견디는 성격이었다.

그때 집 앞에 방죽이 하나 있었다. 늦가을, 방죽에 물이 빠지는 시기에는 붕어나 장어·미꾸라지·가물치·자라 등을 잡을 수 있었는데, 장어는 워낙 미끄러워 손으로 잡기가 여간 어려운 게 아니었다. 하지만 큰형은 얼굴과 머리가 흙탕물로 뒤범벅이 된 채 입에 장어를 물고 나왔다. 옆에서 지켜보던 동네사람들이 놀라 입을 떡 벌렸다.

"우리 마을에 물범이 하나 있구먼!"

"물범은 무슨! 잠수부를 시켜야지! 우리 마을 슈퍼스타여, 슈퍼스타!"

큰형의 잠수 실력은 실로 대단해서 마을 사람들이 엄지손가락을 치켜세우며 입이 마르도록 칭찬했다.

하지만 큰형의 진면목은 따로 있었다. 바쁜 가을이 끝나고 겨울이 되면 농사짓는 사람들은 긴 휴식기를 가진다. 겨울에 꿩을 잡는 건 무척이나 어려운 일인데, 큰형은 자신만의 노하우로 꿩을 잡았다. 큰형만의 꿩 사냥 비법은 바로 콩이었다. 콩에 구멍을 내어 그 안에 청산가리를 넣고 촛농으로 밀봉을 했다. 밤새도록 그 작업을 해서 다음 날 해질녘쯤 양지 바른 밭이나 저수지, 얕은 물가에 작업해 놓은 콩을 듬성듬성 깔아 놓았다.

겨울이 오면 사람이나 짐승이나 배고프긴 마찬가지다. 꿩이나 청둥오리는 말할 것도 없다. 겨울 동안 제대로 먹지 못해, 큰형이 뿌린 콩을 아무렇지 않게 먹는다. 청산가리가 들어간 콩을 주워 먹은 녀석들은 하늘을 날다가도 이내 고꾸라진다. 큰형은 사방이 어두워진 밤에 콩을 뿌린 곳을 오가며 죽은 꿩이나 청둥오리 등을 주워 집으로 돌아왔다. 두 손 가득히 꿩과 청둥오리를 든 큰형의 얼굴에는 미소가 가득했다.

서리나 사냥은 지금으로써는 상상도 못할 일이다. 요즘 서리나 사냥을 했다가는 절도죄나 야생동물보호법의 처벌을 받게 된다. 그러나 내가 신월마을에 살던 50여 년 전은 모두가 가난하여 먹을 것도 없었고 사냥은 쉽지 않아, 서리가 흔한 일이었다. 어쩌면 법리를 따지는 것보다 사람의 배고픔을 더 중요시하는 훈훈한 인심 덕분이 아니었을까. 어쨌든 유년시절의 서리와 사냥에 관한 추억은 오래된 레코드판처럼 낭만적인 추억으로 간직하고 있다.

처복을 타고난 아이

식량이나 물자 등, 모든 게 부족한 시절이었지만 아버지나 어머니 모두 우직하게 가족을 이끄셨다. 돌이켜보면 아버지는 성실하면서 내성적인 성품을 지니셨고, 어머니는 명석하면서도 외향적인 성품을 지니셨다. 가끔 두 분의 성격이 바뀌었다면 어땠을까 상상해 보곤 한다.

어머니는 웬만한 남자보다 더 강단 있고 말이나 행동을 분명히 했다. 주변에서 남자보다 더 남자 같다는 말도 많이 했다. 그만큼 입바른 소리도 잘해서 옆에 있는 사람들이 피곤해할 정도였다. 그만큼 한 번 내뱉은 말은 법이었고, 약속하면 어떤 일이 있어도 지키려고 노력하는 분이기도 했다.

시골에서 농사를 지으면서도 서울에 사는 자식들에게 문제가 생기면 손에 있는 일을 내려놓고 복잡한 일부터 해결하셨다. 심지어 혼자서! 서울의 복잡하고 낯선 골목길을 돌아다니면 주눅이 들 법도 한데, 어머니는 누구의 도움도 없이 형네 집과 누나네 집, 그리고 친척집을 내 집 드나들듯 다니셨다. 갔던 길도 헤매는 나와는 너무도 대조적이었다.

어머니는 집안에 일이 잘 안 풀리거나 우환이 생기면 점쟁이를 찾아 다니셨다. 가서 점쟁이와 이야기를 나누는 정도가 아니라 부적을 써 오거나 굿을 하기도 하셨다. 가족들은 엄마의 성화에 못 이겨, 부적을 몸에 지니고 다니곤 했다. 집 안 곳곳에도 뜻을 알 수 없는 다양한 문양의 부적이 붙어 있었다. 어머니는 부적을 붙이고도 집안일이 풀리지 않으면, 무당을 불러 굿판을 벌이기까지 하셨다.

초등학생이었을 때, 어머니의 손에 끌려 점쟁이에게 간 적이 있었다. 그런데 점쟁이가 내 얼굴을 보자마자 씩 웃는 게 아닌가? 나는 그 사람이 왜 웃는지 몰라 멀뚱멀뚱 쳐다보기만 했다.

"저 녀석은 처복이 많구나! 서른네 살에는 장가를 한 번 더 가겠어."

아직 초등학생인 아이에게 그게 할 소리인가? 나는 그 점쟁이의 말에 크게 실망하고 상처를 받았다. 그리고 어떤 일이 있어도 장가를 두 번 가지는 않겠다고 입술을 앙 물며 다짐했다. 하지만 점쟁이의 말이 한편으로는 궁금하기도 했다. 내가 처복이 많다는 게 무슨 의미일까? 그리고 내가 만날 사람이 누구일지 궁금하기도 했다.

한편, 어머니와 달리 아버지는 다른 사람들에게 싫은 소리를 못하시고 모든 사람에게 호의적이고 친절한 분이셨다. 아버지는 집보다 집 밖에서 인기가 훨씬 더 많으셨고, 장날에는 특히 더 분주하셨다. 사람들에 대한 호의가 최고조인 날이 장날인데, 아버지는 길거리에서 만나는 사람들과 인사를 나누게 되면 그냥 보내지 않고 그들을 주막으로 데려가 대접하기에 바쁘셨다.

하루는 아버지에게 갈 일이 있었다. 평소 생선 좌판 뒤에서 분주히 움직이시던 아버지는 좌판까지 뒤로한 채 국수와 막걸리를 파는 가게에서 사람들을 대접하고 있었다. 평소 아버지는 약주를 무척이나 즐겨하셨는데, 문제는 술에 취하시면 생선을 제값보다 훨씬 싸게 팔고, 그것도 모자라서 덤으로 더 얹어주기까지 하셨다.

장사라는 건 이윤을 남기기 위한 것인데, 사람들에게 다 퍼주느라 집으로 가져오는 돈이 많지 않았다. 사람들은 아버지를 좋아했지만 어머니는 그런 아버지를 못마땅해 하셨다. 장날이면 아버지는 늘 술에 취해 있었고, 어머니는 그런 아버지에게 잔소리를 늘어놓으셨다. 아버지는 그때마다 그냥 묵묵히 듣기만 하셨다.

그래도 아버지는 시간만 되면 항상 사람들을 불러 집에서 약주를 하셨다. 우리 집은 마을 사람들의 사랑채 역할을 했다. 그럴 때마다 어머니는 싫으면서도 어쩔 수 없이 손님들을 대접하셨다. 나는 사람들을 너무 좋아하는 나머지, 이윤이 남지도 않는 장사를 할 뿐만 아니라 가난한 집안에 손님들을 불러 술판을 벌이는 아버지가 원망스러웠다. 특히나 거나하게 취기가 오른 아버지의 모습이 싫었다. 그래서 나는 나중에 아버지처럼 되지 않겠다고 다짐했다. 나는 내 아이들이 자랑스러워하는 아버지가 되겠다고 생각했다.

지금의 나는 그때의 아버지를 이해할 수 있다. 그러나 내가 그때의 아버지보다 더 나은 아버지인지는 잘 모르겠다. 하지만 늘 '좋은 아버지'가 무엇인지, 어떻게 하면 '좋은 아버지'가 될 수 있을지 고민한다는 사실만은 자신 있게 말할 수 있을 것 같다.

'유돌이'에서 '악바리'로

나는 또래에 비해 1년 늦게 학교에 들어갔다. 학교에서는 키 순서대로 번호를 매겼는데, 나는 반 친구들보다 한 살 많다 보니 고등학교 때까지 늘 큰 숫자를 번호로 받았다. 나는 그만큼 다른 애들에 비해 키나 덩치가 컸다. 초등학교 5학년 때는 통합반장이 되어 학우들을 통솔했고, 6학년 때는 반장을 맡아 선생님을 대신해 학우들을 관리했다. 자습 시간에 떠드는 학생이 있으면 조용히 시키거나 내 말을 잘 듣지 않는 학생은 벌로 청소를 시켰다. 나는 그 일에 자부심을 가졌고, 그래서 더욱 학우들을 엄하게 대했다.

지금 생각해 보면 당시의 나는 리더보다는 폭군에 가까웠다. 내 말을 잘 듣고 따르는 아이들에게만 급식으로 나온 빵을 나눠주고, 그렇지 않은 아이들에게는 폭력을 행사했다. 그때는 그게 '반장다운 모습'이라고 생각했지만, 이문열 작가의 『우리들의 일그러진 영웅』의 엄석대와 다를 바 없었다. 나는 큰 덩치와 '반장'이라는 완장을 믿고 친구들 위에 군림하고 있었다.

한편, 어린 시절의 체력 관리는 곧 달리기였다. 영화 《천국의 아이들》을 보면 주인공 소년이 여동생에게 줄 신발을 얻기 위해 달리기 대회에 나간다. 달리기 대회의 3등 상품이 신발이었기 때문이다. 소년은 신발 때문에 달리기를 했다. 가난한 시골 소년의 달리기 모습을 보니, 내 어린 시절이 오버랩 됐다.

그런데 내가 학교 대표로 달리기 선수가 된 건, 사랑하는 여동생 때문이 아니라 순전히 아버지의 심부름 때문이었다. 일손이 한가해지는 겨울이 되면 아버지는 친구들을 집으로 초대해 화투 놀이를 하면서 약주를 즐기셨다. 겨울에는 거의 매일 친구 분들이 오셔서 집이 조용한 날이 없었다.

아버지는 술이나 담배를 사러 가게에 다녀오는 잔심부름을 항상 나에게 맡기셨다. 이때 나는 집에서 가게까지 걸어가는 일이 없었다. 빨리 다녀오라는 아버지의 재촉도 있었지만, 심부름을 빨리 끝내고 싶은 마음이 컸다. 그래서 나는 가게까지 항상 뛰어다녔다. 추운 날뿐만 아니라, 더운 날에도. 나는 항상 뛰었다.

이렇게 쉼 없이 뛰던 나에게 영화 같은 일이 벌어졌다. 초등학생 때부터 달리기만큼은 남달리 잘했던 나는 학급 대표는 물론, 학년 대표 육상 선수로도 활약했다. 중학교 3학년 때는 본격적으로 육상 선수로 발탁되어 군 대회, 도 대회에도 출전했다. 하지만 그리 좋은 성적을 얻지는 못했다. 육상 선수로서 좋은 성적을 내거나 유지하기 위해서는 체계적인 체력 관리뿐만 아니라 신체 조건도 좋아야 했는데, 아쉽게도 나는 평발이었다.

그래도 육상 선수로 발탁되면 한 가지 좋은 점이 있었다. 대회에 나가면 대회 일정이 끝날 때까지 여인숙이나 여관에 머물면서 식사를 하는데, 주 메뉴가 짬뽕이나 짜장면이었다. 매일 집에서 차려주는 밥만 먹는 나에게, 대회에 나가서 먹는 짬뽕이나 짜장면은 유일한 외식이었다. 게다가 모처럼 배부르게 먹을 수 있었기에 그 어느 때보다 행복했다.

빠른 달리기 실력과 적극적이고 호전적인 행동으로 날 악바리로 생각하는 사람들이 적지 않았다. 특히 또래 급우들 사이에서 힘이 좋고 싸움을 잘하기로 유명했다. 내가 살았던 신월마을은 60여 가구밖에 살지 않는 작은 마을이었다. 지형적으로 산으로 둘러싸여 있었고, 마을 바로 앞에는 잔디가 깔린 낮은 야산이 하나 있었다. 절기 때나 마을에 행사가 있을 때면 대부분 그곳으로 사람들이 모였다.

젊은 남자들이 모이면 곧잘 하던 놀이가 바로 씨름이었다. 씨름은 사람들 앞에서 힘을 과시하기에 딱 좋은 놀이였다. 나는 동네 어른들이나 선배들이 씨름을 시키면 용감하게 나섰다. 소심한 친구들은 자기보다 덩치가 크거나 선배들을 상대하게 되면 꽁무니를 빼기 일쑤였지만 나는 그러지 않았다. 그래서 씨름도 곧잘 하는 아이로 소문이 자자했다.

달리기에 씨름도 잘하니 학교 선배들이 그냥 놔두지 않았다. 언젠가 학교 선배들이 모여서 나를 불렀다. 한 선배가 바로 옆에 있는 선배를 가리키더니 이렇게 말했다.

"너, 얘랑 싸우면 이기냐? 지냐?"

"이깁니다."

"이긴다고?"

"이기죠."

"그래? 그럼 한 번 쳐 봐라."

보통 선배들과의 싸움은 한 번의 주먹으로 시작된다. 선배가 때려보라고 지시하면 나는 순순히 옆에 서 있는 선배를 때렸다. 서로 주먹이 한두 번 오가다 그만둬야 하는데 나는 그러지 않았다. 주먹은 오갈수록 강도가 세졌고, 결국 싸움이 일어날 수밖에 없었다.

비열한 선배들은 싸움을 일으키고는 도망가기 일쑤였다. 하지만 싸움을 하는 당사자는 둘 중 하나가 먼저 항복하기 전까지 계속 주먹질을 해댔다. 코피가 터지는 일은 다반사였고 온몸이 흙투성이가 되거나 옷이 찢기는 일도 있었다. 나중에 들로 일하러 가는 사람들이 우리들을 말리고 나서야 싸움이 끝났는데, 나는 절대 먼저 우는 일이 없었다. 아무리 아파도 '울면 지는 거다.'라고 생각했기 때문이다. 그렇게 나는 '유돌이'에서 '악바리'로 별명이 바뀌었다.

'니혼징'의 뇌진탕 사건

고등학교 시절의 학교생활을 떠올리면 두 가지가 가장 먼저 생각난다. 하나는 '니혼징'이라는 별명이고, 하나는 뇌진탕 사건이다. 나는 초등학교 시절에 학교 수업 말고 따로 한문 과외를 받기도 했다. 바로 서당 교육이었다. 집안일 때문에 학교 수업만으로는 부족하다는 걸 아신 어머니는 초등학생 때부터 나를 서당에 다니게 하셨다. 일종의 보충 학습이자 특별 과외였다.

억지로 서당에 다녔으니 처음부터 한문이 좋았던 건 아니었다. 하지만 가난한 시절에도 고등학교를 졸업한 자식은 있어야 한다고 생각하셨는지 어머니는 나를 서당에 계속 다니게 했고, 나는 어머니의 기대에 부응하기 위해서라도 열심히 한문 공부를 했다. 처음 서당에 가면 한자부터 외우고, 붓으로 한자를 적는 것을 반복한다. 공부는 반복의 과정이라는 걸 그 어린 나이에 깨달았다. 처음에는 한두 글자만 외울 수 있었던 나는 천자문, 사서삼경, 명심보감 등의 한서를 비롯해 유교의 기본이 되는 경전까지 익혔다.

중학교 때 한문을 잘했으니 고등학교에서 제2외국어로 일본어를 선택한 건 자연스러운 일이었다. 일본어에는 한자가 많이 들어가기 때문에 일본어를 습득하는 데 아주 유리했다. 그래서 일본어에 관해서만큼은 '니혼징'이라는 별명을 얻을 정도로 전교에서 제일 잘했다.

나는 고등학생이 되면서, 중학생 때와 달리 성격이 과묵해졌다. 그래서 친구들과 장난을 치거나 짓궂게 노는 일이 거의 없었다. 그런데 고등학교 2학년 때 점심 식사 후 청소 시간에 사고를 쳤다. 내가 반에서 가장 덩치가 큰 친구 동백에게 먼저 장난을 건 것이다. 남학생들끼리 으레 몸을 부딪치며 노는 장난이었는데, 그때 동백이가 뒤로 물러서다가 프로레슬링 선수처럼 몸의 반동을 이용해 나를 세게 밀었다.

나는 뒤로 벌러덩 넘어지면서 시멘트벽에 뒷머리를 찧고 말았다. 머리가 벽에 닿는 순간 눈앞이 '번쩍' 했고 번개가 몸을 관통

하는 듯했다. 나중에 들은 얘기로는 그때 쿵! 하는 소리가 반 전체에 울려 퍼졌다고 한다. 벽에 머리를 부딪친 나는 그대로 기절하고 말았는데, 친구들은 심각성을 인지하지 못하고 대수롭지 않게 넘겼다. 곧 있으면 괜찮아질 거라고 생각한 친구들은 선생님을 부르지도, 나를 병원으로 데려가지도 않았다.

청소시간이 끝날 때쯤, 담임 선생님이 교실을 둘러보시다가 내가 쓰러진 걸 알고는 부리나케 무장병원으로 데리고 가셨다. 나중에 병실에서 의식이 돌아와 그제야 겨우 눈을 뜰 수 있었다.

"너 괜찮니?"

눈을 뜨니 부모님은 물론 담임 선생님, 교장 선생님, 그리고 학우들까지 모여 나를 내려다보고 있었다. 그때 본 부모님의 걱정스러운 눈빛이 아직도 생생하다. 알고 보니 내가 3시간 가까이 기절해 있었다고 한다. 병명은 뇌진탕이었고, 만약 조금만 더 늦었어도 생명에 위협이 되었을 거라고 했다. 하마터면 뇌진탕으로 목숨을 잃을 뻔했는데, 하나님께서 목숨만은 살려주신 것이었다. 그러나 그 후 나는 후유증이 너무 심해 몇 개월 동안 등교도 못한 채 집에서 치료에만 전념해야 했다.

뇌진탕 후유증은 좀처럼 사라지지 않았다. IQ가 높진 않았지만 초등학교 때 천자문과 명심보감을 뗄 정도는 됐었다. 그런데 기억력도 현격하게 감퇴되고, 날씨가 흐리거나 컨디션이 안 좋은 날이면 머리가 몽롱해져서 아무것도 생각나지 않았다. 앞으로 평생 이렇게 지낼지도 모른다는 불안과 두려움에 날 쓰러뜨린 동백이가 원망스럽기까지 했다. 어쩌면 자폐 환자처럼 지낼 수도 있겠다는 공포가 내 몸을 휘감았다.

비록 큰 사고가 있었지만 나는 꾸준히 공부를 했다. 예나 지금이나 공부는 하는 사람의 동기부여가 중요하다. 공부할 시간이 부족해도, 공부할 여건이 안 되더라도 스스로 공부를 하겠다는 마음가짐만 있으면 얼마든지 공부할 수 있다. 나는 고등학교 때 일본어에 흥미를 느낀 이후로 육상부 훈련과 집안일을 하는 와중에도 일본어 공부만큼은 게을리 하지 않고 계속 실력을 쌓아나갔다.

사실, 나는 아직도 그때의 뇌진탕 후유증이 있다. 날씨가 흐리거나 컨디션이 좋지 않으면 머리가 몽롱해진다. '그때 머리를 다치지 않았다면 사회생활에 날개를 하나 더 달았을 텐데……'하는 아쉬움도 있다. 하지만 그 사건이 없었다면 세상 무서운 줄 모르고 기고만장하게 살았을지도 모른다. 내가 그때 죽지 않은 것도, 머리를 다친 것도, 쉼 없이 두뇌 운동을 해주고 강한 정신력으로 버텨 온 것도, 모두 다 나를 강하게 만들려는 하나님의 뜻이었다고 생각한다.

아버지의 갑작스러운 죽음

아버지는 내가 고등학교 2학년 때 갑자기 돌아가셨다. 당시 아버지는 꽤 건강한 편이었다. 평소 지병이 있거나 어떤 건강상의 문제가 있었던 것도 아니었다. 아버지는 상갓집을 다녀오신 후, 큰형이 잡아온 미꾸라지로 추어탕을 만들어 맛있게 드시고는 갑자기 복통을 앓으셨다.

그 뒤로 말도 못하고 사흘 밤낮을 끙끙 앓으셔서 결국 영광에 있는 병원으로 모시고 갔다. 하지만 병원에서는 어찌할 방법이 없다면서, 도저히 손을 쓸 수 없으니 더 큰 병원으로 가 보라고 했다. 어떻게 아무런 조치도 취하지 않고 큰 병원으로 가라고만 했는지 지금도 원망스럽다.

결국 아버지를 모시고 광주에 있는 종합 병원으로 가고 있는데, 불길한 예감이 들었다. 나는 아버지의 손을 꼭 붙잡고 어서 병원에 도착하기만 바랐다. 그러나 종합 병원에 도착하면 나을 수 있을 거라는 나의 바람과는 달리 아버지는 병원으로 가는 도중 차 안에서 쿨럭이며 턱을 세 번 차더니 그대로 숨을 거두셨다. 바로 내 눈앞에서.

"아버지, 정신 차리세요!"

숨을 쉬지 않는 아버지를 흔들며 목청껏 외쳤지만 아무런 반응을 하지 않으셨다. 내 머릿속은 하얗게 변했다. 난생처음 혈육과의 이별을 겪는 것이었다. 나는 그때 처음 '죽음'이라는 걸 목도했다. 가족을 떠나보낸 사람이라면 가슴이 찢어지는 듯한 그 심정을 이해할 것이다. 마을로 돌아오는 차 안에서 얼마나 울었는지 모른다. 아버지가 돌아가셨다는 충격에 눈물이 그치지 않아 소리 내어 엉엉 울었다.

집으로 돌아오는데 차마 발걸음이 떨어지지 않았다. 아니, 떨어질 수가 없었다. 발걸음 하나하나가 마치 족쇄를 단 것처럼 무거웠고 가슴이 찢어질 듯 아팠다. 아버지에게 남다른 사랑을 받았던 것은 아니지만, 다시는 볼 수 없다고 생각하니 어린 마음에 슬픈 감정을 주체할 수가 없었다. 세상의 모든 슬픔과 아픔이 나의 가슴 안을 가득 채운 듯했다. 장례를 치렀는데도 여전히 마음으로는 보내드리지 못한 채 몇 날 며칠을 울고 또 울었다.

아버지는 향년 58세에 세상을 떠나셨다. 아버지의 형제도 모두 이른 나이에 타계하셨는데, 어쩌면 집안 내력일 수도 있다. 아버지의 형제는 네 분이었다. 모두 아버지와 비슷한 나이에, 아니면 그보다 훨씬 일찍 돌아가셨다.

아버지는 가정 형편이 여의치 않아 학교 근처에도 가보지 못하고 불우한 유년기를 보내셨다. 그 후 결혼해서는 황해도로 넘어가서 이곳저곳을 전전하다가 결국은 자신의 뜻을 이루지 못하고 고향 신월마을로 돌아와 농사를 짓고 생선 장사를 하셨다. 법 없이도 사실 만큼 호인이셨고, 다른 사람들에게 한없이 너그럽고 인정이 많으셨다. 마음이 모질지 못해, 누군가와 갈등이 생기면 본인이 양보하고 손해를 보고 마는 성격이셨다. 어머니는 그런 아버지께 '호구'라는 별명을 지어드렸다.

항상 수수한 옷차림을 하시고, 평소엔 과묵하시다가도 약주를 한잔하시면 좌중을 웃기시던 아버지. 아버지는 종종 내게 "저 녀석은 의부시(융통성)가 있어서 사회생활은 잘할 거야."라고 말씀하셨다. 표현을 하지 않으셨을 뿐이지, 아버지는 우리 가족을 사랑하셨다는 걸 나는 안다.

너무 일찍 하늘나라로 가신 아버지를 생각하면, '효도를 하려고 하나 부모는 기다려주지 않는다(子欲養而親不待: 자욕양이친부대).'라는 옛말이 생각난다. 지금까지 장수하셨다면, 손녀들이 태어나서 시집가는 것도 보시고, 증손주들의 재롱도 보실 텐데. 고생만 많이 하시고 일찍 돌아가신 아버지가 가엽고 그립다. 그러나 하나님 곁에서 어머니와 함께 우리 가족을 지켜보고 계시리라고 믿는다. 여전히 호인답게 사람 좋은 미소를 지으면서 말이다.

가족이라는
이름으로

도도한 후배님

아내와의 첫 만남은 순전히 장난에서 시작됐다. 고등학교 1학년 때였는데, 당시 집에서 학교까지 약 4킬로미터를 걸어가야 했다. 야간 자율 학습까지 마치고 나오면 사방이 컴컴해서 제대로 걷기가 힘들 정도였다.

어느 날 밤, 하굣길에 친구 기운이가 갑자기 발걸음을 멈췄다. 아직 집까지는 가야 할 길이 남았었다.

"갑자기 왜 멈춰?"

"저 집에 내가 아는 후배가 산다."

기운이 어둠 속에 불이 켜진 한 집을 가리키며 말했다. 시골 마을에서 흔히 볼 수 있는 평범한 집이었다. 기운의 후배라는 사람에게 관심이 가기보다는 늦은 시각이어서 얼른 집에 가고 싶은 마음뿐이었다.

"1년 후배다."

"그런데?"

"얼굴이 정말 예쁘다. 한 번 가서 볼래?"

얼굴이 예쁘다는 말에 갑자기 귀가 번쩍 뜨였다. 하지만 그때까지만 해도 나는 기운의 후배와 일면식이 없었다. 기운이가 이름을 알려 줬지만 누군지 알 수 없었다.

"가서 부르면 나올 거다."

"이 밤중에?"

"못 믿겠으면 가서 불러 봐라."

그저 장난 반 호기심 반에 나는 그 집 앞으로 걸어갔다. 설마 밤중에 웬 남자가 이름을 부르는데 나오겠는가? 그래도 혹시나 하는 마음에 창문 앞에 가서 기운의 후배라는 여자애의 이름을 불렀다.

"미숙아!"

"누군데?"

"동창이야!"

"동창? 동창, 누군데? 들어와라."

나는 문 안에서 들리는 말에 뒷머리가 얼얼해졌다. 동창이라고 한마디밖에 하지 않았는데 남자를 방으로 들어오라고 하는 게 말이 되는가? 너무도 태연하고 당당한 태도에 할 말을 잃었다.

들어오라고 했지만 들어갈 엄두가 나지 않았다. 알지도 못하는 여자의 방에 함부로 들어가는 게 마음에 걸렸고 솔직히 자신도 없었다. 결국 나는 우물쭈물하다가 발걸음을 돌렸다. 집으로 오는 마음 한편에는 아쉬움이 남았다. 남자답지 못했다는 창피함도 들었다.

그 후 며칠이 지났는데도 당돌했던 기운의 후배 목소리가 머릿속에서 떠나지 않았다. 아무리 생각해도 이해할 수가 없었다. 보통 자기 집에 사람이 찾아오면 문을 열거나 밖에 나와서 누군지 확인하지 않는가. 그런데 문을 열고 나와 보지도 않고 그냥 들어오라고 하는 게 영 건방지면서도 동시에 묘한 호기심이 발동했다.

그녀의 당당하고 자신감 넘치는 행동이 오히려 내 자존심을 상하게 만들고 괘씸하기까지 했다. 결국 얼굴도 모르는 여자 후배에 대한 호기심이나 이성적 관심보다는, 어떻게 하면 그 여자애의 콧대를 꺾을 수 있을지 궁리하기에 이르렀다.

얼떨떨한 첫 만남과 사랑의 시작

콧대를 꺾고 싶으면 일단 만나야 했다. 만나서 얼굴이라도 알아야 그다음 행동을 하지 않겠는가. 다시 집 앞까지 찾아갈까 고민했지만, 낯선 남자가 남의 집 앞을 서성이는 건 오히려 일을 그르칠 것 같아 다른 방법을 찾았다. 그녀에게 쪽지를 전하는 게 어떨까 하는 생각이 떠올랐다.

그녀에게는 여동생이 한 명 있었는데, 갑자기 웬 남자가 찾아와 쪽지를 건네주며 언니에게 갖다 주라고 하니, 황당하다는 표정을 지었다. 그래도 그녀의 착한 여동생은 내가 준 쪽지를 잘 건

네줬다. 하지만 쪽지를 몇 차례나 건넸는데도 반응이 없었다. 답장은커녕 제대로 읽었는지 알 수가 없으니 나는 점점 조급해졌다.

여러 번의 시도 끝에 겨우 그녀를 만날 수 있었다. 나와 그녀는 그녀의 집 뒷산에서 만나기로 했는데, 평소라면 사방이 어두컴컴했겠지만 그날은 밝고 둥근 달이 중천에 떠 있어서 그리 어둡지 않았다. 산허리에 먼저 올라가, 그녀를 기다리며 서 있으니 뒤늦게 그녀가 나타났다.

"나 불렀어?"

그녀는 시큰둥한 목소리로 내게 물었다. 둥근 달이 산을 비추고 있었고, 나는 처음으로 그녀의 얼굴을 볼 수 있었다. 달빛에 비친 그녀의 모습은 내가 상상한 모습 그 이상이었다. 얼굴에 광채가 났고, 긴 생머리에 오뚝한 콧날까지 꼭 한 폭의 미인도를 보는 것 같았다.

친구 기운이 말했던 것처럼 그녀는 정말 예뻤다. 시골 촌놈의 마음을 한순간에 사로잡기에 충분했다. 사실 그녀를 만나기 전에는 하고 싶은 말이 많았다. 어떤 여자가 내 자존심을 건드렸는지 확인하고 싶은 마음에 호전적인 태도를 보이기도 했었다. 하지만 그녀를 보자마자 머릿속은 새하얘졌고 입은 얼어붙고 말았다.

난 그날 밤에 제대로 얼이 빠졌던 것 같다. 무슨 말을 했는지도 기억나지 않는다. 대화가 오갔지만 내가 무슨 말을 했는지, 또 그녀가 무슨 말을 했는지 도통 기억이 나지 않는다. 그저 그녀의 긴 생머리와 오뚝한 콧날만 기억난다.

그녀와 헤어지고 난 뒤, 나는 늦은 밤까지 그녀의 모습만 떠올랐다. 첫눈에 반한다는 게 이런 느낌인 것 같았다. 누군가에게 첫눈에 반하면, 세상이 환해지면서 주변의 모든 것들이 슬로모션처럼 움직인다는 이야기가 있지 않은가? 마치 영화처럼. 나도 그녀를 처음 만났을 때 영화의 한 장면 같았다.

하지만 그건 나만의 착각이었다. 그녀는 야산에서의 첫 만남 이후에도 내게 별로 관심을 보이지 않았다. 남자다운 박력 있는 모습이나 다정하고 젠틀한 모습을 보여줬다면 사정이 달랐을 수도 있었을 것 같지만, 자신이 무슨 말을 하는지도 모르고 횡설수설하는 남자에게 누가 호감을 느끼겠는가?

게다가 한밤중에 야산으로 불러낸 남자가 누구인지 그녀의 부모님도 알게 되었다. 낯선 남학생이 와서 기웃거리고 쪽지를 건네는데 모를 리 만무했다. 문제는 그녀의 집에서 나를 탐탁지 않게 여겼다는 것이다. 특히 그녀의 새어머니는 내가 피부가 검고 얼굴이 못생겼다며 처음부터 나를 못마땅해 하셨다.

그나마 다행이라면 그녀의 아버지가 내 선친에 대해 좋게 생각하고 계셨다는 점이었다. 그녀의 아버지는 내 선친과 가깝지는 않아도 알고 지내는 사이였는데, 그녀의 아버지가 집에서 이렇게 말했다고 한다.

"그분이 좋은 사람이니까 아들도 좋은 사람일 거다. 분명 나쁜 아이는 아닐 게야."

그녀의 어머니의 반대가 어찌나 심했던지 나는 그녀를 쉽게 만날 수가 없었다. 그래도 지성이면 감천이지 않은가? 나는 굳게 닫혀 있는 그녀의 마음을 열기 위해 매일같이 밤낮으로 정성을 쏟았다. 공부는 뒷전인 채 오직 그녀를 만나야 한다는 생각으로 가득 차 있었다. 그녀와 만나는 날이면 마을에서 4킬로미터 정도 떨어진 배나무밭이나 사과나무밭, 복숭아나무밭으로 그녀를 데리고 다니며 데이트를 했다.

한번은 사람들의 시선을 피해서 담배밭 고랑으로 그녀를 데리고 들어갔다. 그날따라 나는 그녀의 손을 잡아보고 싶은 욕망에 사로잡혔다. 매번 데이트를 하면서도 손을 잡아본 적이 없었는데, 그때는 무슨 바람이 불었는지 꼭 행동으로 옮기겠다고 굳게 마음먹었다. 그녀가 잠시 한눈을 파는 사이, 슬그머니 그녀의 손을 잡았다. 그녀는 매몰차게 내 손을 뿌리쳤다. 그러고는 나를 똑바로 쳐다보며 말했다.

"꽃은 그냥 바라보는 거지, 꺾는 게 아니에요."

그 뒤로 나는 그녀에게 허튼 수작을 부리지 않았다. 하지만 여전히 그녀와 보내는 시간은 행복했다. 그녀를 만나면 무슨 할 말이 그렇게 많은지 계속 떠들어댔고, 그녀는 주로 내 얘기를 듣는 편이었다. 집에 가면 새벽 1시가 훌쩍 지나 있었다.

가로등도 없는 시골의 새벽길은 위험천만한 곳이다. 그녀를 데려다주고 혼자서 집으로 돌아가는 길도 그랬다. 깊은 산에 집은커녕 불빛 하나 없으니 사방이 어두컴컴했다. 들짐승이라도 만나면 무슨 일이 터질지도 모른다. 그러나 나는 무섭다는 생각도 못하고 그 길을 용감하게 돌아다녔다.

그게 사랑의 힘이었다. 지금 다시 해보라고 하면 못할 것 같다. 그만큼 사랑의 힘은 대단했고, 사랑 앞에서는 어떤 것도 문제되지 않는다는 걸 깨달았다. 어두컴컴한 길도, 사나운 들짐승도, 혹시 튀어나올지 모르는 귀신도 전혀 두렵지 않았다. 그리고 늦은 새벽까지 잠을 자지 못하고 학교에 가서 공부를 해도 피곤하지 않았다.

그녀와 야간 데이트를 할 때는, 밤에 몰래 집 밖으로 빠져나가는 날이 많았다. 불을 켜놓고 라디오를 듣는 척하다가 내가 방에 있는 것처럼 해놓고 몰래 집을 빠져나갔다가 밤늦게 들어오는 것이었다. 한번은 그녀와 내 친구 충남이와 함께 과수원에 갔다가 함께 우리 집으로 향했다. 그런데 그날따라 어쩐지 대문이 꽁꽁 걸어 잠겨 있는 게 아닌가? 하는 수 없이 담장을 뛰어넘어가 소리를 죽여 대문을 여는데, 어머니가 문을 벌컥 열고 대문을 향해 소리치셨다.

"어디서 뭐 하다가 이제 들어왔냐! 바람이라도 난 거냐! 아니면 나가서 싸움이라도 하는 거냐!"

어머니는 늦은 시각까지 주무시지 않고 나를 기다렸다가 욕을 퍼부으셨다. 여자 친구가 들으면 민망할 만한, 입에 담을 수 없는 욕 세례에 나는 차마 얼굴을 들 수가 없었다. 우리 셋은 내 방에 들어가 숨을 죽이고 조용히 있었다. 하지만 어머니는 욕을 하면서도 분이 안 풀리셨는지 직접 내 방으로 건너 오셨다.

여자 친구와 함께 있다는 사실을 절대로 들키면 안 된다는 생각에 나는 급히 그녀를 이불로 덮어 숨기고, 친구 충남은 나를 도와 어머니가 내 방에 들어오지 못하도록 엉덩이로 입구를 막아섰다. 늦은 시각에 여자 친구를 방에 들여놓고 어머니께 들키지 않으려고 아등바등하는 꼴이란! 이 길고 긴 싸움은 한바탕 웃지 못할 소동으로 번졌다.

만약 성격이 불같은 어머니가 내 방에 여자가 있다는 걸 아셨다면, 비 오는 날 먼지가 나도록 나를 때리셨을 것이다. 지금도 그때만 생각하면 등골이 오싹해지면서 웃음이 나온다. 어머니가 방으로 들어가신 뒤 충남도 집으로 돌아갔다. 늦은 시각까지 외출하면 안 됐고, 우리 어머니 때문에 지쳤기 때문이었다.

"야, 난 이제 모르겠으니까 그냥 간다. 나머지는 네가 알아서 해라."

결국 방 안에는 나와 그녀밖에 남지 않았다. 불을 켜고 조용한 방 안에서 둘만 남아 어처구니없는 해프닝에 쓴 미소를 지으며 서로를 바라봤다. 방금 전까지 쳤던 어머니의 야단은 안중에도 없고 그녀의 길게 늘어진 생머리와 조각 같은 옆모습만 눈에 들어왔다. 이렇게 예쁜 여자를 만나고 있는 것이 꿈을 꾸는 듯했다.

고비를 넘긴 뒤에 찾은 사랑

결혼하기 전 그녀와 만나는 동안, 고비가 없었다면 거짓말이다. 나와 그녀가 만나는 시간 동안 두 번의 위기가 있었다. 첫 번째 위기는 그녀의 바로 손아래 남동생 때문이었다. 혈기왕성한 그녀의 남동생은 누나가 어떤 남자와 몰래 만난다는 사실을 알게 되자, 온 동네를 돌아다니면서 그 남자가 누구인지 알아내려고 혈안이 되어 있었다.

그때의 분위기는 정말 살벌했다. 어디에서도 지지 않는 나였지만 여자 친구의 격분한 남동생을 제압하는 건 힘들었을 것이다. 또 싸워서 이긴다고 한들, 여자 친구의 동생을 때려서 좋을 게 뭐가 있겠는가? 다행히도 그 남동생과는 마주치지 않고 조용히 넘어갈 수 있었다. 하지만 만약 내가 그 남동생과 얼굴이라도 마주쳤다면 큰 사고가 일어났을지도 모른다.

그녀의 새어머니에 남동생까지 반대가 심하니 더 이상 그녀를 자유롭게 만날 수가 없었다. 그녀가 생각나고 보고 싶을 때마다 그녀와의 추억을 수첩에 기록했다. 나는 그것을 '추억장'이라고 불렀다. 그녀와의 추억과 내 마음을 기록으로 남기고, 다시 읽어 보면서 그녀에 대한 그리움을 달랬다.

그 후 나는 고등학교를 졸업하고 사회인이 되어서 다시 그녀를 만날 수 있겠다는 생각에 무척이나 기뻤다. 이제는 다른 사람의 눈치를 보지 않고 마음껏 사랑하고 함께 미래를 그릴 수 있을 것 같았다. 그러나 우리의 만남에는 여전히 장애물이 존재했다.

어느 날 그녀를 만나러 그녀가 일하는 직장에 갔는데 그녀가 보이지 않았다. 당황한 내가 사정을 물어보니 다른 직원들은 영문을 모르겠다는 표정으로 나에게 말했다.

"이미 다른 데로 옮겼는데, 몰랐어요?"

두 번째 위기였다. 그녀는 나에게 말도 하지 않고 직장을 옮겼다. 당연히 나에게는 언질을 해줄 줄 알았는데, 아무 말도 없이 직장을 옮겼으니 황당하면서도 실망스러웠다. 더구나 그녀가 어디로 갔는지 알 수가 없으니 답답한 노릇이었다. 그러다 수소문 끝에 이문동으로 직장을 옮겼다는 걸 간신히 알게 되었다. 하지만 연락처는커녕 직장의 위치도 알 수 없었다. 그저 "이문동으로 직장을 옮겼다."라는 말이 전부였다.

그녀를 찾을 방법만 고민하던 중에, 마침 누나의 친구가 이문동에서 일하고 있다는 사실을 알게 되었다. 나는 그때 한 줄기의 빛을 보는 듯했다. 시골 촌놈이 서울에 이문동이 어디에 붙어 있는지도 몰랐는데 누나의 친구 덕분에 이문동을 찾아갈 수 있었고, 그 누나의 도움으로 이문동에서 그녀를 찾기 시작했다.

"여기 이런 사람 있습니까?"

눈에 보이는 의상실마다 일일이 다니면서 그녀에 대해서 물었다. 하지만 쉽사리 그녀를 찾을 수 없었다. 너무나 답답한 마음에 이문동 한복판에서 소리를 지른 적도 있었다. 그러다 어스름한 저녁쯤이 되자, 이문동을 샅샅이 뒤진 끝에 그녀를 찾아냈다. 그녀는 눈앞에 서 있는 나를 보고 눈이 동그래졌다. 말도 없이 떠났는데 내가 다시 나타났으니 놀라는 게 당연했다.

나중에 알고 보니, 나는 그때 그녀의 깊은 속마음을 모르고 있었다. 그녀는 이성에 대한 관심보다 집안 형편을 일으켜 세우는 일 등 현실적인 문제를 더 걱정하고 신경 쓰고 있었다. 그래서 적극적으로 다가오는 내게 부담감을 느끼고, 나를 피해 말도 없이 직장을 옮긴 것이었다.

그녀에 대한 서운함이나 원망을 느낄 겨를도 없이, 그녀를 찾았다는 사실에 마냥 기쁘고 행복했다. 누군가를 사랑하면 불가능한 일을 가능하게 만들기도 한다는데, 내가 그런 일을 해낸 것이었다. 내가 그녀를 만나는 긴 여정은 인간 승리 그 자체였다.

쉽지 않은 둥지 틀기

사당동은 나에게 특별한 동네다. 제2의 고향이라고 불러도 될 정도로 서울에서 가장 오랫동안 거주한 동네니까 말이다. 또한 아내가 나와 결혼한 다음, 살림이 가능한 가게를 얻어 처음으로 의상실을 오픈한 곳이기도 하다.

당시 우리 부부는 경제적으로 어려웠고, 아내 또한 홀몸이 아니어서 신혼의 달콤함을 제대로 누리지 못했다. 아내는 의상을 주문한 손님들과의 약속을 지키기 위해 밤낮을 가리지 않고 일을 했다. 뱃속에 있는 아이를 생각하면 충분히 먹고 자야 했지만 그럴 형편이 되지 못했다. 나중에 아내는 자주 잔병치레를 했는데, 이 시기에 과로한 영향이 큰 듯하다.

당시 나는 어렵게 무교동에 있는 제일여행사에 들어가 일을 했는데, 우리 부부가 둘 다 일을 해도 하루하루 살기가 빠듯했다. 단칸방에서 아무런 기반 없이 가정을 세워가는 것은 쉽지 않았다. 아내는 계를 들어 조금이라도 목돈을 만들기 위해 안간힘을 썼지만 계주가 야반도주하는 바람에 직장 동료의 곗돈까지 대신 물어줘야 했다. 목돈을 만들어 생활고를 극복하기 위한 노력도 헛수고로 끝나고 말았다.

거기에다 생활 터전이나 마찬가지인 가게를 건물주가 직접 사용하겠다며 비워 달라고 요구하는 바람에 어쩔 수 없이 우리 부부는 눈물을 삼키며 삶의 터전을 옮겨야 했다. 가진 돈은 별로 없고 갈 만한 곳은 마땅치 않아 살던 곳에서 그리 멀지 않은 빌라에 터전을 잡았다. 주인은 남대문의 수입상인 중년 부부였는데, 우리 부부에게 매우 친절하고 호의적이었다.

하지만 한 공간에 두 가족이 지내는 건 힘든 일이었다. 주인 부부와 아침마다 하나밖에 없는 화장실이나 부엌을 같이 써야 하니, 자연히 우리는 뒷전으로 밀려날 수밖에 없었다. 특히 큰딸이 걸음마를 떼고 혼자 다닐 때부터 문제가 커졌다. 아이가 서너 살 정도 되었을 때, 혹여 아파서 울기라도 하면 울음소리가 방 밖으로 새어나갈까 봐, 이불로 아이를 덮은 채 가슴을 졸이곤 했다.

주거 공간이 좁더라도 마음만은 편해야 하는데, 상황이 그러니 지옥이 따로 없었다. 이대로는 더 이상 안 되겠다는 생각에 여러 집을 돌아다닌 끝에 결국 방배동으로 이사를 갔다. 당시 방배동은 돈이 많은 사람들이 사는 부촌으로 알려져 있었다. 그래서 사람들이 돈 좀 있냐고 은근히 떠보면 나는 아무 말도 하지 못했다. 월세로 사는데 부촌이 무엇이고, 부자가 무엇인가. 그런 건 나와 전혀 상관없는 이야기였다.

방배동은 부잣집이 많다는 소문 때문에 은근히 도둑이 많았다. CCTV가 잘 설치되어 있는 시절도 아니었고, 경찰이 시시때때로 순찰을 돌던 시절도 아니었다. 결국 우리 부부가 살던 월세 방에도 도둑이 들었다. 당시 나는 회사에 있었고, 아내는 잠시 집 근처의 시장에 가서, 집에는 네 살배기 큰딸만 있었다. 훔쳐갈 물건이 없어서인지 도둑은 금방 돌아갔지만, 혹여 딸아이에게 해코지를 했을 수도 있었다는 생각에 아내는 크게 놀라 가슴을 쓸어내렸다.

치안도 치안이지만 돈 문제 역시도 여전히 해결되지 않았다. 어떻게든 가난에서 벗어나고 싶었다. 당시 나는 (주)태광개발에 다니고 있었는데 회사의 사정이 좋지 못했다. 그래서 전세로 살던 방배동 집을 월세로 돌리고, 돌려받은 전세금과 그동안 모아둔 돈, 그리고 처남과 친구에게 빌린 돈으로 회사에 투자했다. 회사가 정상화된다면 나도 돈을 쥘 수 있을 거라는 일종의 확신이 있었다. 그러나 회사는 부도가 나고 말았다. 아이가 배가 고파서 우는데, 우유 하나 살 돈이 없을 정도로 가정 형편은 극도로 어려워졌다.

여러 직장을 전전하며 간신히 모았던 돈까지 한꺼번에 잃어버리니 눈앞이 깜깜했다. 어느 날 저녁에 남산으로 올라가 서울 도심을 바라봤다. 수많은 건물과 집에서 새어나온 불빛이 하늘의 별처럼 반짝였다. 하지만 그중 내 소유의 건물이나 집 한 채가 없으니 한숨만 절로 나왔다. 젊은 나이에 겪은 실패가 너무나 가슴에 사무쳐 한숨만 푹푹 내쉬다가 잠깐 극단적인 생각까지 했다. 어린 나이에 부푼 꿈을 안고 서울에 올라온 나. 잘나가는 사람들과 어깨를 나란히 하려 했지만 이제 그 꿈은 신기루같이 돼 버렸다.

'자살을 할 수 있을까? 그러면 아내는? 딸아이는? 가족이 날 기다리고 있는데 죽음을 택하겠다고?' 나는 이내 마음을 고쳐먹었다. 자살은 대단히 용기가 필요한 일이다. 그런 일을 할 수 있는 용기가 있다면 다시 한 번 새로운 출발을 하는 게 낫지 않은가? 서울 도심을 수놓은 집들의 불빛을 바라보며 나는 '돈을 많이 벌어서 집을 사서 가족들을 제대로 보살펴야지. 건물도 사서 반드시 부자가 될 거야. 그리고 어려운 사람들도 도와줄 거야!' 그렇게 다짐했다.

나는 다시 마음을 가다듬고 아내와 같이 의상실을 운영할 수 있는 살림방이 딸린 가게를 찾아 나섰다. 손에 쥔 게 겨우 200만 원 정도였는데, 우리 형편에 맞는 가게를 찾기가 쉽지 않았다. 아내는 큰애를 등에 업고 이 골목 저 골목을 열심히 찾아다니며 발품을 팔았다.

공인중개사들도 대부분 우리가 가진 자금 여력을 듣더니 고개를 저었다.

"그 돈으로 살림집이 딸린 가게를 얻는다고요? 이 동네에서는 그 돈으로 구할 수 있는 게 없어요. 차라리 저 멀리 외곽으로 나가 보세요."

'무심코 던진 돌에 개구리가 죽는다.'라는 말대로, 공인중개사들이 무심코 내뱉은 말은 그대로 비수가 되어 아내의 가슴에 꽂혔고, 아내는 자신의 비참한 처지를 생각하며 눈물을 삼켰다.

1986년, 방배동이나 사당동에서는 도저히 살림집 딸린 가게를 구할 수 없어 결국 봉천동까지 발품을 팔았다. 그 당시 봉천7동까지 가서야 간신히 적당한 가게를 찾을 수가 있었는데, 돈 400만 원이 모자랐다. 지금으로 치면 1,500만 원 정도. 그렇게 큰돈이 어디 있겠는가? 하지만 가게를 포기할 수 없어서 우리 부부는 돈을 빌리기로 했다. 상황이 여의치 않아 누구에게 돈을 빌려야 할지 막막했다.

고민 끝에 나는 당시 근무하던 합동공인중개사 사무소의 김왕용 대표에게 돈을 부탁하기로 마음먹었다. 그런 용기가 어디서 생겼는지 모르겠다. 하지만 그때의 나는 하루빨리 돈을 구해야 한다는 생각뿐이었다. 사실 큰 기대를 하고 부탁한 건 아니었다. 거절해도 할 말은 없었다. 그런데 돈을 빌려달라는 나를 김왕용 대표가 빤히 바라보더니 물었다.

"어디에 쓰려고요?"

"가게를 구할 돈이 부족합니다."

그 말을 듣더니 김왕용 대표가 흔쾌히 돈을 빌려주기로 약속했다. 거절할 줄만 알았던 나는 그의 약속에 몇 번이고 감사 인사를 드렸다. 간신히 빌린 돈으로 가게를 얻고서야 나와 아내는 한시름 놓을 수 있었다. 우리 부부는 너무 기쁜 나머지 서로의 손을 붙잡고 감격의 눈물을 흘렸다.

돈이 내 삶을 갉아먹을 때

나는 사당동에서 공인중개사 사무소를 운영하면서, 아내는 의상실을 운영하면서 열심히 돈을 모았다. 한푼 두푼을 모아 목돈으로 만들거나 조금씩 투자를 했다. 돈을 벌려면 부동산 재테크를 하는 게 가장 좋다고 생각했다. 아내는 셈이 빠르고 경제관념이 밝아서 재테크에도 일가견이 있었다.

사당동에서 공인중개사 사무소를 운영하고 있을 때라 다양한 부동산 정보를 얻을 수 있었다. 당시 사당4동에 재개발로 대림아파트를 짓고 있었는데, 자금 사정이 여의치 않아 대출을 받아 25평 아파트를 분양받았다. 생애 최초의 내 집 마련이어서 아파트를 짓고 있는 모습만 봐도 가슴이 설레었다. 나는 아파트로 들어갈 날만 손꼽아 기다렸다.

드디어 아파트에 입주하는 날. 나는 새롭게 태어난 기분이었다. 화장실 두 개에 방이 세 칸이었다. 딸아이들이 방을 하나씩 사용할 수 있을 정도로 넉넉한 공간이었다. 온갖 노력 끝에 간신히 얻은 아파트, 내 집. 그 공간에 누워 있다는 생각에 나는 매일 콧노래를 불렀고, 가족 모두가 행복한 시간을 보냈다. 그토록 꿈에 그리던 내 집을 마련해서 모든 일이 막힘없이 잘 풀릴 줄만 알았다. 그런데 그게 아니었다.

대림아파트로 이사해서 행복하게 잘 살고 있는데, 봉천7동에서 의상실을 할 때 형제처럼 친하게 지냈던 옆집 가게 김 씨가 어느 날 전화를 해서 만나자고 했다. 큰 수익을 낼 수 있는 프로젝트를 맡게 되었는데, 긴급히 자금이 필요하다는 것이었다. 힘든 시절에 서로 의지하며 아주 친밀하게 지냈고 그 또한 신앙이 두터운 사람이었기에 인정상 매몰차게 거절할 수 없었다. 돈을 쓰는 기간이 그리 길지 않다는 말에 나와 아내는 기꺼이 수락을 했다. 처음에는 우리가 가진 돈을 빌려주고, 나중에는 남들에게 돈을 빌려서 줬다.

금방 해결될 줄로만 알았던 돈 문제는 쉽게 해결되지 않고 차일피일 미뤄졌다. 변제기일이 어긋날 때마다 화살은 고스란히 우리 부부에게 돌아왔다. 빚 독촉은 성난 파도 같은 기세로 들이닥쳤고, 채권자들은 낮이고 밤이고 우리를 찾아와 괴롭혔다. 정말 힘들었던 것은 잠자리에 들었을 때, 빚쟁이가 불시에 찾아와서 다짜고짜 소리를 지를 때였다.

김 씨는 금방 해결해줄 것처럼 약속했지만, 그 약속은 번번이 지켜지지 않았다. 그러다가 결국 그는 밤에 보따리를 싸서 이사를 가버렸다. 광주광역시로 갔다는 말은 들었으나 이사 간 주소를 모르니, 찾을 방법이 없었다. 아내는 극심한 스트레스와 정신적 고통을 겪었다. 결국 우리 부부는 애지중지하던 대림아파트를 처분할 수밖에 없었다. 그리고 갈 곳을 찾던 중에 아내와 대림아파트 부녀회를 같이 했던 오향순 여사가 우리가 딱해 보였는지 자신의 건물인 4층 옥탑방을 기꺼이 내주었다.

우리 가족은 그곳에서 6년을 살았다. 옥탑방이 으레 그렇듯 가족이 지낼 만한 공간은 아니었다. 여름에는 너무 덥고 겨울에는 너무 추웠다. 거기에다가 장마철에는 천장과 벽에 비가 새서 양동이로 물을 퍼내야 했다. 비가 그치면 비가 샌 곳에 곰팡이가 생겨 기관지가 약한 아내와 어린 딸들이 고생했다. 너무도 열악한 주거 환경이었다.

나는 원래 비나 눈을 좋아했다. 비나 눈이 오면 괜스레 기분이 좋아지고, 어디론가 떠나고 싶을 정도로 마음이 부풀었다. 하지만 옥탑방살이를 하면서부터는 비가 오거나 눈이 오면 괜히 우울해지고 마음속의 걱정도 커졌다. 팍팍한 현실에 찌들어, 낭만과 감수성도 사라졌다.

중고등학교를 다니는 아이들과 남편을 뒷바라지하기 위해 아내는 하는 수 없이 팔을 걷어붙였다. 살고 있던 옥탑방 4층에서 여성 의류와 화장품을 팔기 시작했다. 이것으로 근근이 생활을 유지했다. 그 와중에도 밤만 되면 빚쟁이들의 거센 독촉에 시달려야 했으니, 아내가 견뎌야 하는 고통은 이중, 삼중이었다.

"아빠, 우리 언제까지 여기서 살아야 해? 우리도 방 세 칸 있는 집으로 가면 안 돼?"

"조금만 기다려. 이제 조금만 있으면 일이 다 잘 될 거야."

"그게 대체 언제야? 우리 시집가고 나면 이사 갈 거야?"

가정의 형편과 처지를 알 리 없는 큰딸이 나를 다그쳐 압박할 때마다 길게 설명을 늘어놓을 수도 없고 한숨만 나왔다. 부모로서 갖는 부담감은 이만저만이 아니었다. 마치 대못 하나가 내 가슴에 꽂히는 듯했다.

나의 간절하고 애절한 마음이 하늘에 닿았을까? 천재일우로 서초법조타워 분양을 하면서 목돈을 벌어 사당동에 있는 35평짜리 현대아파트를 매입할 수 있었다. 2001년의 일이었다. 좀 오래된 아파트여서 깔끔히 수리를 하고, 세간 살림 일체를 다 바꾸었다. 숟가락, 젓가락만으로 신혼을 시작한 아내에게 위로와 감사의 마음을 표현하고 싶은 마음이 컸다. 이사를 눈앞에 두고 아내는 틈만 나면 두 딸을 데리고 세간살이를 사러 다니면서 무척이나 행복해했다.

6년간 단칸방에서 숨죽이고 갖은 고생을 하며 살아온 우리 네 식구는 자기만의 방을 하나씩 갖게 되자, 감격에 북받쳤다. 공기가 좋고 관악산이 둘러싸인 멋진 조망권이 믿기지 않아 서로의 얼굴을 마주칠 때마다 우리 집이 맞냐며 확인할 정도로 기뻐했다. 그러나 행복도 잠시였다.

"아니, 이게 어디서 나는 냄새야?"

"아빠! 화장실! 화장실!"

"이게 대체……. 우욱!"

집 안 전체로 역한 냄새가 퍼졌다. 악취의 근원지는 다름 아닌 화장실이었는데, 어찌나 심한 냄새가 올라오던지 항상 속이 매스껍고 머리가 지끈거렸다. 악취는 도저히 견딜 수 없을 정도였고, 우리는 결국 이사를 가야 했다. 어디로 가야 할지 고민에 고민을 거듭한 끝에, 사당동에 있는 롯데캐슬아파트에 둥지를 틀었다.

호흡기 질환이 있는 아내 때문에 우리가 집을 선택하는 기준 1순위는 '공기가 좋은 곳'이었다. 이곳 또한 공기가 좋은 곳이었다.

하지만 그곳에서의 고난은 그 어느 때보다 심했다. 지금까지 겪은 고충이 복싱의 '잽'이었다면, 사당동 롯데캐슬아파트에서 겪은 고충은 '스트레이트 펀치'였다.

아픔과 시련의 나날들

우리는 살고 있던 집에서 그리 멀지 않은 곳을 중심으로 여기저기 다니면서 우리 가족이 살 아파트를 찾았다. 그 와중에 공기도 좋고 가격도 적당한 사당동 롯데캐슬아파트를 알아보다가 마땅한 집을 발견했다. 그 집은 하자도 없었고, 집주인이 몸이 아파 급히 시골로 내려가느라 급매물로 내놓은 집이었다.

당시 아내는 오랫동안 앓고 있던 병이 호전되고 있던 차였다. 그러나 사당동 롯데캐슬아파트로 이사하고 얼마 되지 않아 어느 날부터 아내의 머리가 불덩이처럼 뜨거워지더니 진땀을 빼기 시작했다. 열은 좀처럼 가라앉지 않았고, 마침내 머리카락이 하나둘씩 빠지기 시작했다. 며칠만 잘 쉬면 나을 줄 알았는데 좀처럼 건강이 호전되지 않으니 걱정이 돼서 병원을 찾았다. 그런데 아내를 진단하던 의사가 진지한 표정으로 말했다.

"우울증입니다. 안정을 취하셔야겠어요."

"갑자기 무슨 우울증이에요?"

"갱년기에 찾아오는 병 중 하나입니다. 남편 분께서 잘 보살펴 주셔야 합니다."

의사가 안쓰러운 표정으로 나를 바라봤다.

그리고 아내는 결혼 초기에 앓았던 천식이 다시 찾아 왔다. 아내는 천식 때문에 숨쉬기가 곤란해 의식적으로 사람들이 많이 모이는 곳을 피해 다녔다. 천식은 아내를 끈질기게 괴롭혔다.

밤낮 가리지 않고 기침을 해대니 옆에서 지켜보는 나로서는 어찌할 바를 모르고 가슴만 졸였다. 아직 꽃다운 삼사십 대의 나이에 노인처럼 잔기침을 내뱉으며 거친 호흡을 하는 아내가 안쓰러웠다. 나와 딸들은 아내가 건강해질 수 있도록 지극정성으로 보살폈고, 아내 또한 스스로 병을 이기기 위해 몸부림쳤다.

가까스로 아내의 건강이 나아질 때쯤, 이번에는 서울 상계동에서 살고 계시던 어머니가 갑자기 쓰러지셔서 입원을 하셨다. 갱년기와 우울증, 천식으로 힘든 몸으로 병원을 오가는 게 무척 힘들었을 텐데, 아내는 시어머니의 병수발을 드느라 상계동까지 다니면서 밤을 꼬박 새우는 날이 많았다.

아내의 건강상 찬바람은 쥐약인데, 새벽에 찬바람을 가르며 집을 오가던 아내는 정체 모를 병을 얻어 1년 가까이 사경을 넘나들었다. 우울증 또한 계속해서 아내의 삶을 나락으로 빠뜨리고 정신까지 갉아먹었다.

갱년기도 사람을 힘들게 하지만 그보다 더한 것이 우울증이다. 우울증은 본인의 노력도 중요하지만 가족들이 잘 챙겨줘야 한다. 정신력으로 극복하면 된다고 생각하는 사람들이 많은데, 전혀 그렇지가 않다. 전적으로 가족들의 도움을 받아야만 기운을 차리고 우울증의 터널에서 쉽게 빠져 나올 수가 있다.

우울증 환자는 감정 기복이 매우 심하다. 방금 전까지 기분이 좋다가도 이내 기운을 잃고, 그러다가 또 언제 그랬냐는 듯이 밝은 모습을 보이기도 한다. 이러한 감정 기복은 노력만으로는 쉽게 통제하기 어렵다.

아내가 힘들다는 걸 알았기에 나의 신경은 온통 아내에게 집중돼 있었다. 나는 회사로 출근하고 아내는 현충원 뒷산으로 출근했다. 아내는 아침에 산에 올랐다가 점심때쯤 집으로 돌아와서 쉬다가 내가 퇴근해서 집에 돌아오면 다시 나와 함께 산에 올랐다. 나는 산봉우리에 오를 때마다 아내의 건강이 좋아지기를 마음속으로 기도했다.

아내는 맑은 산소를 마시며 혈액순환을 원활히 하고 자신의 감정을 최대한 진정시키기 위해 등산을 선택한 것이었다. 몸과 마음이 마음대로 통제되지 않는 상황에서, 아내의 등산은 '살기 위한 처절한 몸부림'이나 마찬가지였다.

아내의 일과를 잘 알고 있었지만, 나는 아내에게 아무런 일이 없기를 바라는 마음에서 하루에 두세 번씩 집에 전화를 해서 아내의 건강 상태를 확인했다. 아내가 밝은 목소리로 전화를 받으면 안심이 되었지만 목소리에 힘이 없거나 전화를 받지 않으면 하루 종일 걱정이 되었다. 아내의 목소리에 따라 내 기분도 좌우되었다.

어느 날, 여느 때처럼 집에 전화를 했는데 그날따라 아내가 바로 전화를 받지 않았다. 몇 번을 반복해도 마찬가지였다. 원래 집에 있어야 할 시간이었는데, 전화를 받지 않으니 무슨 일이라도 생긴 게 아닌가 걱정이 돼서 일이 손에 잡히지 않았다. 결국 회사 일을 중단하고 허겁지겁 집으로 향했다. 집으로 가면서도 불안감이 사라지지 않아 계속 전화를 했지만 아내는 전화를 받지 않았다. 머릿속에 온갖 불길한 생각이 떠올랐다.

"여보!"

집에 도착하자마자 나는 아내를 애타게 찾았다. 방이며 욕실이며 베란다며 샅샅이 확인했지만 아내는 없었다. 집에 없다는 걸 깨닫는 순간 불안은 공포로 번졌다. 나는 부리나케 뛰쳐나와 아내가 평소에 다니는 산책 코스를 따라 허둥지둥 산으로 올라갔다.

얼마나 왔을까. 산 중간쯤 올라가고 있을 때, 아내가 아무 일도 없다는 듯이 산길을 따라 터벅터벅 내려오는 게 아닌가! 환자에게 화를 낼 수도 없고, 그저 멍하니 아내가 내려오는 모습만 바라보았다. 나는 온몸이 식은땀으로 젖은 채 크게 안도의 한숨을 내뱉었다. 많이 놀라기는 했으나 아내를 찾았다는 생각에 안심했다. 마치 잃어버린 자식을 다시 찾은 것만큼이나 기뻤다.

아내가 우울증으로 고생할 때 여러 일이 있었다. 일일이 열거하기 힘들 정도로 힘든 시간이 많았는데, 대수롭지 않은 일로 부부싸움을 하는 일도 잦았다. 어떤 날은 부부싸움을 하고 집을 나갔다가 마음을 추스르고 집에 와 보니 아내가 없었다. 아내도 나처럼 기분 전환을 위해 잠시 외출을 했다고 생각했다.

그런데 밤 12시가 되었는데도 아내는 돌아오지 않았다. 또 다시 불길한 생각에 사로잡혀 아내를 찾아 나섰다. 혹여 무슨 사고가 난 건 아닌지 걱정이 되어 가슴이 뛰기 시작했다. 평소 아내가 가 볼만한 곳은 모두 가 봤지만 아내가 보이지 않아 결국 파출소로 가서 가출 신고를 했다. 그날따라 비까지 억수로 내려 나의 불안감은 여느 때보다 컸다.

"저랑 같이 현충원 뒷산에 가 봅시다. 아내가 자주 산에 가거든요."

"지금요? 비도 이렇게 많이 오는데 사모님이 이 늦은 밤에 어떻게 산을 가요?"

내가 간곡히 부탁했지만, 경찰은 중년 여성이 혼자서 비오는 이 캄캄한 새벽에 산에 올라갔을 리가 없다며 나를 만류했다. 결국 나는 경찰관을 설득시키는 데 실패하고 파출소에서 나와 홀로 아내를 찾아 나섰다. 길거리마다 일일이 확인할 수도 없고 참으로 난감했다.

그렇게 한참을 돌아다니다가 나는 집 앞 불꽃교회를 지났다. 문득 고개를 들어 교회의 십자가를 바라봤다. 갑자기 아내가 저기 있을 수 있다는 생각이 머리를 스쳤다. 그건 본능적인 감각이었다. 교회 안 여기저기를 다 찾아봐도 아내는 보이지 않았다.

발길을 돌리려고 하다가, 옥탑에 있는 기도 방이 생각나서 가봤더니, 아내는 그곳에서 기도를 하고 있었다. 눈을 감은 채 기도를 하고 있는 아내를 나는 하염없이 바라보기만 했다. 땀과 비에 젖은 옷은 안중에도 없었다. 꽉 막혔던 마음이, 온몸을 감싸고 있던 극도의 긴장감이 '탁' 하고 풀리는 순간이었다.

거듭 강조하지만, 우울증 환자에게는 가족의 도움이 절대적으로 필요하다. 간병은 당연하고, 때로는 상담자가 되어 환자를 위로하고 용기와 자신감을 불어넣어줘야 한다. 그리고 환자의 마음이 안정될 수 있도록 마음을 잘 보살펴야 하고 서로가 편히 이야기를 나눌 수 있도록 늘 포용적인 태도로 마음을 열어야 한다.

하지만 그렇게 하는 것이 말처럼 쉽지 않다. 우울증 환자는 좋은 일이 있어도 기뻐할 줄 모르고, 무심히 지나가도 될 일에 화를 내거나 낙심하고는 한다. 심한 경우에는 자신의 감정을 이기지 못하고 삶을 비관하여 목숨까지 집어던질 수도 있다. 웃음도 잃고 기쁜 일도 사라지는 것. 그것이 우울증을 '슬픈 병'으로 만든다.

우리 부부는 결국 사당동 롯데캐슬아파트에서 다른 곳으로 이사를 했다. 아내의 강력한 주장 때문이었다. 나는 한 번 이사하면 살기 편하든 아니든 간에 잘 움직이지 않으려는 편인데, 아내는 어떤 이유로든 환경에 변화를 주고 싶어 한다.

"이제 이곳을 떠날 때가 됐어요."

"여기서 얼마나 살았다고 떠날 때가 됐다는 거예요?"

"내가 건강해지기 위해서라도, 아니, 당신을 위해서라도 이 아파트에서 이사 가는 게 좋겠어요."

아내가 그토록 이사를 강력하게 주장하는 이유는 건강 때문이었다. 아내는 기관지가 약하고 천식이 있어서 공기에 아주 민감하다. 결국 우리 부부는 공기가 좋은 다른 곳을 찾아 사당동 휴먼시아아파트에서 4년 동안 살다가 남현동에 있는 대창아파트로 이사를 했다.

사실 대창아파트는 대로변에서 거리가 너무 멀어 걸어 다닐 수 있는 거리가 아닐뿐더러 교통이나 생활환경이 매우 불편했다. 하지만 관악산이 바로 뒤에 있고, 아파트가 산허리에 둘러싸여 있어서 공기 하나만큼은 깨끗해서 좋았다.

대창아파트로 이사 간 지 몇 개월이 안 돼서 아내의 건강이 확연히 좋아지는 것을 느낄 수 있었다. 숨을 쉬면 쌕쌕거리는 증상이 없어졌다. 나는 뒤늦게라도 아내가 건강을 되찾은 것이 감격스러웠다.

사당동 롯데캐슬아파트에서의 생활은 나와 아내에게 모두 힘든 기억으로 남아있다. 인생의 기억 중 가장 또렷하면서, 동시에 기억하고 싶지 않은 시간이기도 하다. 그때만 생각하면 지금도 아슬아슬 줄타기를 하는 듯한 느낌을 지울 수가 없다.

내 몸속에 흐르는 어머니의 피

사당동에서 한창 고생하고 있을 때, 어머니가 81세의 일기로 세상을 떠나셨다. 어머니는 갑자기 쓰러지신 뒤 처음에는 치매가 오고, 나중에는 뇌경색이 겹쳤다. 뇌경색이 왔을 때는 정말 고생이 많으셨다. 병이 오자마자 말을 못하셨다. 상계동에 있는 백병원에 계실 때였는데, 병세가 점점 더 악화되자 의사들도 포기하고 말았다.

"지금이라도 어머님께서 원하시는 곳에서 편히 모시는 게 좋을 것 같습니다."

"그게 무슨 말이에요? 그게 의사가 할 말입니까? 어떻게든 치료를 해야죠!"

"죄송하지만 이미 어떻게 할 수가 없습니다."

의사의 말은 너무나 매정했다. 아니, 나는 그때 이미 어머니의 운명을 예감하고 있었지만 받아들이고 싶지 않았다. 가까스로 아내가 나를 진정시켰고, 서울에 있던 형제와 누이들에게 연락하여 어머니를 어떻게 모셔야 할지 의논했다. 사실 나는 어머니께서 더 오래 사실 줄 알았다. 우리 남매들도 모두 마찬가지였다. 하지만 어머니는 자식들의 바람을 저버리고 촛불처럼 흔들리다가 무너지셨다.

어머니께서는 아버지가 돌아가신 뒤 오랫동안 홀로 지내시면서 육 남매를 키우셨다. 가장으로서 고군분투해야 했으니 억척스럽게 살아갈 수밖에 없었고 자식들에게도 매우 엄격하셨다. 뿐만 아니라, 셈이 빠르고 부동산에도 일가견이 있으셨다. 그 시절에 서울 강남 도곡동에 아파트를 사서 세를 줄 정도였으니 말이다. 우리 남매들이 셈을 빨리 하는 게 아마도 어머니를 닮아서 그런 게 아닐까 싶다.

나나 우리 남매 모두 어머니가 얼마나 고생을 하셨는지 잘 알았기에 잘해드리려고 항상 노력했다. 젊은 나이에 남편을 잃고 여자 혼자서 여섯 아이를 키우며 겪으신 고충이 얼마나 컸겠는가. 그래서 나와 아내는 자주 어머니를 찾아가 안부를 물었고, 어머니도 찾아오는 우리 부부를 반갑게 맞이해 주셨다.

"너희가 이렇게 잘하니 반드시 복을 받을 거다. 잘 돼야지."

우리 부부가 어머니를 자주 찾아뵙는 건 그런 칭찬을 듣기 위해서가 아니었다. 그저 자식의 도리를 조금이라도 더 하고 싶어서였고, 아버지에게 못다 한 효도를 하고 싶어서였다.

어머니가 돌아가신 날, 우리 남매는 큰 충격을 받았다. 시골 살림이든 서울 살림이든 늘 세심하게 챙기시던 어머니. 자식들 사이에서 발생하는 사소한 다툼부터 집안의 생계와 대소사까지 모두 책임지셨던 어머니. 그런 어머니가 하나님의 곁으로 가신 후, 나는 한동안 슬픔을 이기지 못했다.

아내는 어머니가 돌아가신 지 16년이 지났건만 돌아가신 어머니의 이야기가 나오면 여전히 눈물을 글썽인다.

"왜 울어요?"

"어머니는 남편을 일찍 여의고 홀로 지내셨잖아요. 얼마나 힘드셨겠어요? 다른 사람들에게 약점을 잡히지 않기 위해서 악바리처럼 사셨을 거라는 생각에……."

아내가 그런 말을 하면 나 또한 가슴이 미어져 말을 잇지 못한다. 나는 내 몸속에 흐르는 피가, 아버지로부터 받은 것보다 어머니로부터 받은 게 더 많다는 생각을 하곤 한다. 뚝심 있게 일을 추진하는 내 성향은 어머니의 성격을 물려받은 것 같다. 어머니는 돌아가셨지만, 어머니의 피는 여전히 내 몸 안에 흐르는 느낌이다.

오뚝이 같은 아내

남현동 대창아파트에 살고 있을 때인 2012년쯤, 평소 텃밭에 관심이 많던 아내가 아파트 뒤의 관악산 산자락에 방치된 땅에 관심을 보였다. 산책을 하다 텅 빈 땅을 몇 번이고 바라보곤 했는데, 어느 날 나에게 그 땅을 가꾸겠다고 말했다.

"몸도 안 좋은 사람이 무슨 땅을 가꾼다는 거예요?"

"빈 땅을 그냥 둘 수는 없잖아요. 주인 없는 땅이래요. 거기에 야채를 가꾸면 좋을 것 같아요."

나는 아내의 건강을 생각해서라도 텃밭을 가꾸는 일을 말리고 싶었지만, 아내는 팔을 걷어붙이고 나섰다. 내버려진 땅을 일군 뒤, 그곳에 고추·가지·열무·깨 등 몇 가지 채소를 가꾸었다. 아내는 공기 좋은 관악산에서 텃밭을 가꾸면서 건강을 많이 회복했다.

아내의 건강은 사당동 롯데캐슬아파트에서 살 때가 최악이었지만 사실 그 이전부터 잔병치레를 수없이 많이 했다. '걸어 다니는 종합 병원'이라고 할 정도로 말이다. 돌이켜보면 아내가 지금 무사히 건강을 되찾을 수 있었던 건 건강한 정신과 오뚝이 같은 근성 덕분인 것 같다. 그리고 이를 긍휼히 여기신 하나님의 은혜가 있었다.

결혼 전까지만 해도 아내는 건강했다. 하지만 나와 함께 살게 된 후부터 건강이 조금씩 나빠지더니 나중에는 죽음의 문턱까지 갈 정도로 심해졌다. 건강만으로 보면 아내는 성경에 나오는 인물 욥의 삶과 다를 바가 없었다. 아내의 고통을 지켜보며 세상을 원망하기도 하고, 나 혼자 괴로워 운 적도 많았다. 만약 하나님이 살아 계신다면 어찌 이런 고난을 아내에게 허락하셨는지 따져 묻고 싶을 정도로 아내의 건강은 심각할 때가 많았다.

아내는 결혼하고 얼마 지나지 않아 의상실의 바쁜 일정과 과도한 스트레스 때문에 처음에는 위염에 걸리더니 나중에는 위궤양으로 악화됐다. 백방으로 수소문해서 좋은 약을 써도 쉽게 고쳐지지 않았고, 몇 십 년 동안 한약을 입에 달고 살았다. 위장병이 채 낫기도 전에 천식과 결핵이 불시에 찾아왔다.

"약을 처방해 줄 테니까 잘 복용하세요."

"제 아내가 위장병이 있어서 독한 약은 먹지 못해요."

병원에서 약 처방을 해주면 으레 나는 이렇게 말한다. 그러면 말하는 나나 처방해주는 의사나 난감한 표정을 짓기는 마찬가지였다. 빨리 몸을 회복하기 위해서는 양약을 복용해야 했는데, 위장병이 있어서 독한 양약을 지속적으로 복용할 수가 없었다. 애로 사항이 이만저만이 아니었다.

그나마 몸도 마음도 편안했던 시기가 대림아파트로 이사한 뒤였는데 그것도 잠시뿐, 계속되는 생활고와 빚보증 때문에 아내의 건강은 더욱 악화됐다. 수술하지 않으면 안 되는 자궁내막증과 뇌종양 그리고 심장판막증과 협심증, 부정맥, 동맥경화증, 고지혈증, 거기다 폐쇄공포증까지.

그 무엇보다 아내의 건강이 급선무였다. 나는 새벽마다 하나님께 나아가 눈물로 기도를 했고, 퇴근해서는 아내와 같이 남성초등학교 운동장, 삼일공원, 현충원 뒷산 등을 함께 다니며 아내의 건강을 돌봤다. 꾸준한 노력에 하나님이 응답을 하신 걸까? 마침내 아내의 건강이 기적처럼 호전되어 생활하는 데 불편하지 않게 되었다.

아내의 건강에 대해 말하라면 한도 끝도 없다. 아내는 양쪽 귀에 이명이 있는데, 특히 왼쪽 귀가 완전히 망가져 한쪽 귀로만 들을 수 있다. 사람들이 하는 말을 듣는 데 어려움이 있다 보니, 오해를 사기도 하는 등 불편한 점이 많다. 또한 아내는 시끄러운 장소에 가면 신경이 곤두서기 때문에 그런 곳에 잘 가지 못한다.

어디 그뿐인가? 자궁내막증 검사를 하다가 우연히 발견한 뇌종양은 위치가 좋지 못했다. 종양이 뇌하수체 쪽에 자리를 잡아 수술할 수가 없었다. 평생 약을 복용하며 진정시키는 수밖에 없다고 했다. 그러나 몸이 약한 아내가 약을 복용하면 더 힘들어지니 진퇴양난이었다.

절망과 실의에 빠져 있던 아내는 절박한 심정으로 매일 하나님께 기도했다. 아내가 먼저 기도를 시작하고, 곧이어 내가 합류했다. 우리 부부는 새벽마다 교회에 가서 하나님을 찾았다. 아내의 건강이 나아질 수 있다면 뭐든지 다 하고 싶었다.

"하나님 아버지, 제 아내의 병을 낫게 해주세요. 제가 바라는 건 오직 아내의 건강뿐입니다!"

아내가 아프면 아플수록 하나님을 향한 우리 부부의 기도는 간절해졌고 모두가 예배당을 뜬 후에도 맨 마지막까지 남아 기도를 했다. 마침내 하나님께서 우리 부부의 기도에 응답하셨다. 아내의 뇌종양과 자궁내막증이 사라졌다는 진단을 받고 우리는 서로를 끌어안고 감격의 눈물을 흘렸다. 의사도 혀를 내두를 정도로 놀라워했다.

"이건 기적이에요. 약도 복용하지 않고 나은 사람은 정말 드물거든요."

아내는 까다로운 심장병에도 지금까지 약 한 번 입에 대지 않았다. 아니, 댈 수가 없었다. 그러니 이 모든 게 하나님의 크신 은혜가 아니고 무엇이겠는가?

뿐만 아니다. 2017년에 아내는 감기를 심하게 앓아서 폐렴으로 번졌고, 기관지 천식이 재발했다. 이때도 병세가 너무 심각해 중앙대병원에 입원해서 치료를 받았다. 병원 측에서도 도저히 희망을 가질 수 없을 정도로 위험한 상태였는데, 간신히 고비를 넘길 수 있었다. 그때도 어김없이 전능하신 하나님께서 찾아오셔서 아내의 손을 잡아 이끌어 주신 것이었다.

아내는 오랜 시간 질병과 싸워왔고, 가난한 생활과 빚보증 때문에 마음고생을 많이 했다. 아픈 아내를 지켜보는 것도 힘들었지만, 그 고통은 아픈 사람의 고통에 비교한다면 아무것도 아닐 것이다. 나는 어려운 고비마다 강한 정신력과 신실한 믿음으로 병마를 이겨내고 오뚝이처럼 일어나 준 아내가 무척 고맙다. 앞으로도 가까이서 아내를 더욱 보살피고, 아내가 더 이상 질병으로 고생하지 않도록 지켜주고 싶다.

팔불출의 아내 자랑

아내에 대해, 첫인상이 좀 냉정하고 차가워 보인다고 하는 사람이 간혹 있다. 그러나 이는 아내에 대해 잘 몰라서 하는 말이다. 아내처럼 조신하고 아름다운 마음을 가진 사람을 찾기가 어렵다. 아내는 한없이 따뜻하고 여리며 인정이 많은 사람이다.

앞서 내가 오랫동안 아내를 쫓아다녀 결혼에 골인한 이야기를 했다. 첫눈에 반한 사람의 마음에 대해서도 이야기했는데, 젊은 시절에 아내만큼 예쁘고 아름다운 여자를 만나 보지 못했다. 만약 아내가 연예인으로 데뷔했어도 이상하지 않았을 것이다.

젊은 시절에는 아내와 사귀고 싶어 하는 동네 남정네가 한둘이 아니었다. 한번은 고등학교 선배가 나를 불렀다. 나보다 1년 선배였던 그는 험상궂은 표정으로 나를 위협했다.

"나도 미숙이를 좋아하니 네가 그만 포기하고 물러나라."

그 선배는 학교에서 알아줄 정도로 덩치가 컸다. 선배는 나에게 겁을 주면 내가 아내와 헤어질 줄 알았겠지만, 오산이었다.

"싫습니다. 저랑 정정당당하게 겨뤄서 뺏어보든가요."

위력을 행사하는 가장 높은 학년의 선배에게도 나는 물러서지 않았다. 반감과 질투심에 아내를 더더욱 놓치고 싶지 않았다. 선배는 내 행동에 기가 찼는지 조용히 사라졌다.

아내가 이렇게 인기가 좋은 이유 중 하나는 바로 타고난 피부다. 아내는 젊은 시절부터 피부가 정말 좋았는데, 지금도 특별한 관리를 하지 않아도 동안 피부를 유지하고 있다. 실제로 아내의 나이를 말하면 모두가 놀란다. 강의를 하러 학교에 가면 학생들이 아내를 40대 후반으로 볼 정도니까.

아내의 외모도 외모지만, 마음 씀씀이와 지혜도 나보다 한 수 위다. 언젠가 사업이 어려워 위축되어 있는 나에게 아내는 선뜻 몇 천만 원을 내놓았다. 갑자기 생긴 돈에 놀라 어디서 난 돈이냐고 물으니 아내는 아무렇지 않게 대답했다.

"틈틈이 모아둔 돈이죠. 사업에 보태요."

나중에 알고 보니 아내는 오래전부터 용돈을 아껴 나 몰래 비자금을 마련했는데, 사업이 어려울 때 보태 쓰라며 몽땅 내놓았다. 그만큼 남편에 대한 사랑과 배려심이 남다르다.

계절이 바뀌면 나와 아내는 한바탕 실랑이를 벌인다. 이유는 나의 외출복 때문이다. 남자들은 패션에 관심이 많은 일부를 제외하면, 대체로 옷을 대충 입는 편이다. 그러나 아내는 옷차림에 신경을 많이 쓴다. 아마 아내가 지난날 패션 디자이너로서 경험한 안목 때문인 듯하다.

"남자나 여자나 사회 활동의 기본은 옷이에요. 그리고 당신, 사람 많이 만나고 다니는데 단정하고 깔끔하게 입어야 하지 않겠어요? 옷차림은 고객에 대한 예의이기도 하고 나아가서 실적에도 영향을 미치지 않겠어요?"

일리가 있는 말이지만 때로는 이런 것들이 귀찮게 느껴진다. 아내와 함께 백화점에 가면 나는 가격이 싼 옷만 대충 훑어보는 반면, 아내는 가격이 비싸도 질감이나 디자인을 우선적으로 고려한다. 최종 선택은 늘 아내가 하는 편인데, 언제 봐도 아내가 결정한 옷은 나에게 잘 맞고 어울린다. 내게 어울리는 옷을 하나라도 더 찾기 위해 이리저리 움직이는 아내를 보면 천사가 따로 없음을 느낀다.

아내는 배짱과 너그러움도 남다르다. 지금까지 내가 여러 번 이직을 하거나 갑자기 퇴사를 해도 아내는 불평불만 한 번 하지 않았다. 오히려 그때마다 위로와 격려, 그리고 용기를 불어넣어 주었다.

오래전 일이다. 반포에 있는 대한공인중개사 사무소에서 근무할 때 직장에서 오해가 생겨 직원들이 사장에게 추궁을 받아야 했는데, 직원들의 입장이 곤란해지지 않도록 내가 총대를 메고 회사를 그만둔 적이 있다. 점심 식사로 싸 간 도시락을 먹기도 전에 벌어진 일이었다.

회사를 나와 집으로 돌아온 나는 도시락과 메모지만 식탁에 올려놓고 다시 집을 나섰다. 집 근처의 삼일공원에 가서 앞으로 어떻게 살지 고민했다. 일할 곳이 정해진 것도 아니었고, 이직을 알아본 것도 아니었다. 즉흥적으로 회사를 그만뒀으니 앞으로 어떻게 가정을 책임져야 할지 막막했다.

너무 성급한 결정을 한 건 아닐까. 무슨 낯으로 아내를 보고, 또 무슨 말로 변명을 해야 할까. 그저 눈물만 나올 정도로 답답한 심정이었다. 한참을 고민한 끝에 나는 힘없이 자리에서 일어나 집으로 돌아갔다. 아내가 나를 기다리고 있었다. 메모지를 확인한 아내가 나에게 물었다.

"일 그만뒀어요?"

"그렇게 됐어."

"잘했어요. 더 좋은 곳에서 일하면 되죠."

아내는 내가 왜 일을 그만뒀는지, 앞으로 어떻게 할 것인지 캐묻지 않았다. 이유도 묻지 않은 채, 오히려 잘했다며 위로와 격려를 해줬다.

내가 일을 하든 하지 않든, 아내가 지금까지 늘 하는 것이 하나 있다. 바로 아침식사 준비다. 일찍 외출할 일이 있거나 몸을 움직이지 못할 정도로 아픈 날이 아니면 언제나 나를 위해 따뜻한 아침 밥상을 차려준다.

지금도 아내에게 고맙고 미안한 부분은 아내가 심장병으로 고생할 때다. 심장판막의 문제 때문에 피가 거꾸로 역류할 때는 말도 못하고 전신이 마비되는 상황까지 간다. 특히 아침에는 체력적으로 많이 힘든데, 그때도 아침식사를 준비해 줬다. 말도 하기 힘든 상황에서도 아내는 밥상을 차린 뒤 침대에 누워 손짓으로 잘 다녀오라고 인사를 했다. 나는 가슴이 저리고 목이 메어 밥도 넘어가지 않았다. 내가 이렇게 건강한 삶을 살고 있는 건 순전히 아내의 정성이 깃든 아침 밥상 덕분이다.

사실 내가 집에서 할 수 있는 집안일은 거의 없다. 아내의 내조 때문이다. 가끔 딸들이 나에게 이렇게 말한다.

"아빠는 계약서 쓰는 게 유일하게 잘하는 일이야."

"맞아. 딴 건 아무것도 못하잖아. 엄마 없으면 할 줄 아는 게 뭐가 있어?"

이렇게 딸들이 나를 놀리면 아내가 옆에서 한마디 거든다.

"네 아빠는 칼도 잘 간다."

오죽하면 직원들도 나에게 '손이 많이 가는 사람'이라고 놀려댈 정도다. 집 안에서 내가 할 수 있는 일이 얼마 없는 것은 아내가 집안일을 도맡아 하기 때문이다. 집에 가면 아내가 모든 걸 끝내 버려서 내가 할 일이 없다. 친구들은 아내가 집에 없을 때는 직접 부엌에 들어가 밥도 해먹고 설거지도 한다고 한다. 남자가 부엌에 들어가서 어느 정도 일을 하면 대충이나마 어디에 뭐가 있는지 알고 손이 가는데, 아내는 내가 부엌에 들어오지 못하게 막는다. 아내는 나 말고 딸들도 부엌에 못 들어오게 한다. 부엌은 오직 아내만의 공간이다.

이사라도 하는 날에는 아내는 '원더우먼'으로 변신한다. 짐 정리부터 못질, 망치질, 전선 정리까지 못하는 게 없다. 심지어 무거운 짐도 내 도움 없이 척척 해결한다! 그러니 내가 집안에서 할 수 있는 일은 음식물 찌꺼기를 쓰레기통에 내다버리는 일이나 식사를 하고 남은 식기를 설거지통에 가져다 놓는 게 전부다. 이렇게 아내가 모든 걸 전담하니 내가 할 일이 별로 없다. 몸이 약한데도 아내로서, 주부로서의 역할을 완벽히 해내는 아내가 고맙고 존경스럽다.

아내의 식지 않는 열정

아내는 딸들이 어른이 될 때까지 험준한 세월을 보냈다. 일찍 결혼하여 어린 나이에 자녀를 키우느라 정신이 없었고, 아이들이 어느 정도 성장한 후에는 가난과 건강이 그녀의 발목을 잡았다. 마치 바람 앞 촛불 같은 건강 속에서도 아내는 환경과 처지에 좌절하거나 포기하지 않고 앞만 바라보며 쉼 없이 달렸다.

뒤를 돌아볼 틈도 없이 숨 가쁘게 살아오던 아내는 마흔 살이 넘어서야 가슴에 묻어놨던 어릴 적 꿈을 끄집어냈다. 아내는 칼빈신학교에 들어가 소정의 과정을 마치고 총신대학교에 입학해서 신학을 전공했다. 4년 동안 열심히 공부한 아내는 마침내 총신대학교 졸업장을 품에 안았다. 여기서 끝이면 이야기를 꺼내지도 않았을 것이다. 졸업 직전, 아내는 나에게 자신의 끝없는 학구열을 털어놓았다.

"내 비전과 사명이 무엇인지 깨달았어요. 나, 대학원에 들어가고 싶어요."

바쁜 와중에도 아내는 자신의 학구열을 포기하지 않았다. 대학 졸업으로도 만족하지 못한 아내는 나와 협의해서 백석대학교 보건복지대학원 특수심리학과에 들어가서 공부를 시작했다. 하는 일도 많고 가족도 챙겨야 해서, 나는 아내가 공부를 제대로 할 수 있을지 걱정이 됐다.

"당신, 건강도 안 좋은데 그렇게 공부해도 괜찮아요?"

"대학원에 들어가서야 공부다운 공부를 할 수 있는데요."

공부다운 공부라니. 그래도 아내가 만족해하는 것 같아 나는 조용히 응원을 보냈다. 석사 과정을 마치면 학구열의 목마름이 어느 정도는 해갈될 거라고 생각했는데 아내는 또 박사 과정을 시작하는 게 아닌가. 약간의 의견 충돌이 있었으나 아내는 자신의 뜻을 굽히지 않았다.

아내의 스케줄이 얼마나 바쁜지 나조차 가늠이 안 될 때가 많다. 아내는 백석대학교 대학원에 입학하기 전에도 전도사 사역을 담당했었다. 이때가 사당동 롯데캐슬아파트에 거주할 때였는데, 당시 건강이 온전치 않았는데도 하나님의 부름에 응답하고자 자원해서 사역을 맡았다.

성도들은 물론 부교역자들과의 관계도 나쁘지 않았다. 당시 아내는 교회에서 전임 사역을 담당했는데, 특히 환자 성도들 사이에서 아내를 찾는 사람이 많았다. 자신이 질병으로 죽을 만큼 힘든 경험이 있어서인지 아내가 환자들에게 전하는 메시지는 매우 강렬하고 정열적이었다. 실제로 아내의 사역을 통해 많은 환자 성도들이 위로와 힘을 얻었다.

이후 방배동 롯데캐슬아파트로 이사해서도 아내는 빈틈없이 가정을 살피는 한편, 방배동에 있는 방주교회 새가족부에서 새신자 관리는 물론, 교회 상담실에서 팀장으로서 교우들의 상담을 맡아 진행하고 있다. 거기다 일주일에 두세 번씩 중학교에 가서 강의까지 하고 있다.

어디 그뿐인가? 가끔 가정 법원 이혼 상담과 국민건강보험공단 소속으로 중학교에서 뇌파 맥파 검사를 통한 상담 진행에, 아파트 동 대표 총무 이사로 아파트 살림을 이끌고, 주말 농장도 가꾸고 박사 과정까지 밟는 데 하루 24시간이 모자랄 정도다. 도대체 아내의 학구열의 끝은 어디일지 궁금하다. 박사 과정을 마치고 나면 또 무엇이 아내의 마음을 사로잡을지 궁금하다.

아내는 도전 정신과 모험심도 강한 사람이다. 평소 나는 '안전이 제일'이라며 어떤 일에 쉽게 나서지 않는 편인데, 아내는 대범하여 본인이 해야 할 일이나, 하고 싶은 일이 있으면 주저하지 않고 덤빈다. 그래서 아내는 나보다 할 줄 아는 게 훨씬 많다. 골프, 수영, 테니스, 볼링 등. 거기에다 틈틈이 학원을 다니며 꽃꽂이와 요리도 배웠다. 아내는 특히 음식 솜씨가 일품이다. 타고난 측면도 없지 않지만 자주 손님을 초대해서 식사를 대접하니 음식 솜씨가 좋을 수밖에 없다.

장인어른의 사위 사랑

나는 아내에게 관심을 기울이는 것처럼, 장모님과 장인어른에게도 관심을 기울인다. 내가 어린 나이에 아버지가 돌아가시고, 어머니 또한 고생하시다 노인성 질환을 얻어 81세 되던 해에 돌아가셨으니 나에게 남은 웃어른은 장모님과 장인어른밖에 없으시다. 내가 장인어른, 장모님을 챙겨드리려고 노력하는 이유는 어쩌면 부모님에게 못다 한 효도 때문일 수도 있다.

아내와 교제하기 전부터 나는 장인어른과 지금은 돌아가신 장모님을 알고 있었다. 중학교 시절, 나는 등굣길에 장인어른과 장모님을 종종 뵀었다. 장인어른은 장모님과 함께 경운기에 그물과 배를 싣고 종종 민물고기를 잡으러 다니고는 하셨다. 두 분이 얼마나 다정하고 금실이 좋아 보였는지 영락없는 한 쌍의 잉꼬였다.

친장모님이 돌아가시지 않고 지금껏 살아계시면 얼마나 좋을지 이따금 생각해보곤 하는데 아쉬운 마음만 남는다. 두 분이서 고기를 잡으러 다니실 때, 단 한 번도 발걸음을 멈춰 서서 말씀을 나눠 본 적이 없다. 이렇게 아내와 부부의 연이 맺어질 줄 알았다면 말 한마디라도 붙여봤을 텐데…… 씩씩하고 듬직한 모습으로 '미래의 사위'라는 걸 보여줄 수 있었으면 정말 좋았을 텐데…… 그때는 나의 미래를 알지도 못한 채, 얼굴을 보면 그저 인사만 열심히 했다.

"아버지께서 워낙 고기 잡는 걸 좋아하셨어요. 처음에는 취미로 하셨는데, 나중에는 생업으로 바꾸셨죠."

아내의 말처럼, 그리고 내 기억에서처럼 장인어른은 꽤 많은 시간을 물고기를 잡는 데 할애하셨다. 내 기억에는 돌아가신 장모님과 함께 저수지에 나가셔서 물고기를 잡는 모습만 있는데, 아내의 말에 따르면 젊은 시절에도 장인어른은 혼자서 장비를 챙겨서 저수지에 다니셨다고 한다.

원래 장인어른은 농사를 짓다가 남는 시간에 물고기를 잡으셨다고 한다. 그물과 배를 이용했으니 얼마나 많은 물고기를 잡으셨을까? 결국 취미로 시작한 물고기잡이가 나중에는 생계 수단으로 바뀌었다. 아마 물고기 잡기로는 그 인근에서 최고였으리라.

물고기를 많이 잡아서 장에 내다 팔았다면, 그래서 정직하게 돈을 받았다면 아마 장인어른은 큰돈을 버셨을 것이다. 그러나 장인어른은 마음이 약하고 정이 많은 분이었다. 사업이나 장사를 하려면 좀 냉정하고 매몰찬 면이 있어야 하는데, 장인어른은 고기를 많이 잡아도 사람들에게 이래저래 퍼줘서 실제로 손에 쥔 돈은 그리 많지 않았다. 마치 부자로 사는 걸 포기한 분처럼 보였다고 해도 과언이 아닐 것이다.

이런 성격은 늘 한결같았는데, 가난하고 어려운 사람이 있으면 주머니를 털어서라도 도와주는 데 앞장서셨다. 장인어른은 두 번이나 장터에서 큰돈을 주운 적이 있다고 한다. 평생 먹고살 수 있을 정도로 액수가 컸는데, 장인어른은 그 돈을 줍지 않았다고 한다. 지금처럼 길마다 CCTV가 있는 시절도 아니었다. 내가 왜

줍지 않았냐고 여쭤 보자, 장인어른은 별일 아니라는 듯 대답하셨다.

"남의 물건 함부로 만지는 거 아니다. 돈 많이 벌려고 도둑질 할 거야?"

강직하고 베푸는 마음 때문에 장인어른은 항상 주머니가 가벼웠다. 젊은 시절에는 경찰로 지내면서 집에 일하는 사람을 두 명이나 둘 정도로 여유가 있었지만, 마음이 약해서 빚보증을 잘못 섰다가 급격히 집안이 기울어졌다. 아내의 고생도 이때부터 시작되었다. 집안 사정이 어려워진 것에 대해, 빚보증에 대해 후회하지 않냐고 여쭤보면, 장인어른은 그저 덤덤하게 대답하신다.

"남의 것 욕심내지 않고 정직하게 살아왔다. 그리고 자식들이 이만큼 잘 살고 있으면 됐지."

장인어른은 가세가 기울어도 그저 자신의 일에만 몰두하셨다. 장인어른은 벌써 구순이 넘으셨는데도, 여전히 정정하시다. 몇 년 전까지는 농사도 지으셨다. 지금도 나 같은 사람 한두 명 정도는 밀어서 넘어뜨릴 정도로 힘이 세시다. 젊은 시절에는 추운 겨울에도 저수지에 들어가 얼음을 깨고 목욕할 정도로 체력이 좋으셨다.

가끔 시골에 내려가면 그때마다 장인어른은 저수지에서 붕어와 가물치를 잡으셨다. 저수지 한복판에 그물을 치고 대나무 봉으로 텀벙텀벙 소리를 내어 고기를 몰고 다니신다. 대부분은 그물에 고기들이 꽉 차지만 그렇지 않으면 달랑 몇 마리만 잡을 때도 있었다. 그물이 찢어질 정도로 붕어들이 걸려 있는 모습을 보면 부자가 된 것처럼, 그렇게 기분이 좋을 수가 없다.

2016년의 일이다. 매서운 바람에 옷깃이 찢길 정도로 유난히 추운 겨울이었는데, 사위가 좋아하는 것을 입에 물려주고 싶어서, 장인어른은 몇 년 동안 손에 놓고 있던 그물과 배를 경운기에 싣고 저수지로 향하셨다.

"날도 추운데 괜찮으시겠어요?"

"춥긴 뭐가 춥냐? 너희는 집에 가 있어라."

날씨도 춥고 위험해서 몇 번이고 말렸지만 장인어른은 아랑곳하지 않으셨다. 결국 나는 불안한 마음에 강아지처럼 쫄래쫄래 장인어른을 뒤따라갔다. 장인어른이 배를 타는 모습만 봐도 오금이 저릴 지경이었다.

살얼음판에 홀로 서 있는 장인어른이 걱정되어 쳐다보다 말고 십 년 전 여름에 있었던 일이 갑자기 뇌리에 스쳤다. 여름 휴가철에 시골에 내려가서 두 이모부와 나는 장인어른 몰래 배를 훔쳐 탔다가 몇 발짝도 나아가지 못하고 배가 전복되는 바람에 큰일이 날 뻔했었다. 지금 생각해도 아찔하다.

그런데 그런 유약한 나와는 달리 장인어른은 강추위에도 아랑곳하지 않고 빙판 위의 스케이트 선수처럼 현란한 몸놀림으로 물을 휘젓고 다니셨다. 젊은이도 감히 흉내 낼 수 없는 일을, 88세 연세 드신 분이 하고 계셨다.

주머니에 넣은 손을 뺄 수 없을 정도로 매서운 추위가 강타하고 있었지만, 장인어른은 두 시간 가까이 물 위에서 대나무 봉을 힘차게 저으며 사위에 대한 사랑을 불태우셨다. 물고기를 낚아

올리는 장인어른을 보며 그저 감탄만 했다. 내가 나중에 장인어른만큼의 나이가 되었을 때, 나도 장인어른처럼 할 수 있을까? 나는 도저히 자신이 없다.

마음이 청결하고 베푸는 성격 탓에 손자, 손녀들은 물론 주위의 모든 사람들이 장인어른을 좋아하고 따른다. 거기다 처제, 처남들 모두 장인어른께 효자, 효녀 노릇을 톡톡히 하고 있다. 장인어른은 비록 재물은 풍족하지 않지만 건강과 자녀에 관해서는 복을 받으신 게 분명하다. 손자, 손녀들이 장인어른에게 외할아버지라고 부르면서 안기는 모습을 보고 있노라면, 나중에 나도 저렇게 되리라 다짐하게 된다.

바위 같은 장모님

내가 새장모님을 처음 뵌 건 중학교 3학년 때였다. 당시 장모님은 삼십대 후반이셨는데, 시골 출신이라고 믿기 어려울 정도로 멋쟁이셨다. 진한 립스틱을 바르고 옷도 세련되게 입으셔서 마을 사람들의 눈길을 한 몸에 받곤 하셨다.

어린 내 눈에도 '저렇게 멋진 분이 어떻게 힘든 시골 생활을 하시지?'하는 의문이 들었다. 하지만 장모님은 화려한 외모 이면에 강인함과 따뜻함과 지혜로움을 가진 분이셨다. 그리고 지금까지도 한결같이 그 마음결을 갖고 계신다.

"장모님, 저 처음 만났을 때 기억하십니까?"

가끔 이렇게 농담을 하면 장모님은 그저 웃기만 하신다. 왜냐하면 장모님은 처음에 나와 아내의 교제를 반대하셨기 때문이다. 우리 집이 가난해서라든가, 내가 배운 게 없어서라고 말씀하셨다면 이해할 수 있었다. 그런데 장모님이 날 반대한 이유는 단순히 '얼굴이 시꺼멓고 못생겼다.'라는 이유 하나였다.

멋 내는 걸 좋아하셨던 장모님께서 하신 말이니 아주 이해가 안 되는 건 아니지만, 그때는 장모님이 야속하기만 했다. 하지만 지금은 마을 분들께 "우리 큰사위 같은 사위를 어디서 얻겠어?"라며 자랑하시니 한없이 감사하다.

장모님은 젊은 시절부터 고생을 참 많이 하셨다. 장인어른께서는 강직하지만 인정이 많으시며, 장모님과 자식들을 누구보다 사랑하는 분이시다. 그런데 그런 장인어른께 딱 한 가지 아쉬운 점이 있는데, 바로 불같은 성미다. 장인어른은 화가 나면 물불을 가리지 않으시고 누가 말려도 도통 듣지를 않으신다.

몇 년 전, 장인어른 생신 때 가족 모두가 한자리에 모인 일이 있었다. 이때 뭐가 마음에 들지 않으셨는지 장인어른은 돌연 불같이 화를 내시다가 결국 분을 참지 못하고 주변 사람들에게까지 불똥이 튀었다. 화가 난 장인어른을 진정시키느라 나와 아내, 처남과 처제까지 모두 나서야 했다.

이처럼 늘 화를 가까이 두고 있어서 언제 폭발할지, 한순간도 긴장감을 늦출 수가 없다. 잠깐 있다 가는 자식들이야 그렇다 치고 장인어른과 매일 함께 지내는 장모님의 긴장감과 스트레스는 말해 뭐하겠는가? 고달픈 시골 생활에, 넉넉지 못한 가정환경 등.

장모님은 자신의 신세를 한탄하며 남모르게 눈물 훔칠 때가 많으셨다고 한다. 밤에 보따리를 싸서 집을 나가고 싶을 때가 한두 번이 아니었단다. 하지만 발길을 붙잡는 이가 있었으니, 바로 기봉, 기정 두 처남이었다.

"처음 시집 왔을 때 두 녀석 모두 코흘리개 아이들이었지. 두세 살짜리들이 뭘 알겠어?"

힘들고 고단한 생활 때문에 고통스러웠지만, 장모님은 낳은 아들 이상으로 두 처남에게 애정을 쏟으셨다. 두 처남이 돌아가신 어머니를 찾으며 울 때마다 장모님은 두 처남을 품에 안고 젖을 물려 달랬다고 하신다. 낳은 정보다 기른 정이 크다고, 장모님께서는 두 처남들에게 사랑과 정성을 쏟으시면서 그 낙으로 고달프고 험난한 세월을 이겨내셨다.

특히 기봉, 기정 두 처남에 대한 사랑은 남달랐다. 젖을 물려 키운 기억이 깊이 남았으리라. 지금도 다른 자식들은 서운하게 해도 별로 노여워하지 않으시는데, 두 처남은 조금만 서운하게 해도 못 견뎌하신다.

자식을 낳아본 사람은 알겠지만, 내가 낳은 자식도 마음대로 되지 않는다. 당장 나만 해도 두 명의 딸을 키우는 데 적잖은 어려움이 있었다. 그런데 장모님은 무려 팔남매를 무리 없이 잘 키워냈으니 도인의 경지에 이르지 않으셨을까 싶다. 처가댁이 지금까지 큰 불화 없이 화목하게 지낼 수 있었던 건 효심이 지극한 처남과 처제의 착한 성품 덕도 있지만, 힘든 삶 속에서도 변함없이 가정을 지키는 장모님의 바위 같은 우직함이 더 컸으리라.

처남, 처제 모두를 독립시켰으니 이제는 좀 몸도 마음도 편안한 시간을 보내야 하는데, 장모님은 건강 때문에 많이 힘드시다. 불편한 다리 때문이다. 장모님은 16년 전부터 연골이 닳아 거동이 불편했지만 별다른 내색을 하지 않으셨다. 그러다 뒤늦게 인공관절수술을 했으나, 시간이 갈수록 더욱 악화되어 갔다.

집안일이라는 게 해본 사람은 알겠지만 끝이 없다. 하루에 몇 번이고 같은 일을 반복해야 한다. 거기에다 장모님은 시골에서 밭일을 비롯한 농사일에 그물 손질까지 하시며 팔 남매까지 키우셨으니 얼마나 동분서주하셨겠는가. 그러니 무릎이 성치 않을 수밖에.

나중에는 수술했던 부위에 염증이 생겨 다리를 제대로 쓸 수 없어졌다. 그래서 전동차를 구입해 드렸는데, 그 전동차 때문에 사고가 날 줄은 꿈에도 몰랐다. 병원에 다녀오시던 어느 날, 전동차를 잡고 있던 간호사가 그만 실수로 전동차를 놓치는 바람에 장모님이 넘어지고 말았다. 하필 수술 부위가 먼저 땅에 닿으면서 고꾸라지셨고, 장모님은 수술한 부위가 더 악화돼 죽을 만큼의 고통을 겪게 되셨다.

놀란 우리 부부는 장모님을 서울로 모시고 와서 무릎관절 수술을 잘한다고 소문난 병원을 찾아 다녔다. 그때 찍은 엑스레이만 몇 장인지 모른다. 어떻게든 장모님이 낫길 바랐던 나와 아내였다. 하지만 엑스레이를 확인한 의사들은 장모님의 무릎관절 상태를 확인하고는 고개를 저었다.

"수술을 해야 하는데, 그러려면 뼈에 쇠를 걸어야 합니다. 그런데 주변 뼈가 다 으스러져서 도저히 재수술을 할 수가 없어요."

병원마다 같은 말을 했다. 혹시나 하는 희망을 가지고 서울에 올라오신 장모님께는 청천벽력 같은 말이었다. 다시 한 번 내가 의사 선생님께 물었다.

"정말 어떻게 안 됩니까?"

"이미 연세도 있으시고, 무릎이 너무 안 좋아요. 지금으로서는 낫는 것보다 상태를 유지하는 게 더 중요합니다."

우리 부부는 마지막 지푸라기라도 잡는 심정으로 장모님과 함께 삼성서울병원을 찾아 갔다. 하지만 그곳에서도 희망적인 말을 들을 수가 없었다. 집으로 돌아오는 길에 우리 부부와 장모님은 아무 말도 하지 않았다. 무거운 침묵이 차 안을 맴돌고 있을 때, 장모님은 소리 없이 눈물만 닦았다. 말은 하지 않았지만 장모님도 기대하고 있으셨을 텐데, 어느 병원에서도 희망적인 소리를 들을 수가 없으니 얼마나 상심이 크고 괴로우셨을까.

나 또한 가슴이 미어졌다. 장모님의 무릎만 좋아질 수 있다면 무슨 일이든 하고 싶은 심정이다. 장모님의 건강한 무릎을 가져간 세월이 야속하다. 사람은 누구나 늙고 병든다고 하지만 사랑하는 사람이 늙고 병드는 것은 받아들이기 힘든 일이다. 나는 지금도 장모님이 아픈 무릎을 끌며 간신히 움직이는 모습을 보면 애처롭고 마음이 아프다.

딸들과
새로 얻은 아들들

적극적이고 사교적인 희선

교회에서 예배가 시작되기 전에 큰딸 희선이 피아노 앞에 앉는다. 희선은 미리 준비한 피아노 악보를 훑어보며 건반을 어루만진다. 나는 큰딸 희선이 피아노 연주를 준비하는 모습을 여러차례 지켜봤지만, 그때마다 희선이 실수하지는 않을까 조마조마한 심정으로 가슴을 졸인다.

하지만 희선은 피아노 건반에 손을 올려 능숙하게 연주한다. 어릴 때부터 교회에서 피아노 반주를 해 온 딸은 다른 사람들의 시선에 신경 쓰지 않고 손가락을 움직인다. 건반을 칠 때마다 아름다운 선율이 교회 전체에 울려 퍼진다. 성도들은 희선의 반주에 따라 찬양을 한다. 그 모습을 보면 내 마음도 편해진다.

가슴을 졸였던 걱정은 기우에 지나지 않는다. 예배가 끝나면 성도들은 딸에게 수고했다며 한마디씩 건넨다. 간혹 이렇게 말하는 이들도 있다.

"피아노 연주를 정말 잘해요. 전공을 해서 그런가? 혹시 개인 연주회 같은 걸 할 생각은 없어요?"

누군가 이런 말을 하면 희선은 그저 미소만 머금었다. 교회에서 피아노를 연주하는 것만으로도 충분하다면서, 지금에 만족한다고 말한다. 하지만 나는 가끔 딸아이가 청중들 앞에서 피아노를 연주하는 모습을 상상한다. 드레스를 입고 피아노 앞에 앉아 수많은 관객에게 아름다운 선율을 들려주는 모습을 말이다.

큰딸 희선은 어릴 때부터 피아노 연주를 정말 좋아했다. 어려운 가정형편 때문에 학원을 보내기 힘들었는데, 희선은 피아노 학원만은 다니고 싶다고 졸랐었다. 결혼한 지금까지도 계속해서 피아노를 연주할 정도로 딸아이에게 피아노는 삶의 일부가 되었다.

나는 아내와 동거하던 스물세 살 때 큰딸 희선을 얻었다. 아내가 임신했을 때 주변에서는 하나같이 사내아이가 태어날 거라고 말했다. 지금이야 뱃속에 있는 아이가 딸인지 아들인지 구별할 수 있지만, 그때는 출산 전에 성별을 알 수 없었다.

솔직히 나는 내 아이가 아들이든 딸이든 크게 신경 쓰지 않았다. 그저 우리 아이가 건강하게 태어나 잘 자라기만을 바랐다. 그런데 아내의 생각은 달랐다. 아이를 순산한 뒤, 정신을 완전히 차리기도 전에 딸이라는 걸 알고는 나에게 미안해하며 눈물을 글썽거리는 게 아닌가.

"여보, 미안해요. 사내아이를 낳아야 하는데, 딸아이를 낳아서."

"그게 무슨 말이에요? 아들이면 어떻고, 딸이면 또 어때요? 잘 만 키우면 되죠."

아무래도 아내는 내가 사내아이를 원한다고 생각했었나 보다. 하기야 그때는 사회적으로 남아선호사상이 강했기 때문에 아내 의 심정을 어느 정도 이해할 수 있었다. 하지만 나는 아내와 약속 했다. 딸이든 아들이든 우리 아이를 건강하게, 행복하고 밝게 키 우자고.

첫딸 희선의 태몽은 장인어른이 꾸었다. 장인어른이 집에 전 화를 해서,

"봉황새 주변을 병아리들이 떼를 지어서 뱅뱅 돌아다니는 꿈 을 꿨다. 이건 분명 태몽이야."

그러면서 아내의 배 속에 있는 아이가 장차 큰일을 할 거라고 입이 마르도록 말씀하셨다. 장인어른이 어찌나 흥분해서 말하던 지 나와 아내는 아이가 어떤 사람으로 성장할지 기대되고 더 궁 금해졌다. 비록 가정형편이 어려워 제대로 뒷바라지를 해주지는 못했지만, 나와 아내는 큰딸에게 집중했다. 남자는 자식이 태어 나면 어른이 된다고 하는데, 나 또한 희선이 태어나면서 진짜 어 른이 되는 것을 느꼈다.

희선은 어릴 때부터 성격이 밝았다. 어른들이 엄하게 야단을 쳐도 토라지지 않고 바로 기분을 풀고 웃으며 안겼다. 한 번은 아 이가 뭣도 모르고 실수를 하는 바람에 너무 놀라 크게 언성을 높

인 적이 있었다. 보통 아이들은 아버지가 화를 내면 울거나 입을 삐죽 내미는데, 희선은 돌아서면 금방 웃으면서 달려들었다. 그 모습에 화를 내던 나도 마음이 진정됐다.

워낙 스스럼없이 행동하고 사교성이 좋으니, 우리 부부는 딸 아이에게 불만이 쌓일 겨를이 없었다. 보통 사춘기가 되면 부녀지간은 모녀지간보다 사이가 서먹해질 수 있는데, 딸은 그런 게 전혀 없었다. 그리고 사춘기가 되면 자기만의 비밀이 생기기 마련인데, 희선은 자신의 속내를 숨김없이 털어놓았다.

"희선아, 너 그런 말을 우리한테 해도 되니?"

"뭐 어때? 내가 나쁜 짓을 한 것도 아닌데."

학교에서 있었던 일, 교회에서 있었던 일, 심지어 남자 친구와 있었던 일 등을 아무렇지 않게 말하는 큰딸에게 내가 걱정되어 한마디 하면, 희선은 전혀 신경 쓰지 않았다. 큰딸은 사교성이 워낙 좋은 탓에 학교든 교회에서든 인기가 많았다. 그리고 성격이 화끈하고 여장부 같아서 이성친구들도 제법 많았다.

큰딸 희선의 가장 큰 장점은 바로 믿음이다. 하나님을 향한 믿음도 크고, 스스로에 대한 믿음도 크다. 어느 날 교회에서 단기 선교 활동의 일원으로 선발되어 중국에 다녀와야 한다고 했다.

"단기 선교 활동을 다녀오려는 마음은 이해하는데, 정말 괜찮겠니? 요새 이런저런 사건 사고도 많은데."

솔직히 나는 아이가 해외로 선교 활동을 가는 걸 말리고 싶었다. 일단 해외로 가려면 비행기 값도 필요할 뿐더러, 체류하는 동안 필요한 돈도 만만치 않기 때문이다. 하지만 딸은 전혀 상관하지 않았다.

"내가 못 갈 곳을 가는 것도 아니잖아. 그리고 목사님께서 반주자가 필요하니까 내가 꼭 가야 한다고 하셨어. 비행기 값은 선교 후원금으로 지원해 주신다고 약속하셨으니까 괜찮아. 아빠는 걱정이 너무 많아서 탈이야."

직장에서는 늘 당당한 나지만, 이상하게 딸 문제 앞에서는 소극적으로 변했다. 오히려 딸이 더 당당하게 행동할 정도였다. 희선은 무사히 단기 선교를 마치고 돌아왔고 그 이후로도 매년 캄보디아, 태국 등 본인이 일하며 모은 돈으로 단기 선교를 갔다. 이렇게 적극적이고 행동력이 있는 희선을 보면 큰애는 나보다 엄마를 더 닮은 것 같다는 생각이 든다.

남부럽지 않은 든든한 큰딸

제 큰딸은 결혼 11년 차에 접어들었다. 열 살 난 남자 쌍둥이와 일곱 살 난 막내딸을 키우며 가사일로 바쁜 와중에도 예배를 빠지는 일이 거의 없다. 지금도 교회에서 피아노 반주를 담당해서, 몇 천 명이 되는 성도들 앞에서 매주 피아노를 연주하고 있다.

사위를 만난 곳도 다름 아닌 방배동에 있는 성민교회였다. 사위와는 교회에서 처음 만나 4년간 교제하다 결혼했는데, 나는 아직도 사위를 처음 봤을 때가 생생하다. 당시 성민교회에서 피아노 반주를 맡고 있던 큰딸이 어느 날, 웬 인물이 준수한 청년을 집으로 데려왔다. 누군지 몰라 아내에게 물었다.

"같이 교회 다니는 사람이에요. 희선이한테 피아노를 배우러 왔다고 하던데요?"

큰딸의 피아노 실력이 워낙 좋았으니 아내의 말만 듣고 그러려니 하면서 크게 생각하지 않았다. 그저 교회 선배고 피아노를 배우러 온 청년인 줄로만 알았는데 사위가 될 줄 누가 알았겠는가? 정말 세상일은 아무도 모르는 것 같다. 하나님의 섭리가 오묘함을 다시 한 번 깨닫게 된다.

큰사위는 얌전하고 수줍음이 많아 평소에는 말이 별로 없다. 워낙 조용해서 옆에 있는지도 모를 정도인데, 그런 사위가 큰딸이 피아노를 연주하는 모습에 반해서 레슨을 빌미삼아 먼저 다가왔고 이 아이들은 이후 4년간 교제를 했다. 딸과 사위가 연애한 지 1년도 채 되지 않았을 때, 딸이 대학로에서 CCM공연 밴드세션을 하게 됐다. 우리 부부와 사위네 가족 모두가 참석해서 관람했다.

이때 사위의 부모를 처음 만나 서로 인사를 하고 대화를 나누었는데, 사위의 인품이 부모를 닮았다는 걸 단박에 알 수 있었다. 사돈댁의 배려심과 훌륭한 성품 덕에 두 가정은 급속도로 가까워질 수 있었다. 이후 큰딸과 사위의 결혼도 막힘없이 일사천리로 진행되었다. 결혼 날짜를 잡는 것을 비롯해, 혼사를 준비하는 과정에서도 서로가 서로를 존중하니 어려움 없이 척척 결혼 준비가 진행되었다.

큰딸 희선은 많은 사람들의 축하 속에 결혼식을 올렸다. 지금 세 아이를 키우며 지내고 있는데, 힘든 일이 없었던 건 아니다. 결혼한 지 정확히 1년 만에 일란성 쌍둥이를 임신했는데, 다니던 동네 병원에서는 쌍둥이를 자연 분만 하기가 어렵다고 했다.

그래서 종합 병원으로 옮겼는데 초음파로 쌍둥이의 위치를 확인하더니 태아의 위치가 자연 분만을 할 수 있는 상황이 아니라고 했다. 결국 수술을 받기로 결정했는데, 희선은 수술 당일에 마지막으로 초음파 검사를 받았다. 태동이 너무 심했기 때문이다. 놀랍게도 초음파 검사를 받으러 가는 그 짧은 시간 동안 배 속의 쌍둥이들이 위치를 바꿔 머리가 아래로 향하고 있었다. 자연 분만이 가능해진 것이다!

"저희 병원은 산모가 수술을 원해도 아기들의 위치가 좋으면 자연 분만을 할 수 있도록 해요. 그런데 산모님은 쌍둥이고 고위험군에 속하기 때문에 최대한 산모님의 의견을 존중해 드리고 싶어요. 가족들과 상의하시고, 충분히 생각하신 후에 결정해 주세요."

희선은 깊은 고민에 빠졌다. 계획대로 수술을 받을 것인가, 아니면 자연 분만을 할 것인가. 큰딸은 가족들과 이야기를 나눈 뒤 이내 결심했다. 자연 분만을 해 보겠노라고. 그리고 다시 아이들이 나올 때까지 2주를 더 기다렸다. 초산에 쌍둥이를 낳는 건 산모나 태아 모두에게 위험한 일이다. 그걸 알면서도 큰딸은 성공

률이 10%밖에 되지 않는 쌍둥이 자연 분만을 했다. 딸의 믿음과 용기 있는 태도에 박수를 보낸다.

이후 큰딸은 손녀까지 낳아서 시댁과 친정의 도움 없이 다섯 식구가 오순도순 활기차게 잘 살고 있다. 나는 큰딸이 지금까지 잘 살 수 있었던 건 큰딸이 가진 하나님에 대한 믿음과 사위의 성실하고 진실한 성품 덕분이라고 생각한다.

사실 사위는 부유한 가정에서 태어나 고생을 모르고 자랐다. 딸과는 전혀 다른 삶을 살았는데, 성격이 온순하고 느긋하며 화를 잘 내지 않는다. 그에 반해 큰딸은 나를 닮아서 성격이 급하고 결과를 빨리 봐야 직성이 풀린다. 화끈한 성격에 비해 은근히 '허당' 같은 면도 있어서 자기 관리가 확실한 편은 아니다. 학교 다닐 때는 용돈을 줘도 책상에 올려놓고 며칠이고 방치했던 아이였다. 하지만 결혼하고 나서는 전혀 다른 모습으로 바뀌었다.

두 사람의 성향이 전혀 다르니 당연히 교제할 때 성격 차이로 마찰이 생길 수밖에 없었다. 뭔가 따지고 화를 내야 할 상황인데도 사위가 반응이 없으니 큰딸은 울화통이 터질 수밖에 없었다. 지금이야 서로를 인정하고 아이를 낳아 알콩달콩 잘 살고 있지만, 교제할 때는 서로 다른 성격 때문에 여러 번 위기를 겪기도 했다.

그리고 사위는 프리랜서여서 수입이 일정하지 않다. 원래 사위는 치과 원장인 아버지의 뒤를 따라 치과대학에 진학하려고 했다. 그러다 자신의 적성을 찾아, 중앙대학교에서 사진학을 전공했다. 그리고 신사동에 있는 스튜디오에 들어가 화보 촬영을 했다.

우리 부부는 주관이 강한 큰딸이 사위의 수입 때문에 마찰이 생기지는 않을지, 그리고 고부 갈등을 일으키지는 않을지 걱정을 많이 했다. 하지만 결혼해서는 큰딸 희선은 매일 가계부를 쓸 정도로 가정 경제를 잘 이끌어 가고 있을 뿐만 아니라 현모양처로서도 그 역할을 다하고 있다. 특히 시부모님과는 친정 부모 이상으로 좋은 관계를 유지하고 있는 것 같아서 무척 대견하다.

큰딸은 현재 교육대학원에서 진로상담학을 전공하고 있다. 세아이를 키우면서 공부를 하는 게 쉽지는 않을 것이다. 시댁뿐만 아니라 주변에서도 힘들 거라며 위로와 격려를 많이 해준다. 하지만 큰딸은 가족에게 충실하면서 공부에도 최선을 다하고 있다. 나는 아들이 없지만 아쉬운 마음은 전혀 없다. 큰딸은 아들 그 이상이다. 큰딸 희선만 생각하면 언제나 든든하고 힘이 솟는다.

눈에 넣어도 아프지 않을 민주

"이제 오늘의 주인공 신부가 입장하겠습니다. 신부 입장!"

사회자의 외침과 함께 면사포를 쓴 둘째 딸 민주가 내 손을 잡고 버진 로드에 입장했다. 긴장한 탓인지 딸아이의 손에서 떨림이 나에게까지 전해졌다. 신부 입장을 기다리고 있던 둘째 사위가 나에게 인사를 한 뒤 민주의 손을 넘겨받았다. 나는 사위의 얼굴을, 그리고 둘째 딸 민주의 얼굴을 잠시 바라보다 이내 준비된 자리로 돌아갔다.

결혼식이 진행되는 동안, 나는 자리에 앉아 둘째 딸의 뒷모습을 지켜봤다. 웨딩드레스를 입은 민주, 그리고 그 옆에 늠름하게 서 있는 둘째 사위. 그 모습을 보니 묘한 감정에 사로잡혔다. 솔직히 말하면 둘째 딸 민주가 결혼하기 전까지, 나는 아이가 빨리 결혼했으면 하는 바람이 컸다. 그런데 막상 민주가 면사포를 쓰고 식장에 들어가니 나도 모르게 눈물이 나려고 했다.

아직도 둘째 딸 민주가 태어났을 때의 기억이 생생하다. 유난히 시원스런 이마, 뽀얀 피부를 가진 아이. 하지만 무엇보다도 가장 매력적인 것은 바로 민주의 눈이었다. 사람들의 시선을 사로잡는 큰 눈망울을 가진 민주는 귀엽고 예쁜 만큼 사람들의 관심과 사랑을 듬뿍 받으면서 자랐다.

큰딸 희선이가 남다른 음악적 기질을 가졌다면 민주는 특출한 손재주가 있었다. 어릴 때부터 다양한 분야의 끼와 재능을 가지고 있었는데, 그림도 곧잘 그렸고 베개나 인형 하나만 가지고도 실감나는 연기를 할 정도로 연기력이 뛰어났다. 하지만 부모로서 충분한 뒷바라지를 해주지 못한 것이 지금도 후회가 되고 가슴이 아프다.

민주는 또래 아이들보다 일찍 사춘기를 맞이했다. 솔직하면서 화끈한 큰딸과는 대조적으로, 민주는 자유분방하지만 감수성이 예민했다. 아무래도 큰딸의 사춘기를 겪은 적이 있으니, 나는 큰딸에게 했던 대로 민주를 대했다. 그런데 그게 아니었다. 민주는 큰딸 희선과 달리, 속내를 잘 드러내는 타입이 아니었다. 답답한 마음에 크게 화를 내며 야단을 친 적이 여러 차례 있었다.

그러다 보니 민주는 사춘기 때 우리 부부와 거리를 두려고 했다. 그러면 그럴수록 나는 아이를 다그쳤고, 그럴수록 민주는 점점 더 우리 부부에게서 마음이 멀어지고 등을 돌렸다. 집에서 자신을 이해하지 못한다고 생각한 민주는 중학교 3학년 때부터 남자 친구를 만나 사귀기 시작했다. 공부를 해야 할 시기에 공부보단 남자 친구를 만나서 보내는 시간이 많았고, 말썽 많은 친구들과 잠깐 어울리기도 했다.

누구나 경험해 보았으면 잘 알겠지만 사춘기 때 반항하거나 가출하는 게 특별한 이유가 있어서 그러는 게 아닌 경우가 많다. 이럴 때는 아이의 입장이나 마음을 충분히 이해해주고 어루만져 줘야 한다. 가장 중요한 건 아이에게 계속해서 사랑과 관심을 주는 것이다. 지금은 그때의 민주의 입장을 충분히 이해하고 내 잘못을 인정하지만, 그때는 그렇지를 못했다. 자꾸만 마음이 멀어지는 딸아이 때문에 가슴을 치며 답답해했다.

"너 자꾸 왜 그러냐? 이 아비가 너한테 뭘 못했어?"

"아빠가 뭘 알아? 나에 대해서 얼마나 안다고 그래?"

"아빠한테 못하는 소리가 없어!"

부모 입장에서만 속상해하고, 날카롭게 세운 감정에 아이가 받을 상처는 생각하지도 않았다. 아이에 대해서 바르게 인식하기 위해서는 자식의 말을 경청하고, 또 이해했어야 했는데, 부모로서의 임무를 올바로 수행하지 못했다. 게다가 문제의 원인을 아이 탓으로만 돌리려고 했으니 참으로 못난 아비였다.

민주는 부모와 감정의 골이 깊어지니 자연히 부모와 있는 것을 꺼려하고 집에 늦게 들어오는 날이 잦았다. 영화《말죽거리 잔혹사》를 보면 여주인공이 남자 친구와 함께 여행을 떠나는 장면이 나온다. 둘이서 개천에 앉아 한가로이 기타를 치는 장면이 나오는데, 사실 나는 이 장면만 보면 울화통이 터진다. 민주 또한 남자 친구와 함께 부모님 몰래 여행을 다녀온 적이 많았기 때문이다.

공부에만 전념해야 할 시기에 남자 친구와 교제하느라 시간을 허비하는 건 아닌가 하는 마음에 안타까웠다. 워낙 어린 나이에 두 사람이 만나서 주위 사람들의 시선 또한 곱지 않았다. 나 또한 민주가 과연 제대로 된 어른이 될지 걱정이 많았다.

정말 내가 잘못한 걸까. 내 방식이 그릇된 걸까. 얼마나 잘못된 방식으로 아이를 대했던 걸까. 이런 고민이 하루에도 몇 번씩 머리를 헤집었다. 자꾸만 마음의 문을 닫는 아이를 위해 나나 아내는 해결책을 찾아야만 했다. 먼저 나선 사람은 바로 아내였다.

부모가 아이를 이해할 때

만약 우리 부부가 둘째 딸에게 계속 훈계와 잔소리만 늘어놓았다면 지금까지도 민주와의 관계는 발전하지 못했을 것이다. 많은 전문가들이 부모와 자식 관계에서 건강한 대화를 주고받으려면 부모가 먼저 자녀의 말을 충분히 들어줘야 한다고 지적한다.

만약 자녀의 말을 들으려 하지 않고, 강압적으로 대하면 자녀는 거부감을 가지고 뒤로 물러설 수밖에 없다. 설사 자녀의 생각이나 판단이 그릇되었다고 해도 문제 삼거나 꾸짖어서는 안 된다. 자녀의 마음을 살펴야만 대화의 끈을 이어갈 수 있다. 이렇게 대화를 주도한 사람이 바로 아내였다.

"내가 한번 얘기해 볼게요."

"지금까지 말 한마디 제대로 한 적 없는 아이인데 무슨 얘기를 한다는 거요?"

"그래도 날 믿어 봐요. 나도 생각이 있으니까요."

그때까지도 아내가 어떤 전략을 갖고 있는지 몰랐다. 그래도 아내의 결심이 확고해서 나는 가만히 지켜보기로 했다. 부모에게 등을 돌린 민주를 위해 아내는 부모라는 권위의 탈을 과감히 벗어던졌다. 그리고 철저히 딸의 입장으로 돌아가 대화를 이끌었다.

이미 부모에게 마음의 문을 닫은 딸이 쉽게 입을 열지 않을 것이 분명했기 때문에 극도의 인내심이 필요했다. 철옹성처럼 굳게 닫힌 딸의 마음을 열기 위해서 아내는 1년 가까이 딸에게 온갖 정성을 쏟았다. 아내의 노력과 인내심으로 마침내 두 사람은 가까워졌고, 틈나는 대로 한강 둔치나 백운저수지 등을 다니면서 많은 대화를 나누게 됐다.

그때 두 사람이 나눈 대화는 아마도 지난 31년 동안 살아오면서 나눈 대화보다 더 많았을 것이다. 이처럼 지극정성으로 대하는 엄마에게, 둘째 딸은 굳게 닫았던 마음의 문을 조금씩 열기 시작했고, 한동안 잃어버렸던 신앙심도 되찾았다. 그리고 자기에게 나쁜 영향을 줬던 친구들도 정리했다. 민주는 다시 옛날의 예쁜 민주로 돌아왔다.

중학교 3학년 때 민주가 처음 사귀었던 남자 친구는 지금의 사위가 되었다. 서로가 첫사랑인 두 사람이 17년이라는 참으로 긴 여정 끝에 부부가 됐다. 한때는 두 아이가 고등학교나 제대로 졸업할 수 있을까 걱정하기도 했지만, 둘 다 무사히 고등학교를 졸업하고 나란히 4년제 대학교에 들어가 소정의 과정을 마쳤다. 기적은 결코 멀리 있지 않았다. 참으로 하나님의 은혜가 크다.

비록 어린 나이에 남자 친구를 만났지만, 신랑감을 보는 민주의 안목은 탁월했던 것 같다. 그때 남자 친구를 만나지 못했다면 어디서 이런 훌륭한 남편을 얻을 수 있었겠는가. 민주의 남자 친구, 곧 지금의 둘째 사위는 키도 크고 훤칠하며 최고의 인품을 가졌다. 모든 사람들에게 다정다감하며, 배려심도 깊다.

그리고 다방면으로 만능이어서 그의 손이 가는 곳엔 불가능이 없다. 결혼하기 전에도 자주 만났지만, 막상 두 사람이 결혼을 한다고 하니 묘한 기분이 들었다.

"진짜 결혼할 생각이야?"

"오랫동안 만났잖아. 나, 이 남자 말고 다른 사람이랑 결혼하고 싶지 않아. 아빠도 이 사람 잘 알잖아?"

민주는 결혼하는 게 당연하지 않냐고 반문했지만, 나는 10년 넘게 서로를 사랑하는 두 사람의 모습이 기특하면서도 믿기지가 않았다. 많은 사람들이 영원토록 변하지 않는 사랑과 순애보를 이야기하는데, 나는 민주와 둘째 사위에게서 그 모습을 찾았다.

결혼하기 전에 얼핏 듣기는 했지만, 둘째 사위의 가문은 꽤 대단했다. 사위의 할아버님은 백범 김구 선생의 보좌관을 지내셨고, 몇 년 전까지 광복군동지회 회장을 역임하셨다. 또한 사위의 아버지는 서울대 수학교육과를 졸업하고 미국 프린스턴 대학원 신학교에서 공부를 하셨다. 이후 양재동에서 메아리교회를 담임하다가 퇴임하셨다.

사위의 어머니 또한 만만치 않으시다. 서울대 음대 성악과를 졸업한 후 미국 뉴저지 트렌트 주립대학원에서 공부하셨던 분이다. 충남대학교, 성결대학교, 백석대학교, 천안대학교에서 음대 교수로 활동하시다가 은퇴 후 지금은 화음회와 한국교수콰이어(교수합창단) 멤버로 활동 중이시다. 이렇게 대단한 가문의 아들이 내 딸과 결혼했다는 게 여전히 믿기지 않는다.

한때 사춘기를 겪으면서 우리 부부와 민주에게 힘든 시기가 있었다. 하지만 이제는 좋은 추억이 되었다. 지금 민주는 귀엽고 예쁜 딸을 낳아 오순도순 잘 살고 있으니 그야말로 야구의 9회말 역전 만루 홈런처럼 짜릿하다. 감수성이 예민했던 소녀는 이제 사랑 많고 인정 많은 '어머니'가 되었다. 가끔 딸에게 가면 민주는 나와 내 아내를 챙기느라 정신이 없다. 그 모습이 얼마나 예쁜지 모른다.

이제 네 살이 된 딸과 놀아주는 모습을 보면, 딸은 손녀를 마치 친구처럼 대하고, 귀여운 손녀도 엄마를 잘 따르니 두 모녀가 너무 기특하고 보기에 좋다. 워낙 인품이 좋고 며느리와 아들을 존중해 주시는 사돈댁 덕분에 지금껏 둘째 딸은 시댁과 아무런 마찰 없이 잘 지내고 있다. 둘째 딸 내외는 거의 매주 사랑스럽고 똑소리 나는 손녀를 데리고 친정에 다녀가는데, 나는 항상 딸네가 오기 전부터 제 어미를 쏙 빼닮은 손녀를 볼 생각에 가슴이 부푼다.

사돈과 만나는 게 어때서?

남녀가 가정을 이루고 살아가는 데 있어, 각자의 부모가 어떤 사람인지, 그 사람이 어떤 가정환경에서 자랐는지는 별로 중요하지 않다고 생각하는 사람도 있다. 그러나 부모와 살아온 가정환경은 정말 중요하다. 부모의 성향이나 인품 그리고 가정 분위기는 한 개인에게 크나큰 영향을 끼치기 때문이다. 나는 그것을 사위들과 그 부모들을 통해 절실히 깨달았다.

큰딸네 사돈과 둘째 딸네 사돈을 일 년에 몇 번씩 만난다. 만날 때마다 왜 사위들의 인품이 좋은지 알 수 있다. 사돈댁 모두 인품이 좋으시고 이웃의 것을 탐하지 않으며, 주어진 환경에 항상 감사하며 다른 사람에게 폐 끼치지 않는 삶을 살려고 애쓰는 분들이시다. 그래서 내 딸들도 어느새 시부모님들을 닮아가고 있다. 두 딸 말고 나 또한, 사돈댁을 만나면 많은 것을 배우게 된다.

큰딸 희선이 결혼하기 전부터 우리 부부는 큰사돈댁과 가끔 만나 식사도 하고 친교를 나누었다. 결혼하고 나서는 자연히 만남이 잦아졌다.

가끔 이렇게 말하는 사람들도 있다.

"사돈이랑 자주 만난다고요? 사돈이랑은 거리를 두면 둘수록 좋아요. 그게 아들딸에게도 좋고요."

하지만 이는 뭘 모르고 하는 말이다. 우리 부부는 사돈과 만나는 게 좋고, 그쪽에서도 불편해하지 않으시고 좋은 관계를 유지하기 위해서 노력하신다. 이것만으로도 충분히 감사한 일이다.

처음에는 큰딸 희선네 사돈만 만나다가 둘째 딸 민주가 결혼하고 나서는 작은사돈댁까지 같이 만나고 있다. 말하자면 겹사돈으로 만나는 것인데, 처음에는 서먹했으나 지금은 화기애애하다. 여기에 딸들 식구까지 합치면 모두 다섯 가정이 된다. 손자, 손녀까지 포함하면 모두 열네 명이 만나는 셈인데, 아주 시끌벅적하여 사람 사는 냄새가 물씬 난다.

겹사돈이 만난다고 해서 거창한 자리를 마련하는 건 아니다. 가볍게 식사를 한 뒤 서로의 안부를 물으며 허심탄회하게 대화를 나눈다. 서로가 서로를 존중하고, 다섯 가정이 모두 신앙생활을 하니 의사소통이 잘 된다. 요즘 세태가 겹사돈은커녕 가까운 형제조차도 만나지 않는 사람들이 늘고 있는 추세다. 그런데 이런 척박한 세상에 사돈들이 자주 만나서, 화기애애한 분위기 속에서 일상적인 대화를 나누니 천국이 따로 없다.

사실 겹사돈 간의 만남은 '양날의 칼'이다. 만나서 유익한 시간을 가지면 좋지만, 자칫 얼굴을 붉히거나 이전보다 관계가 나빠질 수도 있다. 이렇게 사돈 간의 만남을 오랫동안 유지하기 위해서는 반드시 지켜야 몇 가지가 있다. 첫 번째는 바로 이해심이다. 서로에 대한 이해심이 부족하면 오히려 안 만나는 것만 못하다. 무심코 내뱉은 말이 상대방의 자존심이나 심기를 자극할 수 있기 때문이다.

두 번째는 딸들과 시부모와 관계가 원만하지 않으면 사돈 간의 만남 역시 성사되기 어렵다. 옷깃만 스쳐도 인연이라고 하는데, 소중하고 아름다운 인연을 끝까지 이어가기 위해서는 각별한 노력이 필요하다. 요즘 많은 드라마와 예능 프로그램에서 고부 갈등을 심각하게 다룬다. 물론 고부 갈등 때문에 위태로운 가정도 많다.

하지만 내가 보기에 고부 갈등을 일으키는 사람 가운데에는, 자신의 이익만 생각하고 자기가 잘났다고 주장하는 이들이 적지 않은 것 같다. 각자 원하는 걸 내려놓고, 서로를 이해하면 고부 갈등은 얼마든지 해결할 수 있다. 나는 우리 부부, 양가 사돈이 지금까지 어떠한 갈등 없이 지내는 것이 얼마나 감사한지 모른다.

마지막으로는 공통분모가 있어야 한다. 다행인 것은 다섯 가정 모두 신앙생활을 하고 있어서 신앙이라는 끈으로 하나가 된다는 점이다. 소통에 막힘이 없고, 설사 어려운 문제가 발생해도 신앙의 힘으로 극복할 수 있다.

결혼이 '개인과 개인의 만남이 아닌, 가족과 가족의 만남'이라는 말은 지금도 유효하다. 그러나 결혼은 계산적으로 이루어지는 만남이어서는 안 된다. 우리 부부와 사돈댁들이 만나는 자리에서는 모두가 이해관계를 따지지 않는다. 그저 딸네 부부들을 인정하고, 각자의 자리를 인정한다.

나는 이제 형제만큼이나 사돈댁을 자주 만난다. 비록 피를 나눈 형제는 아니지만 하나님께서 맺어준 인연, 형제라고 믿는다. 사돈의 관계를 뛰어넘어 형제보다 더 형제 같은 마음으로 아끼고 배려하고자 한다. 이를 위해서 앞으로도 더 많은 노력을 할 것이다.

보물 같은 네 명의 외손주

나는 할아버지가 되기 전부터 지인들의 손주 자랑을 수없이 들었다. 하나같이 손주의 사진과 동영상을 보여주며 입에 침이 마르도록 손주 자랑을 하는데, 귀여운 아기들을 보며 나도 흐뭇한 미소를 지었지만, 손주 자랑이 그렇게 공감되는 이야기는 아니었다. 그런데 그런 행동을 지금 내가 하고 있다. 우리 외손주들이 얼마나 귀엽고 사랑스러운지 모두에게 말해주고 싶을 정도라고 해도 과언이 아니다.

2010년 백호랑이띠의 해였다. 큰딸은 자연 분만과 제왕 절개를 놓고 고민하다가, 용기 있게 자연 분만을 선택해 남자 쌍둥이를 낳았다. 그날은 육십 년 만의 폭설이 내린 날이었다. 순산만을 기도했던 우리에게 유호와 유준이의 탄생은 너무도 큰 행복이자 축복이었다. 백호랑이의 해에 폭설이 내리는 날에 태어난 남자 쌍둥이라니! 이보다 멋진 조합이 있을까? 첫 손주의 탄생은 감동 그 자체였다.

그 후, 큰딸은 유나를 낳고, 작은딸은 로희를 낳았다. 내게 두 명의 외손자와 두 명의 외손녀가 생긴 것이다. 이 네 아이들을 보고 있자면, 부모 자식의 연결 고리나 하나님의 섭리가 얼마나 대단한지를 느끼게 된다. 각기 다른 색깔을 지닌 이 아이들은 하나님이 우리 집에 주신 보물이다.

큰딸네의 유호와 유준이와 유나는 안사돈이 '까도남', '까도녀'라는 별명을 붙여줄 정도로 '까칠하고 도도하다'. 고작 열 살과 일곱 살밖에 안 된 아이가 이런 별명을 갖는 것도 흔치 않을 것이다. 그만큼 세 아이는 그다지 살가운 스타일은 아니다. 쌍둥이들은 둘이서 똘똘 뭉쳐 자기들끼리 노는 걸 좋아하고, 유나는 고집이 세고 자기가 필요한 게 있을 때만 필살기인 애교를 보인다.

나는 한때 쌍둥이 손자의 성격에 대해 걱정하기도 했다. 아주 어릴 때부터 둘만 붙어 다녀서 그런지, 어른들이 말을 붙여도 대답을 잘하지 않고, 초등학교에 입학해서도 친구들과 어울리기보다는 둘이서 노는 걸 더 좋아한다고 들어서였다. 하지만 초등학교 3학년이 되어서 큰손자 유호가 회장, 작은손자 유준이 부회장이 되었다는 소식에 마음을 놓을 수 있었다. 우리의 걱정보다 친구들과 잘 어울리며 학교생활을 잘하고 있었던 것이다.

요즘 유호와 유준이는 의젓한 모습을 자주 보인다. 벌써 변성기가 와서 목소리가 굵어졌고, 행동도 믿음직해졌다. 큰손자 유호는 친할아버지를 닮았고, 작은손자 유준이는 나를 많이 닮은데다 식성까지 나와 똑같다. 안사돈이 유준이를 혼내려고 하다가 유준이의 얼굴에서 문득 내 얼굴이 떠올라 차마 혼내지 못했다는 얘기에 배꼽을 잡고 웃었다.

쌍둥이는 성격도 참 다르다. 유호는 강직한 성격에 하고 싶은 말을 분명히 한다. 제 어머니라 할지라도 본인이 생각하기에 올바르지 않다고 생각되면, 어머니에게 잘못된 점을 지적한다고 한다. 그에 비해 유준이는 두뇌 회전이 빠르고 임기응변에 능한 꾀돌이다. 한 배에서 같이 태어났는데도 성격이나 성향이 전혀 달라 두 아이를 보는 느낌이 전혀 다르다.

쌍둥이 밑의 손녀 유나도 오빠들처럼 까칠하고 도도했는데, 근래에는 많이 달라졌다. 유나에게 "예쁘다."라고 말하면 아이는 이렇게 말한다.

"저한테 예쁘다고 하지 마세요. '귀요미'라고 불러주세요."

둘이 어떤 차이가 있는지 잘 모르겠지만, 유나는 결국 자신이 원하는 별명을 얻었다. 유나는 친할머니와 슈퍼마켓에 가도 자기가 꼭 사고 싶은 게 있어도 떼쓰지 않고, 할머니가 사주는 걸 군

소리 없이 받는다고 한다. 한 번도 떼를 쓴 적이 없다고 하니 대견하다.

유나는 말이 많은 편은 아니지만, 목소리가 상냥하고 얼굴이 정말 귀엽다. 바깥사돈은 유나의 애교에 옴짝달싹 못하신다고 한다. 유나는 눈치까지 빨라서 웬만한 어른들보다 더 심리전에 강하다. 어느 정도냐면 자기 엄마와 심리전을 할 정도다. 두 모녀의 심리전을 옆에서 보면 터져 나오는 웃음을 감추느라 눈물이 날 지경이다. 정작 당사자들은 심각한데 말이다.

한편, 둘째 민주의 딸 로희는 자기 엄마랑 닮은 구석이 많다. 얼마나 영특하고 예쁜지 모른다. 세 살이 채 되기도 전에 친할머니가 치는 피아노에 맞춰 찬송가를 불러 우리를 깜짝 놀라게 한 적도 있다.

"예수 사랑하심은 거룩하신 말일세. 우리들은 약하나 예수 권세 많도다. 날 사랑하심 날 사랑하심 날 사랑하심 성경에 쓰였네. 아멘."

짧지도 않은 찬양 가사를 음정과 박자를 맞춰 불렀다고 한다. 비록 발음은 어눌했겠지만, 로희의 친할머니는 무척 놀랐다고 한다. 심지어 가르쳐준 것도 아닌데 말이다. 로희의 천부적인 음악 소질은 아마도 친할머니를 닮은 듯하다.

타고난 건 음정과 박자만이 아니다. 아이는 제 엄마를 닮았는지 끼가 많아 연기도 잘한다. 제 엄마의 감독 하에 "울어 봐."라는 지시가 떨어지면 이내 눈물 연기를 펼치고, "그만해."하면 곧바로 눈물을 뚝 그치고 씩 웃으며 엄마 품에 안긴다고 한다. 미래의 국민 배우가 우리 집안에서 나올지도 모르겠다. 또 로희는 어린이집에 다니는데, 그곳의 언니 오빠들의 영어 수업을 어깨 너머로 들었을 뿐인데, 언니 오빠들보다 더 잘해서 '신동'이라는 말도 들었다고 한다.

사실 나는 먼저 할아버지가 된 선배나 친구들을 보면서, 손자 손녀에 대한 환상이나 기대가 컸다. 최고로 예쁘고 잘생긴 데다 머리도 수재였으면 좋겠다는 생각도 했고, 손주의 손을 잡고 놀러가거나 손주에게 책을 읽어주는 모습을 상상하기도 했다. 그러나 건강하고 착하게 자라주는 것만으로도 손주들은 내게 기쁨을 준다. 아니, 그 존재만으로도 내게 기쁨을 준다. 나는 손주들이 사랑을 많이 받으며 자라는 만큼 사랑을 많이 베푸는 사람으로 성장했으면 좋겠다. 그리고 이 세상의 '빛과 소금'으로서 제 역할을 다하는 사람이 되기를 기도한다.

가족과 하나님과 함께

시골의 가난한 가정에서 태어나 성장하고, 서울에 올라와 가정을 이루고 두 딸을 시집보내 손자와 손녀를 얻고, 자식들이 잘 살고 있으니 감사할 따름이다. 게다가 우리 두 부부가 예순이 넘은 지금도 현역에서 젊은이 못지않게 활발하게 활동하고 있으니 이보다 감사한 일이 있는가?

그동안 훌륭한 삶을 살아오지는 못했지만, 경험한 모든 것에 감사하며 내 삶을 소중하게 여긴다. 내 주변에는 몇 백억 원대 재력가도 있고, 사회적으로 성공해서 제법 잘나가는 사람들도 있지만, 지금 내 모습을 인정하고 내가 가진 것에 만족한다. 행여 앞으로 상황이나 환경이 지금보다 안 좋아진다 해도 감사하면서 살아갈 것이다.

건강이 계속 유지되고 여건도 허락되면 앞으로 몇 년간 더 경제활동을 하고 싶다. 또한 늘 하나님과 바른 관계를 유지하는 데 힘쓰고, 좋은 인간관계를 가져서 나를 알고 지내는 모든 분들께 조금이라도 도움을 줄 수 있는 사람이 되고 싶다. 한 가지 더 바람이 있다면, 지금까지 일을 하느라 바빠서, 여행을 가고 싶다는 아내의 소원을 들어주지 못했는데, 이른 시일 내에 여행을 다녀와 마음의 짐을 덜고 싶다.

"만약 자신의 삶을 100점 만점으로 평가한다면 몇 점을 주고 싶나요?"

이런 질문을 받은 적이 있다. 그냥 웃고 넘어갈 수 있는 질문인데, 마음에 남아 진지하게 생각해봤다. 우여곡절이 있었지만 아내와 행복하게 지내며 딸아이들을 시집보냈다. 그리고 지금도 현역으로 왕성하게 일하고 있으니 굳이 따지자면 55점이라고 생각한다.

박한 점수일까? 전혀. 나는 그렇게 생각하지 않는다. 앞으로 더 많은 삶의 시간이 남아있고, 그 시간을 지금처럼 보낸다면 점수는 더 높아질 것이다. 칠순이 되어서 70점이 될 수 있고, 팔순 때 90점이 될 수도 있지 않은가? 점수는 그저 숫자에 불과하다.

이제 나는 두 딸을 다 시집보내고 방배동 롯데캐슬아파트에서 아내와 둘이서 불편함 없이 행복하게 지내고 있다. 그리고 아파트 단지 내 피트니스 클럽에서 즐거운 마음으로 꾸준히 운동을 하며 건강을 관리하고 있다. 아내 또한 눈코 뜰 새 없이 바쁜 와중에도 텃밭을 가꾸며 자기만의 공간을 마련한 것에 대해 대단히 만족해한다. 옥탑방에서 살았던 적도 있었고, 이곳에 이르기까지 이사도 자주 했었다. 지금은 이 동네에서 남은 생을 보내고 싶다.

나는 수많은 고비를 겪었고, 그 와중에 한때는 삶을 비관한 적도 있었다. 이제는 내게 주어진 일에 열중하며 그저 예수님을 내 인생의 주인으로 모시고 살아가고 있는 지극히 작은 자 중에 한 사람이다. '호랑이는 죽어서 가죽을 남기고, 사람은 죽어서 이름을 남긴다.'라는 말이 있지만 나는 이름을 남기는 일에 관심이 없다.

이 땅에서의 삶을 마감하고 나서 하나님의 곁으로 가면 내 육(肉)은 한 줌의 흙으로 돌아갈 턴데, 이름을 남긴들 무슨 의미가 있겠는가? 나는 다만 살아 있는 동안 선한 일에 힘쓰며, 사람들과 어울리며 그들을 사랑하고, 살아계신 여호와 하나님을 섬기면서 남은 삶을 살아가고 싶다.

신앙
생활

신앙의 길에 들어서다

내가 교회에 나간다는 말에 친구들은 경악했다. 다들 묘한 표정을 지으면서 한마디씩 했는데, 전부 가관이었다.

"아니, 이렇게 술친구를 잃어버리면 쓰나?"

"야, 상문아. 지금이라도 다시 생각해라. 세상을 무슨 재미로 살려고 그래?"

"얘가 마누라만 좋아하더니 결국 교회를 나가게 됐구먼!"

위로인지 조롱인지 모를 친구들의 말에도 나는 뜻을 굽히지 않았다. 평생 주먹만 믿고 살 것 같았던 고집 센 내가 갑자기 교회를 나간다고 하니 다들 놀라는 게 당연했다. 내가 예수를 영접한 건 분명 기적 같은 일이었다.

아내는 나를 만나기 전부터 신앙생활을 했다. 그에 비해 나는 아내보다 한참 늦은 서른네 살부터 신앙생활을 시작했다. 처음 교회에 나가기 전까지, 아내는 기회가 있을 때마다 나에게 전도를 했었다. 나는 귀담아 듣지 않았고, 그저 힘든 일이 있을 때만 아내에게 기도를 부탁하는 정도였다.

아내 말고 큰처남도 나에게 전도를 했었다. 경기도에서 개척 교회를 하고 있던 큰처남이 어느 날엔가 이런 말을 했다.

"매형, 예수님을 믿지 않으면 큰일이 날 거예요!"

예수를 믿지 않으면 왜 큰일이 일어난다는 건가? 이미 아내의 전도를 들을 만큼 들은 나는 큰처남의 말을 애써 외면했다. 하지만 처남의 강력한 전도가 은근히 신경 쓰였다. 한 번 교회에 나가 볼까 고민하던 차에, 아내가 자신의 교회에서 부흥 성회를 하니 참석해 보라고 권했다. 당시 아내는 사당동의 삼광교회에 출석하고 있었다.

삼광교회에서 3일간 부흥 성회를 했는데, 당시 강사는 김동일 목사였다. 그냥 고민만 하고 있던 나에게 아내는 집회 기간만이라도 참석해 보라며 간곡히 부탁했다. 하지만 나는 부득이한 사정이 생겨 부흥 성회 첫째 날과 둘째 날에 참석하지 못했다. 마지막 날이라도 참석해야겠다고 마음먹고 있었는데, 하필이면 친구 아버지가 돌아가시는 바람에 시골을 다녀와야만 했다.

장례식장에 있으니 어느새 시간이 많이 흘렀다. '부흥 성회는 그냥 물 건너갔구나.'라고 생각하고 있는데, 아내의 부탁이 자꾸만 머리에 떠올라 서둘러 서울로 올라왔다. 뒤늦게 집회에 참석한 나는 조용히 아내 옆에 앉았다. 이미 설교는 끝난 상황이었고, 부흥 강사는 참석한 성도들에게 눈을 감고 기도를 하게 했다.

"마가복음 11장 24절, 그러므로 내가 너희에게 말하노니 무엇이든지 기도하고 구하는 것은 받은 줄로 믿으라. 그리하면 너희에게 그대로 되리라."

이렇게 말하면서 성도들에게 기도하라 권했으나 나는 기도라는 걸 해본 적이 없어 그저 눈만 감고 있었다. 신앙생활을 하지 않는 사람에게 기도하는 시간은 참 어색하고 힘든 순간이다. 내가 처음에 그랬다. 무슨 기도를 해야 할지 몰랐다. 그런데 바로 그때, 태어날 때부터 눈이 좋지 않았던 둘째 딸 민주가 머리에 스쳐 지나갔다. 둘째 딸은 눈이 좋지 않아 안과 전문 병원을 여러 군데 돌아다녔는데, 좀처럼 회복이 되지 않아 걱정을 하고 있었다. 나는 반신반의하면서, 동시에 민주를 생각하면서 기도를 했다.

"하나님 아버지, 하나님이 살아계신다면 제발 우리 딸 눈을 고쳐주세요."

이처럼 강렬하고 애절한 마음으로 눈을 감고 있는데, 갑자기 하늘이 스크린처럼 열리더니 예수님이 공중에서 양팔을 벌려 서 계시는 게 아닌가?! 밑에는 모래알 같은 수많은 사람들이 예수님을 향해 찬양하는 모습이 잠깐 보였다가 이내 사라졌다. 헛것을 봤다는 생각에 어안이 벙벙해 있었는데, 이윽고 어디선가 뚜렷한 목소리가 들려왔다.

"네가 좋아하는 술, 담배를 끊어볼 용의가 없느냐?"

술과 담배. 당시 나는 이 두 가지를 애호품처럼 입에 달고 살았다. 하루에 담배 세 갑씩을 피웠는데, 말 그대로 내 생활의 일부였다. 기도를 하고 있을 때도 내 셔츠 앞주머니에는 담배가 있었다.

내 생활의 일부가 되어버린 담배를 끊으라는 말에 나는 또 헛생각에 사로잡히고 말았다. 그냥 환청을 들은 것이라고 생각하며 대수롭지 않게 넘겼다. 그런데 집회가 끝나고 교회를 나서며 담배를 입에 물려고 하는데, '오늘 하루만이라도 참아보면 어떨까?' 하는 생각이 들었다. 고작 하루 아닌가? 아니면 집으로 돌아가는 동안이라도 담배를 입에 대지 말아야겠다는 생각에 그냥 참았는데, 그 순간부터 30년이 지난 지금까지 담배를 입에 대지 않고 있다.

만약 그 일이 없었다면 나는 담배 때문에 폐암이라도 걸려서 하늘나라에 가 있을지도 모른다. 그리고 술도 입에 대지 않았다. 내 몸과 같았던 술과 담배를 멀리하니 한동안은 견디기 힘들고 할 일도 없었다. 하지만 결론적으로 더 건강한 생활을 영위하고 더 건강한 몸을 갖게 됐다.

어쨌든 성회에 참석한 이후에 둘째 딸은 여의도 성모병원에서 눈을 수술 받았다. 그리고 기적적으로 한 번의 수술로 눈은 정상으로 돌아왔다. 그때 딸의 눈이 치료된 것은 전적으로 하나님의 은혜였다. 이후 나는 열심히 예수를 믿으려고 노력했다. 이 체험은 신앙생활을 하는 데 큰 기폭제가 되었다. 나는 내가 힘들 때만 아내에게 기도를 부탁하는 사람에서, 내가 직접 하나님께 적극적으로 기도하는 사람이 되었다.

이제 막 예수를 믿기 시작한 신자로서 내 믿음의 크기는 어린 아이에 불과했지만, 하나님이 어떤 분인지 알고 싶은 열정은 불타올랐다. 때문에 나는 매일 밤마다 아내와 함께 관악산과 청계산, 그리고 삼각산에 다니면서 기도했다. 어떤 때는 새벽 미명까지 기도에 힘쓰고, 매일 기도를 하면서 하나님의 세미한 음성을 들으려고 몸부림쳤다.

한번은 가까운 지인의 소개로 삼각산에서 밤마다 집회를 인도하는 김창령 목사님을 만났다. 그런데 그분이 집회에 참석한 나에게 이렇게 말하는 게 아닌가?

"목회 사명자이십니다. 혹시 신학교에 가서 신학을 공부할 생각은 없나요?"

목회 사명자라니. 그리고 신학 공부를 하라고? 당연히 나는 목사님의 말씀을 온전히 받아들일 수가 없었다.

사실 김창령 목사님만 나에게 신학 공부를 권한 게 아니었다. 큰처남 또한 김창령 목사님의 말씀 이전에 나에게 목회 사명자라면서 신학교에 다닐 것을 권유한 적이 있었다. 처남은 워낙 자기 생각을 확고하게 말하는 타입이어서 나는 처남의 말이 은근히 신경이 쓰였는데, 큰처남에 이어 목사님까지 신학 공부를 권하니 참으로 고민이 되었다.

만학도가 되다

주위에서 워낙 강력하게 신학 공부를 권하다 보니 순종하지 않으면 꼭 큰일이 일어날 것만 같아서 어쩔 수 없이 신학교에 들어가기로 결심했다. 하지만 목회자 사명에 대한 확신 없이 주위 사람들의 강권에 의해서 신학교에 들어간 것이라서인지 신학교를 졸업할 때까지 늘 갈등과 번민이 따라다녔다. 목회자 사명에 대한 확고한 신념을 갖고 신학교에 입학했다면 신학도로서의 고민도 적었을 텐데 말이다.

처음에 신학교에 들어갈 때만 해도 걱정이 많았다. 당장 네 식구가 먹고살 수 있는 근로 활동을 하고 있는 것도 아니요, 그렇다고 재산을 모아둔 것도 아니었다. 아무 대책 없이 오랫동안 해 온 일을 내팽개치고 신학교에 입학했으니 가장으로서 도리를 다하지 못하는 것 같아 무거운 책임감에 짓눌렀다.

또한 지금까지 살아오면서 누렸던 세속적인 즐거움을 한순간에 휴지조각처럼 버려야 한다는 부담감도 한몫했다. 세상 속에서 마음대로 살았던 지난 시간들이 주마등처럼 스쳐지나갔다.

처음에 나는 용산에 있는 칼빈신학교 야간부에 입학했다. 주경야독으로 경제적인 부담을 최소화하려는, 말하자면 두 마리 토끼를 잡으려는 생각에서였다. 하지만 막상 입학해서 공부를 해보니 일과 공부를 동시에 한다는 게 얼마나 어렵고 어리석은 일인지를 점차 깨닫게 되었다.

공부를 제대로 해야 신학을 바르게 정립할 수 있으며, 성도들을 바르게 인도할 수 있다. 그러나 신학을 올바르게 확립하지 못하면, 설교를 해도 하나님의 진리의 말씀은 빠지고 개인적인 지식이나 사설만 늘어놓을 수 있다. 그러니 어영부영 공부해서 목회자가 되는 것은 자신은 물론 성도들에까지 좋지 않은 일이다.

결국 고민 끝에 나는 2학기 때부터 신갈에 있는 칼빈신학교 주간반에 편입해서 공부에만 전념했다. 학교생활은 내게 새로운 경험과 자극이 되었다. 수업시간에는 공부에 열중하고, 점심시간에는 주로 학교 뒷산 기도실에 가서 조용히 기도를 했다.

그리고 수업이 끝나면 뜻이 맞는 학우들과 스터디를 하거나 족구를 했다. 이때 승용차로 통학을 했는데, 집이 같은 방향인 몇몇이서 카풀을 하게 됐다. 차 안에서 우리는 학교에서 배운 것에 대해 서로 의견을 교환하고 때로는 비평을 하기도 했다. 먼 길을 지루하지 않게 다닐 수 있었을 뿐만 아니라, 공부한 것도 되짚어 볼 수 있는 좋은 경험이 되었다.

신학교에 들어가기 전까지 내 삶의 우선순위는 부모님으로부터 넘겨받은 가난을 자녀들에게 물려주지 않기 위해서 돈을 버는 것이었지만, 학교에 입학하고 나서는 신실한 목회자가 되는 게 1순위가 됐다. 이미 학우들 중에 교회를 개척한 이도 있었고, 부교역자로 사역을 하는 이도 있었다. 집사 직분으로 교회를 섬기고 있는 나로서는 그들이 마냥 부럽고 마음이 조급해졌다.

거기다 신실하고 존경받는 목회자가 되기 위해서는 갖춰야 할 덕목이 많았다. 여기에 숨 돌릴 틈도 없이 중간고사와 기말고사, 그리고 졸업논문까지. 준비해야 할 것들이 한두 가지가 아니었다. 어디 그뿐인가? 틈틈이 기도를 하며 하나님의 음성에 귀 기울여야 했고, 성경을 올바르게 이해하기 위해 성경책은 물론 관련된 책도 많이 읽어야 했다. 또한 지력과 영력을 겸비한 실력 있는 목회자가 되어야 하는데 갈 길이 멀게만 느껴졌다.

목회자의 길에만 집중해야 할 시기였지만 금전적인 문제에 대한 고민이 많았다. 돈을 벌어야 마땅한 사람이 공부만 하고 있으니 아내가 가정 경제를 전적으로 책임져야 했다. 아내는 건강 문제로 고생하면서도 가정을 이끌어가기 위해 일을 해야만 했다. 옥탑방 4층에서 숙녀복과 화장품을 판매했는데, 접근성이 좋지 않아 주로 지인들을 통해 물건을 팔았다. 사정을 아는 주변 분들이 많이 도와줬다. 지금도 그분들을 생각하면 얼마나 고마운지 모른다.

또한 딸아이들도 공부하던 시기였는데, 가정형편 때문에 학원 한 번 제대로 다니지 못했다. 나는 집에서는 한없이 작아지고 초라해졌다. 공부를 계속 이어나가야 할지 고민한 날이 하루 이틀이 아니었다.

그래도 아내의 헌신과 응원 덕분에 나는 1999년에 4년간의 신학 과정을 마치고, 그토록 갈망하던 총신대학교 신학대학원에 입학할 수 있었다. 당시만 해도 군소 신학교 신학생들이나 지방 신학교 신학생들에게 총신대 신학대학원은 로망의 대상이었다. 나 또한 그곳에 들어가고 싶은 마음이 간절했다. 신학대학원에 들어가기 위해 삼수까지 하는 사람도 있었는데, 다행히 나는 주님의 은혜로 한 번에 합격할 수 있었다.

총신대학교 신학대학원에 합격했다는 사실을 안 삼광교회 담임 목사님은 바로 나에게 유치부를 맡겼다. 그림을 잘 그리는 딸 친구가 있어서 크게 어려움이 없을 거라고 생각했는데, 그림만으로는 아이들의 마음을 살 수가 없었다. 어린 아이들과 교감하고 관심을 끌기 위해 목소리나 몸동작에 최대한 신경을 썼다.

열심히 사역을 담당하는 모습을 본 담임 목사님께서는 나를 초등부 전도사로 임명하셨다. 매일 결석자들을 심방하고 토요일이면 주일 학교 선생님들과 길거리에 나가 전도를 했다. 그래서인지 주일 학교는 날로 부흥했고, 선생님들도 나를 신뢰하고 도와줬다. 처음 사역할 때는 걱정이 많았으나 막상 맡게 되니 감당할 수 있었다. 당연히 담임 목사님은 날 좋게 봐주셨고, 한 번은 이런 제안을 하셨다.

"다음 주, 주일 밤 예배에 설교를 해 보는 건 어때요?"

신앙생활을 처음 시작한 교회에서 설교를 하려니 막중한 책임감에 긴장할 수밖에 없었다. 그렇다고 주님의 사역을 감당하기 위해서 준비하고 있는 사람이 설교를 사양하는 것은 온당치 않은 일이어서 결국 제의를 수락하고 기도하면서 철저히 준비를 했다.

강대상에 올라갈 때까지만 해도 몹시 긴장되어 심장이 사정없이 뛰었다. 긴장을 풀기 위해 예배에 참석한 성도들을 살폈는데, 앞쪽 자리 구석에서 얼굴을 파묻고 기도하는 아내의 모습이 눈

에 들어왔다. 놀랍게도, 기도하는 아내의 모습을 보는 순간 긴장
감은 사라지고 요동치던 마음이 차분해졌다. 나는 침착하게, 그
리고 열정적으로 하나님의 말씀을 전했다. 무사히 설교를 마치고
강대상에서 내려오자 성도들의 반응이 뜨거웠다.

"부흥 강사를 해도 잘하실 것 같아요."

"앞으로도 계속 준비 잘 해서 좋은 말씀 많이많이 전해 주세요."

성도들의 열화와 같은 성원에 나는 자신감이 생겼다. 담임 목
사님에게도 신임을 얻는 기회가 되었다.

하지만 시간이 지난 뒤, 삼광교회는 대대적으로 바뀌고 말았
다. 담임 목사님이 급성췌장암을 이기지 못하고 하늘나라로 가시
면서, 후임자로 나이지리아에서 선교사로 활동하던 사위가 담임
목사로 부임하셨다. 후임 목사님은 자신의 목회 마인드에 부합하
는 부교역자들을 초빙했다. 그러니 기존 교역자들은 다른 사역지
를 알아봐야 했다.

처음에는 당황스러워 어찌할 바를 몰랐지만, 사역지를 알아보
기 위해 수십 통의 이력서를 준비해서 여기저기 제출했다. 하지
만 나이도 젊지 않고, 인맥이 별로 없어서 사역지를 찾기가 모래
밭에서 바늘 찾기만큼이나 어려웠다. 사역지를 결정하는 것도 급
했지만 설상가상으로 아내의 빚보증 때문에 가정 형편도 말이 아
니었다.

아무리 어려운 환경이 겹쳐도 사역지가 결정되면 하나님의 뜻
으로 받아들이려고 하였으나 사역지의 문은 끝내 열리지 않았다.

나는 그때까지 살아오면서, 뜻을 정하면 아무리 힘들고 어려워도 중도에 물러나거나 포기하는 일이 없었다. 하지만 목회자가 되기 위해서 6년 동안 공들인 시간과 정성이 한순간에 물거품이 되는 건가 싶어서 무척이나 마음이 아프고 괴로웠다.

휴학계를 결심하고 나니 어찌나 서글픈 마음이 드는지 하염없이 눈물만 나왔다. 하지만 고난도 결국 하나님의 뜻이라고 받아들였다. 결국 어렵게 들어간 신학대학원을 중퇴하고 다시 험난한 사회로 뛰어들었다. 허탈감이 밀려오면서 지난 6년 동안의 시간이 주마등처럼 스쳐 지나갔다.

그러나 그 이후 지금까지 나는 신앙생활을 이어가고 있다. 세상사는 인간의 의지나 수단만으로는 되지 않는다는 사실을 깨닫게 되고, 하나님의 자비하심과 인도하심 또한 배웠다. 그리고 인간의 희망도, 행복도, 고통도, 좌절도 모두 하나님의 뜻이라고 생각한다. 그래서 그때 내가 만난 예수님을 주변 사람들에게 알려주고 있다.

기도하면 행복해진다

젊었을 때 열심히 땀 흘리고 노력해서 미래를 준비해야 노후가 편하고 행복해질 수 있는 것처럼 기도도 마찬가지다. 항상 기도를 하여 미래를 준비하고 환난을 대비하는 자야말로 지혜로운 자라고 말할 수 있다.

그러나 대부분의 사람들은 어떤가? 평안하고 아무 일이 없을 때는 주님을 멀리했다가 환난을 당하거나 어려운 일이 생기면 주님을 찾는다. 나 역시도 평안하고 아무 일이 없을 때는 게을리 하다가 어려운 일이 닥치면 부랴부랴 주님을 찾아 나섰다. 하지만 지금의 나는 언제나 주님과 함께 하는 시간을 갖기 위해 노력한다.

매번 새벽 기도를 할 때마다 주님께서는 '나에게 특별히 새벽 기도의 은사를 주셨구나.'하는 것을 느낀다. 잠이 덜 깨고 발걸음이 떨어지지 않아도 새벽에 주님께 나아가 기도하면 말할 수 없는 은혜를 부어 주시고 행복한 마음을 갖게 해 주신다. 그때마다 마음을 바로잡는다. 어떤 일이 있어도 새벽에 하나님께 기도하는 것을 최우선으로 하고, 기도하면서 얻는 행복한 마음을 무엇에도 빼앗기지 않으리라 다짐하지만 연약한 인간인지라 여전히 넘어지기를 반복한다.

기도하면 놀라운 기적을 맛본다. 세상의 어떤 수단과 방법으로도 안 되는 것을 기도는 가능하게 만들어준다. 기도할 때 하나님의 은혜가 임하면 도저히 바뀔 것 같지 않던 나 자신도 바뀌고 나를 둘러싼 세상도 바뀐다. 그러니 이보다 멋지고 아름다운 일이 또 어디에 있겠는가?

기도는 나의 더러운 마음을 정화시켜 주고 새로운 감정을 북돋아 주기도 한다. 기도를 체험해 본 사람이라면 알 것이다. 기도에 취하면 감정의 변화가 생기고, 엄마의 젖을 찾는 아기처럼 평

펑 눈물을 쏟아낼 수도 있다. 그러나 흐르는 눈물을 창피하게 생각하거나 애써 참을 필요는 없다. 왜냐하면 기도할 때 흘리는 눈물은 나에게 정서적 안정을 가져다주며, 하나님의 놀라운 세계를 경험하게 하기 때문이다.

기도를 하고 주님의 은혜가 임하면 내 마음에 얽혀 있던 수많은 찌꺼기와 오물들이 바닷물에 쓸려가듯 깨끗해진다. 그 속에는 악한 마음과 생활 속의 스트레스 같은 것도 포함된다. 그리고 내 안에 쌓여 있던 분노와 증오가 용서와 사랑으로 바뀌어 마음이 충만해진다.

어디 그뿐인가? 검은 모래로 쌓여 있던 내 마음은 기도로 백지처럼 하얀 마음으로 바뀐다. 하얀 모래에 하나님의 은혜와 사랑이 쌓여 나를 충만하게 만드니 이보다 행복한 시간이 또 어디에 있겠는가.

기도로 은혜가 충만해지면 세상을 바라보는 시선도 바뀐다. 기도로 은혜가 채워지면 눈에 눈물이 마르지 않고 사람들을 대하는 태도에도 변화가 생긴다. 사람들의 실수에도 너그러워지며, 나를 괴롭혔던 문제에 더 이상 상처 받거나 괴로워하지 않게 된다. 설사, 집에 쌀이 떨어져도 감사하게 되고, 나를 괴롭히는 사람이 바로 옆에 있다고 해도 사랑으로 보듬게 된다.

기도는 그 자체로 행복이며, 나에게 위로와 기쁨을 준다. 지금까지 살아오면서 많은 기쁨이 있었다. 그중 하나가 젊은 시절에 제일여행사에 입사한 것이다. 나는 세상을 다 얻은 자처럼 큰 기뽐을 얻었다. 하지만 기도는 그것과는 전혀 다른 차원의 기쁨을 준다. 기도하면 세상의 모든 것이 나의 것이 되고, 세상의 모든 것이 나를 위해서 존재하는 것처럼 느껴진다.

그러니 기도를 통해 당장 무언가를 얻으려 조바심을 낼 이유가 없다. 이미 기도를 하겠다는 마음만으로 하나님의 응답이 나를 향한다. 지금 당장 눈에 보이는 무언가를 얻지 못했다고 해도 마음에 많은 변화가 일어나고 있음을 느끼게 될 것이다.

세상의 모든 종교인은 자신이 믿는 신에게 기도한다. 왜 기도를 하겠는가? 기도를 통해 복을 받고 평안을 누리고 신과 합일하는 경험을 얻기 위해서다. 나 또한 나와 하나님과의 친밀한 교제를 위해, 그리고 나와 가족과 이웃을 위해 기도한다. 누가복음 19장을 보면 예수께서도 감람산에서 간절한 마음으로 기도하셨다. 예수님께서는 스스로 기도의 모범을 보이셨다.

처음에는 기도하는 자신의 모습이 어색하거나 기도가 힘든 일이라고 느낄 수도 있다. 그러나 기도의 기술이나 숙련도는 중요하지 않다. 진실한 마음으로 기도를 하면 하나님은 하나님이 정하신 때에 반드시 응답하신다. 기도는 야곱처럼 목숨을 건 부르짖는 기도도 좋고, 엘리야처럼 철저히 실패하고 모든 것을 체념한 채 하나님과 대화하는 식의 묵상 기도도 좋다. 어떤 방식의 기도든 상관없다. 중요한 건 얼마나 진실한 믿음과 전심으로 기도하는가이다.

다니엘서 3장 17절에 사드락과 메삭, 그리고 아벳느고가 이런 고백을 한다.

"왕이여, 우리가 섬기는 하나님이 계시다면 우리를 맹렬히 타는 풀무 불 가운데에서 능히 건져내시겠고, 왕의 손에서도 건져내시리이다."

18절에는 이런 말씀이 적혀 있다.

"그렇게 하지 아니하실지라도."

우리도 그렇게 믿고 기도해야 한다. 항상 주의 때를 기다리며 낙망하지 말고 기도에 힘써야 한다. 내가 구하는 것을 설사 들어주시지 않을지라도 만물의 주인이 되시는 여호와 하나님께 늘 감사하며, 기도하는 일에 힘써야 한다. 왜냐하면 기도하면 그 자체만으로도 충분히 행복해지기 때문이다.

신앙은 다른 사람을 사랑하고 포용하게 한다

모든 종교의 순기능은 다른 이들을 포용하는 마음을 갖게 한다는 점이다. 여기서 다른 이들은, 나와 다른 종교를 가진 사람, 아니면 아예 종교를 갖고 있지 않은 사람을 뜻한다. 상대가 나와 같은 신앙을 가진 자든 아니든, 종교가 없는 사람이든 간에 그 사람을 사랑하고 포용해야 한다.

고린도전서 13장 3절에 이런 말씀이 있다.

"내가 내게 있는 모든 것으로 구제하고 또 내 몸을 불사르게 내어줄지라도 사랑이 없으면 내게 아무 유익이 없느니라."

사랑은 곧 하나님의 마음이요, 사랑하는 마음이 있어야만 나와 내 주변 사람들을 안을 수 있다. 나아가 하나님께서 기뻐하시는 길로 전진할 수 있다. 사랑이 없다면 내 마음은 나만의 것이 되고, 사랑이 있으면 내 마음을 나와 내 주변 사람들과 함께 공유할 수 있게 된다. 사도 바울의 말처럼 "믿음, 소망, 사랑, 이 세 가지는 항상 있을 것인데, 그중 제일은 사랑이라."

내 딸들은 모태 신앙으로, 지금까지도 나와 내 아내의 신앙을 존중하고 따른다. 특히 큰딸 희선은 열심히 신앙생활을 하고 있을 뿐만 아니라 교회에서 만난 또래 10여 명이서 한 달에 한 번씩 만나 나라와 민족을 위해서, 그리고 이웃과 자신들의 문제를 놓고 기도하는 모임을 갖고 있다. 이 기도 모임은 서로를 사랑하고 포용하는 마음에서 비롯된 것이다. 그렇기에 나는 큰딸 희선이가 참여하는 기도 모임을 존중하고 참으로 귀히 여긴다.

내 딸들은 힘들거나 어려울 때, 그리고 삶의 깊은 고민이 있을 때마다 아내에게 인생 상담은 물론 신앙 상담을 요청한다. 그럴 때마다 아내는 어머니로서, 그리고 한 명의 신앙인으로서 딸들의 문제에 공감하고 조언과 기도로 마무리한다. 그리고 딸들 또한 아내의 조언을 전적으로 신뢰하고 따른다.

나는 아내와 딸들을 보면서 많은 걸 느낀다. 만약 아내가 딸들을 사랑하고 포용하는 마음이 없었다면 저렇게 성심껏 나설 수 있을까? 그리고 내 딸들이 내 아내를 사랑하고 신뢰하는 마음이 없다면 과연 먼저 찾아와 자신들의 문제를 의논할 수 있을까? 나와 아내, 그리고 딸들은 사랑하고 포용하는 마음으로 서로를 바라본다. 요한복음 13장 4절에 "내가 너희를 사랑한 것처럼 너희도 서로 사랑하여라."라는 말씀처럼 우리 모두는 서로를 사랑해야 한다.

내 어머니는 오랫동안 점쟁이를 찾아다니셨다. 무당이 하는 말이라면 무조건 믿고 따르셨다. 심지어 집안의 대소사를 아버지와 상의하기보다는 무당에게 전적으로 맡길 정도였다. 이러한 어머니의 엇나간 믿음은 나와 아내의 결혼을 방해하기도 했다. 어머니와 아내가 믿는 방향이 달랐고, 어머니는 아내의 신앙생활을 못마땅해 하셨다. 심지어 서로 궁합이 맞지 않다며 나와 아내의 결혼을 극렬하게 반대하셨다. 하지만 나와 아내는 지금까지 잘 살고 있다.

신혼 때만 해도 어머니는 신앙 문제로 아내를 구박하고 괴롭히셨다. 고부 갈등이 극심한 시기에는 아예 대놓고 며느리로 인정하지 않으려고 하셨다. 이러한 어머니의 구박과 핍박은 두 딸이 태어나고 자랄 때까지도 계속됐다.

"언제까지 그러실 거예요? 서로 다른 부분이 있을 수 있잖아요."

"너, 그렇게 말하는 게 아니다. 그리고 너! 요새 마누라 따라서 교회 다닌다면서? 어떻게 네가 그럴 수 있냐? 네가 뭐가 부족해서 네 아내의 신앙을 믿어?"

내가 교회에 다닌다고 했을 때, 특히 어머니는 극도로 반대하고 분노하셨다. 아예 나조차 만나지 않으려 하셨다. 사실 어머니는 자식들 가운데 나에 대한 기대가 가장 크셨다. 그런 내가 어머니의 뜻과 다른 모습을 보이니 화가 나셨고, 그 화는 고스란히 아내에게 돌아갔다. 그런 어머니의 고집을 도저히 꺾을 수가 없어서 포기하고 있을 때도, 아내는 꾸준히 어머니의 생각을 존중하고 지극정성으로 섬겼다. 옆에서 지켜보던 내가 혀를 내두를 정도였다.

"어머님께서 제게 믿음을 버리라고 해도 저는 포기하지 않을 거예요. 그렇다고 제가 어머님을 포기해야 할까요? 저는 그게 며느리로서 해서는 안 되는 일이라고 생각해요. 그리고 제 신앙관에도 반하는 행동이고요."

아내가 어찌나 똑 부러지게 말하던지 나는 할 말을 잃었다. 아내는 오랫동안 어머님이 받아주든 받아주지 않든 늘 똑같은 모습으로 어머니를 대했다. 어떻게 애로 사항이 없었겠는가? 하지만 아내는 오직 사랑하고 포용하는 마음으로 어머니를 대했다.

그러다 어머니께서 돌아가시기 10년 전부터 아내와의 관계가 조금씩 회복되기 시작했다. 어머니의 닫혀 있던 마음의 문이 결국 열리기 시작한 것이다. 그리고 돌아가시기 5년 전부터는 관계가 완전히 회복이 되어 마치 친엄마와 친딸처럼 친밀해졌다. 아내의 인내심과 포용력이 빛을 발한 것이었다. 이때 나는 어머니가 마음을 연 것에 대해 아내에게 감사해하면서, 동시에 하나님께 감사의 기도를 드렸다.

사당동에서 살고 있을 때였다. 몸이 불편해지기 시작하던 어머니가 결국 병원에 입원하여 마지막 시간을 보냈다. 나는 초췌해진 어머니에게 하나님을 믿을 것을 권유했다. 아내도 나를 따라서 어머니에게 전도했다. 오랫동안 무당과 점을 맹신했던 어머니였다. 당연히 처음에 어머니는 하나님을 받아들이는 걸 쑥스러워하며 망설이셨다. 하지만 나와 아내의 간곡한 부탁에 어머니는 운명하시기 전에 예수님을 영접하고, 하나님께 처음으로 기도를 드렸다.

"저의 믿음이 짧아도 하나님께서 절 받아 주세요."

"믿음에 짧고 길고는 없어요. 하나님께서도 어머님을 기쁘게 받아주실 거예요."

그때 나와 아내, 어머니는 오랫동안 눈물을 흘렸다. 그리고 한참 뒤 어머니는 하나님의 곁으로 가셨다. 나는 지금도 어머니가 하늘나라에서 나를 응원하고 계시리라 믿는다.

나는 아내가 오랫동안 어머니를 사랑하고 포용했다고 생각한다. 그 인고의 시간을 아내는 견뎠다. 그리고 어머니 또한 하나님을 믿으면서 내 아내를 온전히 가슴으로 품었다고 생각한다. 서로 포용하고 인정하면서 사랑하는 마음이 통했던 것이다.

사랑하고 포용하는 마음은 저절로 생기는 게 아니다. 그리고 그 과정은 행복하지만은 않다. 때론 나 스스로도 나를 포용하지 못할 때가 있다. 하지만 나는 그 시간을 기도로 극복했고, 또한 하나님의 사랑과 은혜로 극복했다. 나는 오랫동안 이 마음을 간직하고 싶다. 사랑하고 아끼며, 다른 사람을 내 안으로 들어오게 하는 마음을 말이다.

우리 모두는 이웃을 사랑하는 마음을 가져야 한다. 그것이 하나님께서 우리 인간에게 명하신 말씀이요, 우리가 살아가는 이유다. 그리고 사랑은 모두가 행복해지는 마음이다. 베드로전서 4장 8절 "무엇보다도 뜨겁게 서로 사랑할지니 사랑은 허다한 죄를 덮느니라."라는 말씀처럼 우리는 사랑해야만 서로를 가슴 안에 안아줄 수 있다.

모든 것이 하나님의 놀라운 은혜

대림아파트에서 지내던 시절, 나는 새벽마다 교회에 나가 기도를 했다. 어쩌다 참석하지 못하는 경우에는 그 시간에 거실에 앉아 기도를 했다. 나에게 기도는 생활의 일부였고, 나는 이 시간을 허투루 보내지 않았다.

어느 날, 거실에서 기도를 하고 안방에서 잠깐 누워서 쉬고 있을 때였다. 갑자기 어디선가 또렷한 목소리가 들려왔다. 목소리는 잠언 8장 19절을 읊었다. 너무 놀란 나머지 나는 벌떡 일어나 주변을 둘러봤지만 아무도 없었다. 잠언 8장 19절이라니.

그게 무슨 뜻인지 언뜻 알아듣기 어려웠다. 성경에는 축복의 말만 있는 게 아니다. 저주의 말도 섞여 있어서 나는 잠언 8장 19

절의 내용이 무척이나 궁금했다. 즉시 성경을 가져와 그 말씀을 찾아 읽었다.

"내 열매는 금이나 정금보다 나으며 내 소득은 순은보다 나으니라."

성경 구절을 확인하고는 안도의 숨을 쉴 수 있었다. 지금 생각해 보면 하나님께서는 신앙생활을 한 지 얼마 안 된 나에게 축복의 말씀을 선물로 주신 것 같다. 물론 모든 사람이 나와 같은 체험을 하는 것은 아니다. 어디까지나 나 개인의 신앙 체험이며 그당시 기도로 부르짖는 나에게 하나님의 방식으로 응답을 주신 것으로 생각한다. 아무튼 살면서 힘들고 어려울 때마다 하나님께서 나에게 주셨던 그 말씀으로 위로를 받고 힘을 얻는다.

지금까지 살아오면서 셀 수 없을 만큼 하나님의 은혜와 응답을 많이 받았다. 나와 내 아내가 기도에 나태하거나 꾀를 부리기라도 하면 하나님께서는 가만 계시지 않으시고 때로는 건강으로, 물질적으로, 혹은 자녀를 통해 우리 부부를 깨닫게 하셨다. 그때마다 나는 머뭇거리지 않고 하나님을 찾았다.

건강에 대해서 나나 아내는 여러 우여곡절을 겪었다. 특히 정신적으로 육체적으로 가장 힘든 시기를 보냈던 사당동 롯데캐슬 아파트에서 우리 부부는 절박한 심정으로 하나님께 기도를 했다. 그때만큼 하나님의 응답이 절실할 때가 없었다.

주위에 있는 사람들 모두가 아내의 건강에 대해 염려했다. 체력이 바닥나서 물 한 모금 입에 넣지 못할 정도로 약해진 아내는 오로지 여호와 하나님의 돌보심과 긍휼하심밖에 기댈 곳이 없었다.

아내는 새벽마다 기도를 하고 싶은 마음은 간절하였으나 체력이 되지 않아 교회에 가지 못할 때는 내가 아내의 몫까지 두 배로 기도를 했다. 그때 흘린 눈물을 모으면 아마 항아리를 한 가득 채우고 넘칠 것이다. 시편 119편 71절에도 '고난당한 것이 내게 유익이라 이로 말미암아 내가 주의 율례들을 배우게 되었나이다.'라고 했는데, 정말 나를 위한 말씀이었다.

아내가 사경을 헤매고 있을 때, 한 번은 꿈을 꾸었다. 장인어른이 아내의 입술에 대롱을 물리고 주전자 안에 들어있는 맑은 물을 따라 주어 마시게 했다. 그 꿈을 꾸고 나서 왠지 아내가 나을 것만 같아서 하나님께 감사의 기도를 하고, 아내에게 꿈 이야기를 해주었다. 당연히 내 말을 듣고 좋아할 줄 알았는데, 아내는 대꾸할 힘조차 없어 고개만 끄덕였다. 그리고 시간이 꽤 흘렀는데도 아내의 병은 여전히 제자리였다. 실망한 나는 하나님께 따지듯 기도했다.

"하나님 아버지! 분명 아내의 병을 낫게 해주신다고 하셨는데 어찌하여 지금까지 지체하고 계신가요?"

그러자 하나님께서 다시 깨달음을 주셨다. "정금같이 단련하기 위해서."라고 말이다. 내 아내라서 하는 말이 아니라, 지금 아내가 살아서 생활하는 것만으로도 충분히 기적이다. 주위사람들이 하나같이 "곧 죽을 것 같다."라고 했던 아내가 지금은 건강을 얻어서 24시간이 모자랄 정도로 바쁘게 살고 있는 것을 보면 이보다 더 극적인 반전은 없으리라.

시간이 지나서 보니 하나님께서는 단 한 번도 한눈을 팔지 않으셨다. 어린 아이가 배가 고파 산에 올라가 소나무 껍질을 벗겨 먹을 때도, 뇌진탕으로 쓰러져서 죽을 고비를 넘겼을 때도, 결핵 3기로 각혈하며 길거리에 쓰러졌을 때도, 그리고 아내가 각종 질병을 얻어 사선을 넘나들 때도 하나님께서는 변함없이 그 자리에 계셨다.

크고 작은 일이 있을 때마다, 아니 기분이 좋아서 하늘을 바라보거나 너무 슬퍼서 땅 끝을 바라볼 때도 하나님은 언제나 나와 함께 하셨고, 좌절하고 낙망해서 어찌할 바를 모르고 깊은 한숨을 쉴 때도 외면하지 않으시고 그때마다 위로와 용기로 힘을 주셨다. 전능하신 여호와 하나님은 항상 우리와 함께 계셨다.

누구나 성공하고 싶어 한다. 지금 이 시간에도 수많은 사람들이 자신의 뜻을 이루기 위해 구슬땀을 흘리고 있다. 그러나 세상에는 쉬운 일이 없으며, 노력과 계획만으로 일을 성공시킬 수도 없다. 물론 기본적으로는 자신이 할 수 있는 최대한의 노력을 다해야 하지만, 성공은 하나님께서 은혜를 주시고 도와주셔야만 한다. 인간의 노력과 땀만으로 원하는 바를 모두 성취하기는 힘들다.

우리가 이 땅에 태어난 것도 자신의 노력이나 의지로 된 것이 아닌 것처럼 우리가 이 땅을 떠나는 것 또한 자신의 의지나 계획으로 되는 일이 아니다. 잠언 16장 3절, "너의 행사를 여호와께 맡기라. 그리하면 네가 경영하는 것이 이루어지리라." 이 땅의 하찮은 들풀 하나도 하나님의 허락 없이 피고 지지 않으며, 공중에 나는 새 한 마리도 하나님의 허락 없이는 결코 땅에 떨어지는 법이 없는 것처럼 하나님께서는 지금도 살아계셔서 인간사의 복잡한 문제에 관여하시고 온 우주만물을 다스리고 계신다.

우리 인간이 창조주 하나님께 겸손히 나아갈 때만이 진정한 길이 있고 행복해질 수 있다. 잠언 16장 9절에 "사람이 마음으로 자기의 길을 계획할지라도 그의 걸음을 인도하시는 이는 여호와시니라."라는 말이 있듯이. 돌이켜 생각해보면 하나님은 내가 땀 흘리며 노력한 것보다 훨씬 그 이상의 것을 허락해 주셨다. 하나님은 우리의 문제를 즉각적으로 해결해 주시기도 하지만 때로는 시간을 지체하시면서 혹은 고난을 통해서 해결해 주시기도 한다.

하나님께서는 사랑하는 자녀들에게 역경과 고난을 내려서 주의 뜻을 알게 하시고, 우리 인간에게 하나님의 선하심과 인자하심을 깨닫게 해주신다. 따라서 연약한 우리 인간은 하나님의 뜻에 전적으로 모든 것을 맡기고 우리에게 주어진 일에 최선을 다하면 하나님께서는 우리가 원하는 그 이상의 것을 허락해주실 줄로 믿는다. 살아도 주의 은혜요, 죽어도 주의 은혜이다. 그러니 지금 내가 살아있음에 감사할 따름이다.

2장
직장 생활이 가르쳐 준 지혜

나는 고창군 무장면에서 고등학교를 졸업한 이후 친구와 함께 서울로 올라왔다. 1970년대의 시골 청년들이 으레 그러하듯, 나 또한 돈을 벌기 위해 상경한 것이었다. 그때부터 지금까지 신학교 생활 등을 제외한다고 해도 나의 직장 생활은 40여 년 가까이 되어간다.

일은 자신과 가족이 먹고살 돈을 버는 일이기도 하지만, 자아실현의 의미도 있다. 그래서 어떤 이는 "먹고살기 위해 억지로 일한다."라고 말하고, 어떤 이는 "일하는 게 정말 행복하다."라고 말한다. 나는 굳이 말하자면, 후자에 가깝다.

여태껏 일 때문에 월요일이 두렵다거나 업무 스트레스로 신경성 질환을 앓은 적이 없다. 나는 내 일을 정말 좋아한다. 분양업이라는 것이 서바이벌이라 할 만큼 경쟁이 치열하고, 실적이 수입으로 연결되기 때문에 스트레스가 적은 업종은 아니다.

하지만 나는 고객이 계약을 체결할 때 희열을 느낀다. 일 때문에 스트레스를 받기보다는 다른 데서 받은 스트레스를 일을 하며 풀 정도이니, 분양업은 내게 천직이라 할 만하다. 여러 직업을 거쳐 분양업에 안착해 만족스러운 삶을 살고 있으니, 이 또한 하나님의 은혜라고 생각한다.

그렇다고 해서 내가 '타고난 직장의 신'이나 나만의 비밀 무기가 있는 건 아니다. 오히려 여러 일을 하고, 좌충우돌 부딪히면서 깨달은 것들이 많다. 그 당시에는 몰랐지만 지금 생각해 보면, 나는 여러 일들을 겪으며 성장했고, 지금은 꽤 원숙해진 단계가 아닐까 싶다.

이 장에서는 내가 직장 생활에서 직접 겪은 일을 통해 체득한 깨달음을 이야기하려고 한다. 직장 생활을 하는 모든 이들에게 내 생각을 강요할 의도는 전혀 없다. 그저 사회 진출을 목전에 둔 학생이나, 직장 초년생, 또는 직장에서 더 성공하고 싶은 직장인들에게, '선배'로서 깨달은 것들을 얘기해 주고 싶다. 독자들이 직장 생활을 하는 데 조금이나마 도움이 된다면 더할 나위 없이 기쁠 것이다.

나의 40년
직장 생활

서울로 올라온 '전라도 촌놈'

1977년 스물한 살 때, 나는 고등학교를 졸업한 뒤 무작정 서울로 올라왔다. 학창 시절에는 일본어를 전공해서 외교관이 되는 게 꿈이었지만, 가정 형편상 고등학교를 졸업한 뒤에 서울로 올라가 돈을 벌어야 했다.

"저기 온다. 빨리 타!"

"움직여!"

나와 친구 충남은 마른 고추 두 근을 챙겨 야간열차를 향해 뛰었다. 서울로 올라가는 야간열차는 사람들로 만원이었다. 나와 충남은 사람들 사이에 끼어서 정든 고향이 멀어지는 것을 하염없이 바라봤다. 그렇게 야간열차에 몸을 싣고 5시간 정도 걸려 새벽에 용산역에 내렸다. 나나 충남이나 갈 곳이 마땅치 않아 우리는 무작정 역 근처의 목욕탕에서 짐을 푼 뒤 지쳐 곯아떨어졌다.

서울에 아는 사람이 없는 건 아니었다. 서울에 먼저 올라와 일하던 누나와 둘째 형이 있었지만, 나는 형제들에게 손을 빌리고 싶지 않았다. 홀로 일해서 성공해야 한다고 생각했기 때문이다. 다음 날, 충남이 서울 노량진에서 살고 있는 친척집으로 간다고 했지만, 나는 목욕탕에 남겠다고 했다. 충남이 짐을 챙기며 나를 불쌍하다는 듯 쳐다봤다.

"너 진짜 여기 있으려고? 나랑 같이 가서 일자리를 알아보는 게 낫지 않겠어?"

"여기서도 일할 수 있어. 나중에 일자리 구하면 연락 좀 줘."

물론 목욕탕에서 일을 하겠다는 건 단순히 내 생각일 뿐이었다. 목욕탕에서 일할 수 있을 만큼 기술이 있었던 게 아니었으니까. 하지만 나는 목욕탕에 남아 있으면서 손님이 오면 신발을 정리하고, 틈틈이 때 미는 기술을 익혔다. 흔히 말하는 아르바이트를 얻은 것이다.

그곳에서 몇 개월 일한 뒤, 나는 돌아오는 설날에 맞춰 생애 최초로 구두와 양복을 사서 내 나름대로 멋을 부리고 고향으로 내려갔다. 내가 목욕탕에서 일한다는 걸 부모님 외에는 아는 사람이 없었다. 그저 돈벌이로 잠깐 일했을 뿐이니까.

"그래, 어디로 옮길 생각인데? 어디 알아본 데는 있고?"

"그런 건 아니지만, 계속 목욕탕에서 일할 생각은 없어요."

"일하는 데 자꾸 옮겨 다니면 사람들이 안 좋아한다. 한 곳에서 진득하게 일해야지."

일할 곳을 알아본다는 내 말에 어머니는 한 곳에서 오래 일하길 바라셨다. 그건 나도 마찬가지였다. 하지만 그때는 앞으로 다가올 파란만장한 직장 생활을 상상조차 하지 못했다.

다시 서울로 올라온 나는, 목욕탕으로 돌아가지 않고 잠시 친척집에 기거하며 일을 구하기 위해 백방으로 뛰어다녔다. 한 번은 고등학교 동창 진호를 만났다.

"야, 상문아. 내가 아는 사람이 호텔에서 근무하는데 수입이 꽤 좋더라. 일하는 조건도 나쁘지 않고."

"그래? 그럼 나도 그 호텔에서 일할 수 없을까?"

나는 그 호텔 말고도 다른 호텔이라도 들어갈 수 있는지 알아보려 했으나 스펙이 좋은 것도 아니고, 정보나 인맥이 없다 보니 호텔에 취직하기가 쉽지 않았다. 그러니 열심히 돌아다니며 다른 일할 곳을 찾아야 했다. 그러던 중 내 인생에서 최초로 입사할 수 있는 곳을 찾았다. 그곳은 남대문에 있는 흥국생명 보험 회사였다.

"자, 이거 들고 나랑 같이 움직이면 돼."

"이게 뭡니까?"

"보면 몰라? 팸플릿이잖아. 이거 들고 사람들을 만나면 돼."

내 선임은 귀찮다는 듯이 말했다. 처음에는 내근직으로 알고 입사했는데, 신입 사원 교육이 끝나고 나니 선임을 따라 필드 영업을 뛰어야 했다. 예상했던 일과 달랐고, 보험 회사 일은 해본 적이 없었으므로 익숙지 않아 여러모로 어려움이 많았다.

경험이나 스킬이 없다 보니 개척은 엄두도 못 내고 연고 판매로 돌파구를 열어야 했는데, 시골에서 올라 온 지 얼마 되지 않은 지라 낯선 서울 생활에 적응하는 것조차 힘든 상황이었다. 몇 개월 동안 몸부림쳤지만 한 건의 실적도 올리지 못했다. 수입이 생기지 않으니 계속해서 일을 할 수가 없었다. 첫 직장에서 실패를 경험하니 앞날이 캄캄하고 두려움이 앞섰다.

보험 회사를 그만둔 뒤, 다시 취직하기 위해 이곳저곳을 알아보다가 을지로에 있는 시사일본어연구사에 들어갈 수 있었다. 그런데, 그곳 역시 외근직이었다. 내 조건으로 내근직 업무를 구하기가 쉽지 않았다. 결국 나는 팸플릿을 옆구리에 낀 채 서울 시내 한복판을 돌아다녔다.

이때 나는 상품을 팔면서, 내근할 수 있는 직장을 열심히 찾아다녔다. 하지만 가는 곳마다 거절당하기 일쑤였고, 심지어 어떤 회사는 경비원을 불러 강제로 쫓아내기까지 했다.

"여기 잡상인 출입금지예요. 얼른 나가세요!"

"아니, 전 잡상인이 아니라……."

"아, 됐고! 시끄러우니까 얼른 나가요! 얼른!"

경비원이 거칠게 나를 밀었을 때, 말할 수 없는 수모와 창피를 당했지만 포기하지 않았다. 아니 포기할 수가 없었다. 왜냐하면 언젠가 나를 필요로 하는 회사가 나타날 거라고 굳게 믿었기 때문이다.

코미디 같았던 코미디언 시험

시사일본어연구사에 다닐 때였다. 한번은 아는 사람을 만났는데, 그가 나에게 이런 제안을 했다.

"정동에 있는 MBC 방송국 알지? 거기서 코미디언 공채 시험이 있다는데 한번 응시해 봐."

"제가요?"

"내가 보기에 상문 씨는 자질이 있어. 사람들을 재미있게 해주고 즐거운 분위기를 만드는 재주가 있다고. 부족한 것도 없잖아? 한번 해보지 그래?"

나는 갑작스러운 제안에 어안이 벙벙했다. 어쩌면 농담으로 치부하고 넘어갈 수 있었을 텐데, 나는 그 제안이 계속 머리에 남았다. 결국 고민 끝에 어떻게 코미디언 시험을 보는지 알아보기로 했다. 응시하느냐 마느냐는 생각하지 않고 말이다.

당시만 해도 코미디언에 대한 관심이 매우 높았다. 만담 콤비가 특히 인기가 많았는데, 나는 내가 다른 개그맨과 만담을 나누는 모습을 상상해봤다.

'나쁘지 않는데?'

일단 코미디언 시험에 응시하려면 세 가지 조건이 있어야 했다. 하나는 코미디언으로서 가져야 할 자질이다. 물론 이 조건이 가장 크다. 다른 두 가지는 시험에 합격할 수 있는 철저한 사전 준비와 인맥이었다. 나는 사전 준비와 인맥은 응시자의 성실함과 영향력을 확인해보는 조건이라고 나는 판단했다. 그럼 내가 자질이 있느냐, 아니면 성실함이 있느냐, 그것도 아니면 영향력이 있느냐? 아무리 머리를 굴려도 어느 것 하나 없었다. 당연히 조건이 안 맞으면 물러나야 했는데, 나는 용감하게도 코미디언 시험에 응시했다.

시험 날, 방송국에 가니 응시자들이 입구에서 인산인해를 이루었다. 자신이 직접 짜 온 대본으로 연습하는 사람들도 있었는데, 나에게는 그런 게 전혀 없었다.

"김상문 씨. 코미디언 시험 응시하신 거 맞죠? 그럼 이거 보세요."

"이게 뭡니까?"

"대본이에요. 이걸 읽어도 좋고, 다른 사람들처럼 직접 준비한 코미디를 보여줘도 돼요. 아니면 둘 다 해도 되고요."

나는 관계자가 준 대본을 천천히 읽었다. 그 대본은 무슨 영화나 드라마의 대본 같았는데, 웃는 연기와 우는 연기를 주문하는 지시문이 적혀 있었다. 나는 연기를 해본 적이 없었기에 대본을 어떻게 소화해야 할지 막막했다. 그에 비해 다른 사람들은 대본에 집중하여 울고 웃는 연기를 연습하느라 정신이 없었다.

"영숙 씨! 나를 버리고 가지 마오!"

한 남자가 대본을 들고 크게 소리쳤다. 나뿐만 아니라 주변에 있던 사람들이 그 남자를 쳐다봤다. 킥킥거리며 그 남자를 비웃는 사람도 더러 있었지만, 이내 각자 연습하는 분위기로 돌아갔다.

저렇게 열심히 연습하는 사람도 있는데, 내가 어떻게 통과할 수 있겠는가. 솔직히 어떻게 준비했는지, 어떻게 시험실로 들어가 연기를 했는지 기억조차 제대로 나지 않는다. 분명한 건 다시 밖으로 나왔을 때, 내가 불합격이라는 걸 직감했다는 것이다. 예상대로 나는 1차에서 보기 좋게 떨어졌다. 당시 시험은 3차까지 진행되었는데, 1차에서 떨어진 사람들을 향해 관계자가 말했다.

"떨어지신 분들은 그만 돌아가셔도 됩니다."

떨어진 사람 중에는 망연자실한 사람도 있었고, 나처럼 덤덤히 불합격을 받아들인 사람도 있었다. 나는 절망하기보다는 다른 일할 곳을 찾아 나섰다.

지금 와서 돌이켜 보면 내가 왜 코미디언 시험에 응시했는지 모르겠다. '유명한 코미디언이 되겠어.', '유명 인사가 돼서 돈을 많이 벌겠어.' 같은 기본적인 이유조차 없었다. 그 당돌한 용기가 어디서 나왔는지 알 수 없지만, '사회생활에 발판이 될 수 있는 일이라면 뭐든지 해보자.'라는 의지는 있었다. 어쩌면 그 의지 때문에 나는 엉뚱하고 황당한 일을 시도한 것이리라.

뭘 해보고 싶으면 가만히 있지 못하고 일단 시도해보는 내 추진력과 패기에 나 스스로도 가끔 놀랄 때가 있다. 어서 직장을 구하고 싶은 마음에 무모하게 도전한 것이었지만 코미디언 시험은 나에게 독특한 경험이자 재미있는 추억이다.

첫 직장, 첫 사회 경험

'나를 원하는 회사가 있을 거야.'라는 믿음 하나로 버티며 지내던 어느 날, 무교동에 있는 제일여행사를 방문했다. 처음 나를 맞이한 사람은 박태룡 차장이었는데, 이 회사에서 일하고 싶다고 하니 황당한 표정을 지었다. 이윽고 서세진 상무를 만나게 해주었다. 왜 지금도 그들이 나를 쫓아내지 않았는지 알 수 없으나, 서세진 상무는 내 얘기를 다 듣더니 젊은이로부터 어떤 가능성과 희망을 느꼈는지 사원 모집 광고에 대해 자세히 알려줬다.

"지금 조선일보에 사원 모집 광고가 나갔으니까 그걸 사서 보세요. 조건이 맞으면 채용하지."

당장 밖으로 나가 신문을 사서 제일여행사 신입 채용 공고를 확인했다. 채용 조건은 '대학교 졸업', '병역 필', 그리고 '외국어에 능통한 사람'이었다. 특히 외국어에 능통한 사람을 우대했는데, 이 세 가지 조건 중에서 어느 것도 내게 해당하는 사항은 없었다. 조건이 맞지 않으니 포기하는 게 당연했지만, 포기하고 싶지 않았다. 왜냐하면 내가 그토록 바라던 절호의 기회가 찾아왔기 때문이다. '좋아, 갈 데까지 가보자.' 이런 마음으로 나는 이력서를 준비해서 제출했다.

이후에 주민등록등본을 제출하러 다시 회사를 방문했는데, 그때 다른 응시자의 이력서를 볼 수 있었다. 거기서 나는 적잖게 놀라고 말았다. 대부분 명문대 출신이었고, 특히 한국외국어대학교

출신이 많았다. 학벌이나 경력 등에서 밀리는 나로서는 엄두가 나지 않았다. 내 스스로가 무모하고 미련해 보이기까지 했다.

서류심사 후 면접시험 일정이 잡혀 나는 세 번째로 회사를 방문했다. 면접관 네 명이 앉아 있었고, 나 말고 다른 응시자들도 여럿 앉아 있었다. 면접관 중 한 명이 말했다.

"한 명씩 자기소개를 하고 입사 동기를 말해보세요. 일본어로."

다짜고짜 일본어로 자기소개를 하라는 말에 잠깐 놀라긴 했지만 괜찮았다. 나는 고등학교 시절에 일본어를 제법 잘해서 자기소개와 입사 동기까지 능숙하게 일본어로 대답했다. 문제는 그다음이었다.

"자, 이제 이걸 읽어 보세요."

일본어 원서를 나눠 주더니 그걸 읽어 보라고 하는 게 아닌가? 사실 일본어 원서를 읽을 수 있는 정도의 실력은 안 되었다. 망했다는 생각이 머릿속을 어지럽힐 때, 나는 순간 트릭을 써야겠다고 마음먹었다. 아는 단어는 큰 목소리로 읽고, 잘 모르는 단어는 작은 목소리로 읽었다.

"김상문 씨, 잘 안 들리는데 또박또박 읽어보세요."

하지만 다시 읽는다고 해서 내가 원서를 또박또박 읽을 수 있었겠는가? 그래도 주눅들지 않았다. 내 나름대로 자신 있게 면접에 도전했지만, 원서를 읽으면서도 어떤 결과가 나올지 짐작할 수 있었다. 원서를 다 읽은 뒤, 곧 면접관 중 한 명이 힘없는 목소리로 손짓했다.

"자자, 됐어요. 이만 나가봐요. 여기서 끝낼게요."

면접을 마치고 회사에서 나오는데, 면접관의 목소리가 내내 마음에 걸렸다. 얼마나 심란했던지 버스를 타고 종점을 두 번씩이나 왔다 갔다 하며 마음을 추슬렀다. 비록 입사 자격은 갖추지 못했지만 가슴속에서 타오르는 열정의 불은 꺼질 줄 몰랐다.

아무리 애타게 기다려도 합격 연락이 오지 않아 나는 성수동에 있는 가방공장에 가서 임시로 일을 했다. 그리고 내가 떨어졌다는 걸 인정할 수밖에 없었다. 그렇게 가방공장에서 일을 하다가, 쉬는 날 친척집에 갔더니 다들 나를 애타게 기다렸다는 듯이 난리법석이 아닌가? 무슨 일인가 싶어 물으니 친척 아주머니는 기차 화통을 삶아 먹은 듯이 소리쳤다.

"지금 일이 중요하니? 너 여행사에서 합격했다고 연락 왔어! 여기 서류도 왔고!"

합격 통지서가 왔다는 말에 나는 꿈인지 생시인지 모를 정도였다. 기쁘고, 또 기뻤다. 세상 어떤 금은보화를 얻은 것보다 큰 환희와 행복에 사로잡혔다. 지금까지 살면서 이보다 더 기쁜 일은 없었다. 합격이라는 말에 머릿속에 가장 먼저 떠오르는 얼굴은 바로 어머니였다. 나는 즉시 시골에 계시는 어머니에게 전화해서 합격 사실을 알렸다. 어머니께서는 나보다 더 좋아하셨다.

앞서 다른 두 회사에 취직했어도 이렇게까지 기쁘지 않았다. 하지만 인내심을 발휘하고, 창피를 무릅쓰고 얻은 직장이라 더

값지고 소중했다. 그래서 나는 생애 최초의 직장, 직장다운 직장은 제일여행사로 여긴다. 생각만 해도 뿌듯하고 감격스러웠다.

출근해서 입사 동기들을 만났는데, 나를 포함해서 모두 다섯 명이었다. 다들 학력이며 조건이 좋았다. 요즘 말로 '스펙이 장난이 아니었다.' 거기다 다들 나보다 나이도 대여섯 살 더 많아, 동기들 중에 내가 가장 어렸다. 어린 나이에 이렇게 좋은 스펙을 가진 엘리트들과 근무를 하게 되니 저절로 어깨가 으쓱해지고 자부심이 생겼다.

나는 제일여행사에 입사해서 인바운드(국제부)에서 근무했다. 내 직속 상사는 윤상구 차장과 장영자 과장이었다. 윤상구 차장은 외대 출신이고, 장영자 과장은 이대 출신인데, 이들은 학력뿐만 아니라 외모도 준수하고 언어구사력이 뛰어났다. 그리고 부하직원을 대하는 태도는 매우 자상하고 부드러웠다. 그 덕에 나는 쉽게 업무를 익힐 수 있었고, 회사에 적응하는 것도 어렵지 않았다.

특히 윤상구 차장은 마음씨가 어질고 선비 같은 성향을 가지고 있었다. 그런데 술을 너무 좋아하고, 술을 마시면 인사불성이 되어 직원들에게 종종 실수를 하곤 했다. 또 낮 시간에 거래처에 정산하러 갔다가 업주의 권유를 뿌리치지 못하고 술에 취해서 사무실에 돌아오는 날이 많아서 그때마다 윗분에게 야단맞는 일도 여러 번 있었다.

"자, 오늘도 한잔해야지?"

"내가 아는 호프집이 있는데 거기가 진짜 괜찮다고. 거기 어때?"

"호프? 호프로 끝낼 생각이야?"

"뭔 소리야? 노래방도 가야지!"

일도 열심히 배워야 했지만, 여행사를 다니면서 사회생활이라는 걸 처음 겪었다. 일이 끝나면 곧장 집으로 가는 일은 드물었고, 매일 직장 동료들과 어울려서 술을 마셨다. 가볍게 한 잔 하자는 약속이 점점 커지면서 2차가 되고, 3차가 되었다.

나는 여행사에 들어가서 술과 담배를 배웠다. 하늘같이 여기는 윗분들과 술을 마시면서 그들이 권하는 술을 뿌리치지 못하고 주는 대로 마시다 보면 나중에는 결국 취한다. 윗분들이 귀가할 때까지 술에 취해 실수해서는 안 된다는 각오와 결심으로 버티고 버티다가 택시를 잡아타고 집에 갈 때서야 비로소 긴장감이 풀려 정신을 잃곤 했다. 허구한 날 귀가 시간이 늦으니 아내가 좋아할 리가 없었다.

술도 술이지만 노래방도 자주 다녔다. 그 당시에는 스탠드바에 가서 노래를 불렀는데, 다들 자기가 노래를 부르겠다고 때 아닌 마이크 쟁탈전이 벌어졌다. 거기다 노래나 사회 모두 자신의 전공 외국어로 진행하니 그 시간만큼은 마치 외국에 가 있는 듯한 기분이 들었다.

일 때문에 주로 가는 곳은 고급 호텔, 고급 레스토랑, 요정, 항공사, 국내 관광 명소, 토산품점 등이었다. 이런 곳에 출입이 잦다 보니 안목이 높아지는 게 당연했다. 어디 그뿐인가? 외국인을 가이드하면서 팁을 받을 때도 많았는데, 봉급보다 수입이 더 많았다. 만약 부수입원만 잘 관리했어도 살림에 도움이 되었을 것이다. 하지만 혈기왕성한 시기에 나는 그 돈을 살림에 보태지 않고 어영부영 유흥비로 써버렸다.

또한 내가 근무하는 여행사는 외국인을 상대로 하는 회사다 보니, 양담배나 양주를 선물 받을 때가 많았다. 그런 것들을 보고 있으면 평소 술과 담배를 좋아하셨던 아버지가 이 선물을 받으면 얼마나 좋아하실까 생각하곤 했다. 하지만 아버지는 이미 하늘나라로 가시고 안 계시니 아쉬운 마음뿐이었다.

분주하게 돌아가는 여행사에서 많은 사람을 만나고 다양한 경험을 쌓았다. 자유로운 해외여행이 불가능했던 그 시대에, 여행사는 세상의 흐름을 빨리 알게 해주는 곳이었다. 그만큼 여행사에 다니면서 큰 자부심을 느꼈고 행복했다. 이후에 사회생활을 하는 데 여행사에서 근무했던 이력은 큰 도움이 되었다.

국회를 내 집처럼 드나들다

여행사에 입사해서 5, 6년간 근무했는데, 처음에는 국제여행부에서 근무하고, 나중에는 해외여행부에서 근무했다. 할 수만 있으면 오랫동안 여행사에서 근무해서 성공하고 싶었다. 하지만 세상 일이 내 뜻대로 안 되는 건 어쩔 수 없었다. 회사가 운영난을 겪기 시작하면서 나는 계속 회사에 다닐 수 없었고, 결국 장래에 대해 깊은 고민을 하게 됐다.

그때쯤 마침 친구의 결혼식이 줄줄이 있어서 매번 내가 사회를 봤다. 그때마다 주례를 보신 분은 우연찮게도 고향의 대선배이신 11대 국회의원이었다. 그렇게 몇 군데의 결혼식에서 나는 사회자로, 그분은 주례자로 몇 차례 만났다. 우연찮게 몇 번 만난 사이였을 뿐인데, 어느 날 커피숍에서 차 한잔하자고 제안하는 게 아닌가. 서로 얼굴은 알아도 긴 대화를 나눈 적이 없는 사이였다. 커피숍에서 만났을 때, 그분은 나를 유심히 살폈다.

"그래, 김상문 씨는 어디에 사나?"

"사당동에서 지냅니다."

"결혼은 했고? 아이는? 어느 회사를 다니나?"

살고 있는 집은 월세인지, 전세인지, 현재 다니는 회사에서 봉급은 얼마나 받는지, 고향에서 부모님은 어떻게 지내는지 마치 경찰관의 취조 수준으로 질문을 했다. 나는 이상하다 싶었지만 가감 없이 그대로 대답했다. 한참 뒤에, 이야기를 다 들은 그가 나에게 제안했다.

"혹시 나랑 같이 일할 생각 없나? 일이라고 해봐야 거창한 건 아냐. 우린 동향이잖아?"

뜬금없이 스카우트를 제안하니 나는 어안이 벙벙했다. 일단 대답을 미룬 채 생각해 보겠다고 한 뒤 여러 가지 경우의 수를 생각했다.

가장 먼저 떠오른 것은 회사였다. 경영난으로 고전하고 있는 회사를 계속 다닐 수 있겠냐고 스스로에게 물었을 때, 대답은 '아니요.'였다. 그렇다면 비전은? 역시 기대할 수 없었다. 회사가 무너지면 내 젊음도 무너질 수 있으니까.

여러 가지 사정을 고려했을 때, 경영난에 시달리는 회사에 근무하는 것보다는 국회의원 옆에 있는 게 더 발전적일 거라고 판단했다. 왜냐하면 큰 나무가 작은 나무 그늘을 하나 만들어 주는 것은 그리 어렵지 않기 때문이다.

당시 아내는 둘째를 임신한 상태여서 의원님 댁에서 가까운 곳으로 옮겨야 했다. 만삭이 된 몸이었지만 아내는 불평하지 않고 내 뒤를 따랐다. 내가 그곳에서 하는 일은 평범한 직장인과는 조금 달랐다.

"자네는 매일 아침마다 나한테 일본어를 가르쳐 주게. 일이 있으면 나랑 같이 움직이고, 없으면 내가 운영하는 회사에서 일하면 돼."

"일본어를 가르쳐 달라고요? 저는 누굴 가르칠 만큼의 실력은 못되는데요."

"그냥 회화 정도만 알려주면 돼. 거창한 걸 알려 달라는 게 아니야. 그냥 내가 일본어에 관심이 많아서 그래."

그는 일본어에 대해서 관심이 많고 배우고자 하는 열정이 컸다. 그래서 나는 그분의 말씀대로 아침마다 국회의원 자택으로 출근해서 한 시간씩 일본어를 지도하고 그곳에서 아침 식사를 했다. 국회에 일정이 있는 날은 국회의사당이나 의원실로 출근하고, 그렇지 않은 날은 퇴계로에 있는 삼성당출판사로 출근해서

전국에 있는 지사를 관리했다. 삼성당출판사가 바로 의원님이 운영하는 회사였다.

고급 승용차를 타고 의원님과 국회를 출입할 때나 중요한 행사가 있어서 동행할 때는 절로 어깨가 으쓱해졌다. 그때만 해도 서울에 올라온 친구들 중 잘나가는 사람이 거의 없어서 나의 자부심은 꽤 컸다. 사실상 국회의원 수행비서 역할을 했기 때문이다.

1년 가까이 의원님을 모셨는데, 내 자부심에 비해 내실이 별로 없었다. 정치인들의 특성이 '달면 삼키고 쓰면 뱉는다.'라는 말을 들었는데 내가 모시는 의원님도 별반 다르지 않았다. 갑자기 회의감이 밀려왔다. 어쩌면 일을 계속 못할 수도 있다는 압박감이 밀려왔다.

당시 내가 모시던 의원님은 성북구에서 국회의원으로 출마할 계획이었다. 하지만 상대는 그 지역에서 오랫동안 기반을 잡고 있던 다선 국회의원이었다. 어쩌면 내가 모시는 의원님이 낙선할 수도 있겠다는 생각이 들었다.

그분이 낙선하면 다시 출판사로 돌아올 텐데, 문제는 삼성당 출판사가 가족 운영 체계라는 것이었다. 출판사는 의원님의 명의로 되어 있으나 의원님의 친동생이 운영을 맡고 있었고, 실무는 조카가 맡고 있었다. 회사의 운영체계상 내가 그 회사에서 성장하기는 쉽지 않을 것 같았다.

"저, 그만 다른 일을 알아봐야겠습니다."

"그게 무슨 소리야? 왜 갑자기 일을 그만둬?"

"만족스러운 급여, 일할 수 있는 분위기, 미래의 발전 가능성이 있어야 성공적으로 직장 생활을 할 수 있다고 생각합니다. 이 중 최소 한 가지라도 충족돼야 하는데, 여기는 아닌 것 같습니다."

결국 의원님은 워낙 확고하게 말하는 나를 잡지 못했다. 대신 여행사에 다시 들어갈 생각이면 자신이 알선해 주겠다고 했으나 그 정도는 나도 할 수 있었기에 정중히 거절했다. 나는 사전에 아내와 의논해서 결정했는데, 고맙게도 아내는 내 말을 전적으로 믿고 따라줬다. 아내의 지지는 지금도 고마운 마음으로 남아 있다.

의원님과 같이 일하면서 물질적으로 크게 얻은 것은 없었다. 나는 그저, 시골 촌놈이 서울에 올라와서 국회의사당을 마음대로 출입하며 자긍심을 높였다는 점에서 의미 있는 경험이었다고 생각한다.

세상만사 의욕으로만 되는 게 아니더라

딱히 갈 곳이 있어서 국회의원 보좌관을 그만둔 건 아니기에 나는 서둘러 직장을 알아봐야 했다. 여행사에서 근무한 경력을 살려 무역 회사에 들어가 일을 하고 싶었다. 몇 군데에 일자리를 부탁한 뒤 기다리고 있는데, 법무부에서 일하던 고등학교 1년 선배인 종국이 형이 자신의 사돈인 최용식 사장을 소개해 줬다.

"좋은 분이야. 비전도 있고. 너랑 잘 맞을 것 같은데, 한번 가서 일해 보지 그래?"

"제가 했던 일이 아니라서 잘 모르겠어요."

"누군 일을 알고 하나? 지금까지 무슨 일을 알고 했던 건 아니잖아. 그러지 말고 한번 만나 봐. 만나 보면 생각이 바뀔 거야."

간곡히 말하는 선배의 말을 외면할 수가 없어서 가벼운 마음으로 사장을 만나러 갔다가 결국 붙잡혀 일하게 되었다. 최용식 사장은 대치동에서 (주)태광개발을 운영하고 있었다. 10여 명 정도의 직원이 근무하고 있었는데, 모두가 젊고 참신한 엘리트들이었고 능동적이고 활발하게 일을 하고 있었다.

태광개발은 최용식, 소병률 씨가 주축이 되어 운영하고 있었는데, 그들은 나와 다섯 살 정도 차이가 났다. 최용식 사장은 체구가 작았지만 인상은 야무져 보이는 사람이었다. 언변이 뛰어나 사람을 설득하는 데 가히 천부적인 재능을 가지고 있었다. 여기에 매일같이 직원들보다 먼저 출근해서 사무실 청소를 할 정도로 근면함과 성실함의 모범을 보였고, 틈날 때마다 입버릇처럼 직원들에게 이렇게 말했다.

"지금은 내가 임시로 대표직을 맡아서 회사를 운영하고 있지만, 이다음에 사세가 확장되면 직원 중에 유능한 사람이 회사를 이끌어가야 할 겁니다."

직원들에게 꿈과 희망을 노래하면서도 사심이 없어 보이고, 근면 성실한 그를 보면서 나는 계속해서 이 회사에 다녀도 되겠다는 확신이 들었다. 1986년 당시 태광개발은 구로동의 재래시장을 통째로 매입해서 직접 건물을 짓고 분양까지 진행했다. 직원 외에 전문 상담사를 불러들여 분양을 했는데, 나는 상가 분양 경험이 없어서 전문 상담석에 앉지도 못했다.

그러나 경험은 만들면 됐다. 나는 분양의 '분'자도 모르고, 상담에 대한 가이드나 매뉴얼도 알지 못했지만 독학으로 상담 방법을 배웠다. 바로 옆에 있는 상담사의 브리핑을 귀동냥으로 얻어 이를 터득했고, 전문 상담사들의 상담을 받고 그냥 돌아가는 고객을 다시 불러서 브리핑을 했다.

맨땅에 헤딩하는 심정으로 일했다. 그러나 결과는 대만족이었다. 실적이 전문 상담사 못지않았다. 그때 동료들로부터 얻은 별명이 바로 '재탕 전문가'였다. 한번은 신혼부부가 방문해서 브리핑을 했는데, 나의 열정적인 브리핑에 고객이 감동을 받아 결혼반지를 청약금으로 걸고 가는 일도 있었다.

이때 나는 여러 일을 배웠고, 특히 상가 분양에 대해 어느 정도 확신을 갖게 됐다. 그래서 나는 투자를 결심했다. 살고 있던 전셋집을 월세로 돌리고 돌려받은 보증금은 물론이고, 주변 사람들까지 투자에 끌어들였다. 친구와 처남이었는데, 모두 나만 믿고 돈을 투자했다.

"그럼 너만 믿고 움직인다. 이 돈, 내 결혼 자금이라는 거 기억해라."

"걱정하지 마. 안전하게 돌려줄 테니까. 나도 내 전세 보증금까지 털어서 하는 거라고."

회사를 위해 내가 가지고 있던 전세 보증금과 친구의 결혼 자금, 처남의 사업 자금까지 모두 투자했지만, 회사 사정은 내가 아는 것보다 훨씬 더 나빴다. 회사가 워낙 자금력이 빈약해서 고금리로 남의 돈을 활용해서 사업을 하다 보니 시간이 갈수록 재정 상태는 더 악화됐다.

회사가 운영난에 직면하자 최용식 사장은 바로 본색을 드러냈다. 성공적인 사업을 위해 직원들이 투자자들로부터 끌어들인 돈은 안중에도 없었고, 본인의 안일만 추구했다. 같이 일하면서 사장의 뜻을 받들어 반듯한 회사를 만들겠다는 직원들의 의욕과 노력은 한순간에 물거품이 되었다. 더욱이 경리와 스캔들이 있었다는 것도 사고가 터진 후에야 알게 되었다. 사장의 음흉하고 이기적인 행태를 보면서 그런 사람을 믿고 회사에 아낌없이 헌신한 직원들은 배신감과 분노를 느꼈다.

나 역시 투자한 돈을 모두 날리고 하루아침에 빈털터리가 되어 길거리에 나앉아야 할 지경에 놓였다. 세상 일이 모든 게 내 뜻대로 되는 건 아니지만, 그때는 최악의 상황이었다. 내 돈도 날리고, 친구와 처남의 돈까지 날렸으니……. 그때의 마음고생은 이루 말할 수 없을 정도였다.

부동산 업계에 입문하다

이리 봐도 저리 봐도 사방이 다 막혀 앞길이 캄캄했지만, 나는 재기하기로 마음먹었다. 아니, 재기를 할 수밖에 없었다. 다니던 태광개발이 부도가 나는 바람에 새로 일할 곳을 찾고 있던 중에, 나는 문병국 씨의 소개로 반포에 있는 합동공인중개사 사무소 김왕용 대표를 만났다. 얘기를 해보니 대표는 내 고향 선배였고, 금방 대화가 통했다.

힘든 시기였지만 나는 다시 직장을 잡을 수 있었다. 매달 25만 원씩 월급을 받기로 하고 근무를 시작했다. 사무실에는 4~5년 된 경력자 남자 직원 세 명과 경리로 근무하는 여직원이 한 명 있었다.

"어디서 온 사람이야?"

"몰라. 대표님이랑 아는 사이라는데?"

"일은 해봤대?"

"모르지. 누가 저 사람에 대해 아는 사람 있어?"

'갑자기 굴러들어온 돌'과 다를 바 없었던 나는 기존 직원들의 텃세에 시달렸다. 친절하게 가르쳐주는 사람이 없어서 나는 그저 어깨 너머로 업무를 배우고 익혔다.

당시 사무실에서 취급하는 아파트가 5,000여 세대 이상이었다. 매물·전세·월세 시세 파악은 물론, 학군·교통 노선 등의 정보, 관리비 정산 방법과, 매매 거래 시의 등기와 취득에 관련한 세

제 비용 계산 등등. 익히고 알아야 할 게 한두 가지가 아니었다.

그뿐만이 아니었다. 당시 취급하던 삼호가든아파트는 1단지에서 5단지로 구성되어 있었는데, 1단지는 타워형으로 되어 있어서 동마다 호수와 방향이 다 달랐다. 짧은 시간에 암기해야 할 게 너무 많아 거의 고시 수준이었다.

중간에 포기하려는 마음이 없었던 건 아니다. 하지만 아내와 어린 두 딸을 생각하면 도저히 그만둘 수가 없었다. 그래서 나는 이를 악물고 버텼다. 밤낮으로 열심히 노력한 결과, 한 달 정도 지나니 어느 정도 분위기를 파악할 수 있었다. 자신은 없었지만 일단 브리핑을 하기 시작했다.

입사해서 겨우 몇 개월밖에 지나지 않았는데도 나는 동료들보다 더 많은 계약 건수를 올렸다. 때문에 많지는 않았으나 매달 월급이 인상됐다. 대표가 내 능력을 인정해준 셈이다. 내 능력을 인정받으니 더더욱 일에 몰두하게 됐다. 계약 건이 걸리기라도 하면 밤늦은 시각까지 일에 전념했고, 망설이는 고객을 포기하지 않고 끝까지 설득했다. 계약이 성사되면, 몰려오는 희열과 성취감은 이루 말할 수 없이 컸다.

계약 성과에 따라 인센티브를 받는 것은 아니지만, 그저 성사시켰다는 사실 하나만으로도 나는 충분히 만족했다. 열성적으로 브리핑하는 나의 모습에 직원들은 물론 고객들도 감탄했다. 어떤 고객은 나에게 이런 말까지 했다.

"공인중개사 사무소에서 일하지 말고 지금부터 사법고시를 보는 게 어때요? 아니면 신앙 공부를 하든가. 변호사나 목사를 하면 아주 잘할 것 같은데.”

사람들은 공인중개사 사무소에서 일만 하기에는 아까운 인재라며 혀를 찼다. 하지만 나는 그 일로도 충분히 만족했다.

워낙 여러 고객을 응대했기에 별의별 일을 경험했다. 얌체 같은 고객은 여러 공인중개사에게 물건을 의뢰해서 유리한 조건을 찾기도 했는데, 그럴 때는 고객을 놓치지 않고 다음 거래를 하기 위해서 중개보수까지 면제해 주는 적극성을 보이기도 했다. 열정적인 브리핑에 감동받은 고객은 중개보수 외에 용돈을 주기도 했다. 소심하거나 결정 장애가 있는 고객을 만나면 저녁 10시, 11시까지 시간 가는 줄 모르고 일에 몰두했고, 새벽이 넘은 적도 여러 차례 있었다. 나는 일에 푹 빠져 있었다.

몸과 마음을 아프게 한 '동업자의 배신'

1988년, 전국적으로 재개발 붐이 한창일 때 아는 사람 두 명과 함께 사당동 재개발 구역으로 들어가서 공인중개사 사무실을 오픈했다. 주로 사당동과 봉천동, 그리고 노량진에 다니면서 재개발 물건을 취급했는데, 그 당시는 고객이 물건을 의뢰하면 먼저 공인중개사 사무실에서 사들여 업자 간에 거래를 하거나 방문한 고객에게 알선했다. 고객 브리핑은 전적으로 내가 담당했는데,

계약 성사 건수가 매우 많았다. 매월 벌어들인 수익이 평균 6,000만 원에서 7,000만 원 정도였고, 운 좋으면 1억 원 가까이 될 때도 있었다.

적지 않은 돈을 벌었지만 막상 결산을 하면 꼭 그렇지만도 않았다. 운영 자금으로 일부를 남기고 셋이서 동일하게 분배하니 개인에게 할당되는 몫은 얼마 되지 않았다. 결산 후 집에 갈 때는 기분이 좋고 뿌듯해야 하는데, 오히려 아쉬움이 많았다. 세 명이 동업한 것이었지만, 계약 성사는 월등히 내가 많았다. 그런데 수익은 1/n로 나누니 내가 노력한 만큼의 보상을 받지 못한다는 박탈감이 들었다.

여기에 동업자 중 한 사람은 업자에게 물건을 준다고 하고서 그 약속을 지키지 않아 주변 공인중개사들에게 인심을 잃고 있었다. 한 번은 봉천동에 있는 공인중개사를 만났다. 그는 다짜고짜 나와 동업자를 비방하며 비아냥거렸다.

"당신들 그렇게 사는 거 아니요! 어떻게 약속도 안 지키고 멋대로 해?"

당연히 동업자에 대한 화풀이라는 걸 알았다. 그런데 성격상 그런 소리를 듣고 그냥 넘기지 못해서 대신 나서다 결국 몸싸움이 나고 말았다. 싸움이 점점 격해지려는 찰나, 상대가 일행들까지 모아서 패싸움을 벌이려는 게 아닌가?

"오냐, 너 잘 만났다! 아주 묵사발로 만들어 줄 테니까 어디 한번 돌아다녀 봐!"

순식간에 건장한 남자 여럿이서 나를 둘러쌌다. 잘못하다가는 집단 폭행을 당할 수도 있겠다 싶어 얼른 도망을 쳤다. 싸움이 일어난 장소에서 집까지 약 3킬로미터 정도 떨어져 있었는데, 나는 미친 듯이 전속력으로 내달렸다. 그 당시 나는 80킬로그램이 넘는 데다 배도 많이 나왔고, 운동과는 담을 쌓고 지내고 있었다. 그 육중한 몸으로 3킬로미터를 죽기 살기로 달렸으니……. 며칠간 몸살에 시달리며 끙끙댔다.

그런데 그게 끝이 아니었다. 며칠 뒤에, 나와 싸운 업자가 건달 둘을 데리고 사무실로 들이닥쳤다. 정작 문제를 일으킨 사람은 따로 있었는데, 나는 업자와 싸웠다는 이유 하나만으로 건달들에게 공격을 당했다.

"저 자식이야! 저 자식이 먼저 시비를 걸었으니까 본때를 보여줘야 돼!"

업자의 말에 건달들이 나를 둘러싸더니 다짜고짜 팔꿈치로 내 옆구리를 가격했다. 난 소리도 지르지 못하고 그 자리에 꼬꾸라졌다. 타박상이 심해 한 달 이상 병원에 입원해서 치료를 받는데, 겁을 먹은 동업자들은 후환이 두려웠는지 합의해주자며 설득했다. 건달들에게 맞은 것도 분하지만 의리 없는 동업자들 때문에 더 분하고 괘씸했다. 그래도 몇 년간 동고동락한 사이인데! 거기에다 나의 계약 수익도 나눠 갖지 않았던가!

결국 나는 돈이고 뭐고 동업 관계를 정리했다. 그때의 일만 생각하면 아직도 배신감에 치가 떨리고 가슴속에 불이 난다. 생각할수록 기분 나쁜 일이다. 나는 의리를 지키기 위해서 손해를 볼 수도 있고 한 대 얻어맞을 수도 있었다. 그런데 겁이 난다는 이유로 같이 일하는 나를 한순간에 내동댕이친 동업자들에게는 아직도 섭섭한 마음이 든다.

재탕 전문가의 귀환

사당동에서 운영했던 반포공인중개사 사무소를 정리한 나는 또 상도동에 가서 대림공인중개사 사무소를 개업했다. 이번에는 친척 형님과 친구가 모여서 일을 하니 크게 실패할 일이 없을 거라고 믿었다. 그런데 동업자끼리 의견을 같이한다는 게 결코 쉽지만은 않았다.

동업자 친구와 친척 형님은 마찰이 잦았다. 나는 중간에서 중재를 해야 했는데 그게 너무 힘들었고, 결국 일하는 것조차 어려웠다. 부동산 경기가 썩 좋지 않은 데다가 동업자끼리 마음이 하나가 되지 못하니 사무실을 제대로 운영할 수가 없어서 결국 정리를 해버렸다. 이때 나는 절대 동업은 하지 말아야겠다고 다짐했다.

직접 운영하던 공인중개사 사무소를 정리한 뒤, 나는 공인중개사 사무소 몇 군데를 돌아다니며 근무하다가 1994년에 신학교에 입학해 5년간 공부를 했다. 하지만 남의 부채를 정리해야 했기 때문에 휴학계를 내고 다시 공인중개사 일로 돌아와야 했다.

갈 곳이 마땅찮아 과거에 근무했던 합동공인중개사 사무소를 다시 찾아갔다. 당시 김왕용 대표는 큰 병을 얻어 젊은 나이에 이미 세상을 떠났고, 조카가 대표가 돼서 사무실을 운영하고 있었다. 물론 조카인 대표도 과거에 나와 같이 근무했던 사람이었고, 그만큼 나에 대해서 잘 알고 있었다.

"다시 현장에 복귀하는 거예요? 저야 선배님이 도와주시면 좋죠. 실은 저 혼자서 사무실을 운영하는 게 영 쉽지 않았거든요."

"그동안 작은아버지 밑에서 일을 배운 게 아니었나요?"

"그게 제가 대표가 된 지 얼마 되지 않아서요. 그리고 지금 학교도 다니고 있거든요."

당시 김철 대표는 낮에는 공인중개사 사무소에서 업무를 하고, 저녁에는 대학교에 가서 공부를 하고 있었다. 말하자면 주경야독하고 있었다. 그리고 그의 말마따나 공인중개사 사무소 대표가 된 지 얼마 되지 않아서 사무실 운영에 조력자가 필요했다. 그때 마침 내가 일자리를 부탁하러 왔으니 그가 나의 청을 수락하는 건 어쩌면 당연한 일이었다. 그래서 나는 김왕용 대표의 조카인 김철 대표가 사무실을 운영하는 데 기꺼이 조력자가 되어 주었다.

내 인생에서 합동공인중개사 사무소는 인연이 많고 고향 같은 곳이다. 내가 힘들고 어려울 때마다 힘이 되어 주고 나를 구제해 준 곳이기도 하다. 태광개발에 들어갔다가 금전적으로 정신적으로 실패하고 갈 곳이 없을 때 나를 받아줬고, 아내가 의상실을 하기 위해 가게가 딸린 집을 찾아다닐 때도, 외면하지 않고 돈을 빌려줘서 숨통을 트이게 해줬다. 또 빚보증으로 휴학계를 내고 갈 곳을 찾지 못해 방황하고 있을 때도 선뜻 내 손을 잡아줬다. 내게는 참으로 고마운 곳이다.

합동공인중개사 사무소에 재입사해서 2년차로 근무하고 있을 때, 아내는 일산에서 분양대행업을 하고 있는 친구 남편을 소개해줬다. 대표는 나보다 한두 살 아래였다. 그는 나를 보자마자 이렇게 말했다.

"합동공인중개사 사무소에서 일한다고 들었는데, 분양업을 해보고 싶으시다고요? 그런데 분양하는 직원들이 대부분 젊은 애들이에요. 잘 적응할 수 있겠어요?"

나는 일반 공인중개사 사무실보다 분양업이 수입이 좋다는 아내의 권유에 따라 분양업으로 옮겼다. 당시 대행사는 일산 장항동에 있는 오피스텔을 분양하고 있었는데, 대표의 말처럼 직원 대부분이 젊은 사람들이었다. 직원들의 나이가 어리다고 해서 내가 그들을 멀리하는 건 바람직하지 않다고 생각했다. 업무를 원활하게 진행하기 위해서는 내가 먼저 나서서 친밀한 관계를 유지하고 한다고 생각했다.

그래서 나는 직원들을 친동생처럼 여기고 나를 최대한 낮추었다. 처음에는 나의 이런 행동이 부담스러웠는지 그들은 별 반응을 보이지 않다가 차츰 나에게 마음을 열고 나중에는 친구처럼 가까워질 수 있었다.

직원들과 지내는 건 쉽게 극복할 수 있었지만 문제는 업무였다. 당시 대행사에서는 자료 숙지는 물론 브리핑을 할 수 있는 모든 조건을 갖춰야 한다고 선을 그었다. 그리고 이 조건을 갖추지 못하면 아예 고객 상담을 허용하지 않았다.

당연히 나는 회사가 요구하는 자료 숙지는 물론 공인중개사 운영 경험도 있고, 대표와 아는 사이라 곧바로 고객 상담을 진행할 줄 알았으나 그렇지 않았다. 솔직히 대행사 대표가 아내의 친구 남편이어서 기대감도 작지 않았지만, 그런 기대는 차치하고라도 전문 상담사로 인정을 해주지 않아서 속상했다.

이른 아침에 출근해서 하루 종일 서 있어야 했고, 상담하는 시간이 유일하게 쉬는 시간이었다. 퇴근해서 집에 오면 씻고 잠자리 들기에 바쁠 정도로 늘 시간에 쫓겼다. 큰돈을 버는 것도 아니고, 그렇다고 인정을 받는 것도 아니어서 불만이 가득했고, 퇴근하면 애꿎은 아내에게 화풀이를 했다.

"정 힘들면 그만둬요. 일할 곳은 얼마든지 있잖아요."

듣기 좋은 말도 한두 번인데, 허구한 날 불평불만을 들어야 하는 아내 입장에서도 짜증나고 상당한 스트레스였을 것이다. 사실 나도 당장 그만두고 싶었지만 이왕 시작한 일이니 뭐라도 하나 건져야겠다는 생각에 이를 악물고 1년 가까이 버텼다. 그곳에서 근무하면서 손에 쥔 수입은 별것 없었지만, 그때 받은 혹독한 훈련은 지금의 나를 만드는 데 큰 도움이 됐다.

이때 나는 과거 공인중개사 사무소에서 일했을 때의 노하우를 살렸다. 상담 받고 그냥 가는 고객들을 상대로 다시 브리핑을 하는 것이었다. '재탕 전문가'의 귀환이었다. 만약 단순히 재탕만 했다면 내 실적은 보잘 것 없었을 것이다. 하지만 그간의 충분한 경험과 노하우로 나는 전문 상담사보다 더 많은 계약을 성사시켜 직원들 사이에서 좋은 평판을 얻었다.

그러던 어느 날, 대치동 태광개발에서 같이 근무했던 문병국 대표에게 연락이 와서, 서초동에 있는 서초법조타워를 분양하자고 제안했다. 나는 여러 분양 노하우가 있어서 이를 적극적으로 활용했다. 덕분에 2개월 동안 꽤 높은 수익을 얻어 아파트를 구입할 수 있었다.

그 이후 나는 지금까지도 계속해서 분양을 담당하고 있다. 경험이란 나이가 들면서 자연스럽게 얻어지는 게 아니다. 여러 일을 겪으면서 넘어지기도 하고 박수도 받아보고 하는 게 바로 경험이다. 만약 젊은 시절부터 내가 여러 경험을 하지 않았다면, 실패를 해본 적이 없다면 나는 진작 도태됐을지 모른다.

전쟁터 같은 분양 시장

문병국 대표는 서초법조타워 분양을 마치고 곧바로 압구정동으로 건너가 기존 현대사원아파트를 리모델링해서 분양을 하였다. 채당 20억 원이 넘는 고분양가라서 쉽지 않을 거라는 주위 사람들의 우려와 달리, 조기에 완판이 됐다. 역시 지역성은 무시할 수 없었다.

나는 일할 곳을 찾고 있던 중에 동대문에서 패션TV쇼핑몰을 분양하고 있는 유학렬 씨를 소개받았다. 그는 워낙 말이 빠르고 발걸음 또한 빨라서 그분이 상담석 주위를 왔다 갔다 하기만 해도 저절로 긴박한 상황이 연출될 정도였다. 대행사 대표는 쇼핑몰의 전설인 장 대표였는데, 그는 처음에 출판물 세일즈를 하다가 분양업에 입문해서 출판물 세일즈와 분양의 특성을 절묘하게 접목시켜 분양업계에서는 소문이 자자할 정도로 명성을 얻고 있었다. 그의 열정과 카리스마는 대단했다.

장 대표는 매일 업무를 시작하기 전에 전 직원을 모아놓고 1시간 이상 조회를 했다. 눈이 오나 비가 오나 매일 그랬고, 심지어 어떤 때는 점심식사 후 잠시 쉬는 시간에도 회의를 주관했다. 초보자들이야 얻을 게 많아 귀를 쫑긋 세우지만 경력자들에게는 지루한 시간이었다. 또한 업무 시간에는 직원들의 자리를 돌아다니면서 잘하는 팀이나 직원들은 그 자리에서 칭찬과 격려를 아낌없이 해주었고, 실적이 부진한 팀이나 직원들은 호되게 야단을 치거나 별도 관리를 했다. 하루에도 웃거나 찡그리는 표정을 수시로 지었다. 연기자가 따로 없었다.

아무튼 평범한 사람은 아니었다. 장 대표가 분양하는 동대문 패션TV쇼핑몰에는 직원이 몇 백 명이나 되었다. 나는 그곳에 가서 쇼핑몰 분양을 난생 처음으로 경험했다. 사무실에는 일하는 직원들이 너무 많아 출입하는 것도 힘들 정도였다. 화장실이라도 가려면 직원들이 앉아있는 의자를 밀치고 지나가야 할 정도였다.

쇼핑몰을 분양하는 데는 광고부, 필드부, TM부 등의 여러 부서가 있었다. 나는 광고부에서 영업 활동을 했다. 다른 부서는 발품으로 영업 실적을 창출한다면, 광고부는 광고 오더로 실적을 창출하는 것이어서 영업 활동하기가 쉬운 반면에, 스킬이 있어야 했다. 나는 그 많은 직원 중에서도 위축되거나 기죽지 않고 열심히 실적을 올렸다.

나는 쇼핑몰에 대한 경험이 없으면서도 매일같이 실적을 올렸고, 제법 돈도 벌었다. 그런데 일하는 방식이 맘에 들지 않았다. 동료가 광고 콜을 받으면 전화 상담을 하는 동안 나는 옆에서 서브를 해주었다. 그리고 고객이 방문했을 때도 역시 서브를 해줬다. 그러니 하루 종일 내 실적을 내기 위해서 작업을 해야 하고 그렇지 않으면 동료를 도와주는 일을 했다. 오후 4, 5시 정도 되면 자연히 몸은 파김치가 되고, 어떤 때는 목이 쉬어 말을 제대로 하지 못했다.

일적으로나 정신적으로 너무 힘이 들어서 그만두려고도 했다. 하지만 막상 그만두면 일할 만한 데가 딱히 없었다. 어디를 가서 무슨 일을 해야 하나 고민하고 있을 때, 아는 사람이 (주)누보를 얘기해 줬다.

"누보 알죠? 거기서 사람을 구하는데 한번 가보세요. 지금 구로동에서 나인스 에비뉴 주상복합아파트 단지 내 상가를 분양하고 있다던데요?"

2000년 초반 누보는 쇼핑몰로 인지도를 톡톡히 올리고 있을 뿐만 아니라 악명 높기로도 유명했다. 누보는 현장에 투입이 되면 분양이 완료될 때까지 거의 매일 신문 광고로 고객을 유치했다. 누보에 입사하려면 면접을 따로 봐야 했다. 나는 경험이 많아서 당연히 별 문제가 없을 줄 알았는데, 의외로 까다롭게 굴었다.

"여기는 경력만 있다고 오는 데가 아니에요. 공인중개사 경험이나 쇼핑몰 분양 경험이 있다고 해서 오는 곳이 아니라는 뜻이에요."

어찌나 깐깐하게 굴던지 첫날부터 말문이 턱 막혔다. 그래도 간신히 입사한 곳이니 어떤 어려움도 견디기로 작정했다. 그런데 사무실에 들어가자마자 출입문 초입에 영업 실적표가 떡하니 벽에 붙어있는 게 아닌가? 내가 그것에 대해 물으니 한 직원이 설명해줬다.

"여기는 저렇게 전체 직원들의 영업 실적표를 붙여놔요. 실적이 저조하면 강제로 퇴사 조치를 시키기도 해요."

퇴사 조치라니! 나는 전쟁터에 들어왔다는 걸 실감했다. 직원들 모두 영업 실적표의 압박을 받으며 일을 하고 있었다. 자기가 열심히 노력해서 돈을 벌어가는 건 둘째치더라도, 동료들에게 창피를 당하지 않기 위해서라도 치열한 경쟁을 해야만 했다. 나도 강제로 퇴사 조치를 당하지 않기 위해 이를 악물었다.

누보는 거의 매일같이 4대 일간지에 광고를 내보냈는데, 광고가 나가는 날은 7시 30분까지 출근하고 퇴근해서 집에 오면 밤 10시가 넘었다. 하루의 출발은 아침 조회부터 시작했다. 회사에서는 매일 아침저녁으로 회의를 했는데, 회의는 보통 1시간씩 이어졌다. 회의가 없는 날이 없었다. 조석회의가 일하는 것보다 더 힘들었다.

"야, 이 새끼야! 너는 일도 제대로 못하면서 여기 나올 낯짝은 있어? 실적이 이게 뭐야, 이게?!"

조회보다 더 견디기 힘들었던 건 회의를 이끄는 사람이, 직원의 나이가 많든 적든 간에 막말과 욕설을 해대는 것이었다. 하루는 서류뭉치를 테이블에 마구 두드리며 위압감을 주는데, 참으로 곤혹스러웠다.

마음 같아선 그런 일이 있을 때마다 당장 그만두고 싶었지만, 앞으로 분양업으로 성공하기 위해서는 이런 혹독한 훈련 과정도 필요하겠다 싶어서 이를 악물고 참아냈다. 나인스 에비뉴에서의 일을 끝마치고 그만두려고 했으나 내친 김에 서초동에 있는 오키즈 아동 쇼핑몰과 광명 파보레 쇼핑몰 분양까지 마무리하고 누보와는 결별했다.

쏟아지는 러브콜

처음 누보에 들어가서 손발을 맞춘 사람은 이 대표였다. 그때 맺은 인연으로 그분과는 친구처럼 4~5년 동안 같이 일하면서 행복한 시간을 보냈다. 그 부인하고도 여러 차례 만나 식사를 할 정도로 친분이 두터워졌고, 모내기철에는 그분의 고향에 가서 모내기를 도와주기도 했다.

그런데 협업과 이권 문제 등이 얽혀 신뢰에 금이 가고 말았다. 그가 일을 제안하면서 나와 약속했던 대로 보수를 지급하지 않아 갈등이 생겼고, 급기야 몇 년 간 애써 쌓은 우정이 하루아침에 무너지고 말았다. 친구를 얻기 위해서는 돈을 빌려서라도 투자해야 하는 것인데, 적은 돈으로 친분을 깨는 것은 어리석은 일 중에 하나가 아닐까 싶다.

이 대표와 일하면서 여러 생각을 했다. 내 직업은 어떤 직업일까? 분양업을 어떻게 말할 수 있을까? 직장과 직장 동료는 무엇이고, 직장 생활은 무엇일까? 어쩌면 내가 이 글을 쓰게 된 계기는, 앞선 질문의 대답일 수도 있다.

분양업을 하면서 좋은 점이 있다면 바로 한 군데서 오래 있지 않고 옮겨 다니면서 일을 할 수 있다는 것이다. 말하자면 현장에 들어가서 지루할 만하면 옮긴다. 그러니 일에 권태기가 생길 겨를이 없다.

한편, 분양업은 인맥과 연관이 있다. 어느 직업이든 마찬가지지만, 분양업은 인맥이 없으면 애를 먹기 일쑤다. 설사 한 현장에 들어가서 목돈을 만졌다 할지라도 몇 개월 동안 일하지 않고 쉬면 금방 번 돈을 까먹고 만다. 처음 분양 일을 배울 때 내가 그랬다. 그런데 지금은 인맥이 두터워져 사방에서 러브콜이 들어온다. 옥석을 가리느라 고민할 뿐이지, 현장이 없어서 일을 못하지는 않는다. 어떻게 보면 행복한 고민이라 할 수 있다.

"벌써 우리 나이가 이렇게 먹었네. 회사를 그만두면 어떻게 먹고살지 정했어?"

"난 요새 고민이 많아. 자다가도 몇 번씩이나 깬다니까."

"너도 그래? 나도 자다가 몇 번이나 깬다니까."

친구들을 만나면 으레 은퇴에 대해 진지한 대화를 나눈다. 대부분 퇴사한 뒤에 어떻게 살지 고민하는데 나는 그때마다 할 말이 없어진다. 한 친구가 나를 부러워하며 말했다.

"상문이는 아직 현역이라면서?"

"나도 분양업이나 배울까? 그건 나이가 있어도 배울 수 있잖아."

"분양업이 뭐 쉬운 줄 알아? 나도 산전수전 다 겪으면서 일하고 있다고."

내가 현역으로 일하고 있다는 말에 친구들이 가끔 농담으로 분양업에 진출하고 싶다고 말한다. 그때마다 나는 친구들을 말린다. 분양업은 절대 쉬운 직업이 아니니까 말이다.

친구들이 왜 그렇게 말하는지 이해는 간다. 오랫동안 일할 수 있는 직업 중 하나가 분양업이다. 한 치 앞을 모르는 인간사에서 내일을 기약할 수 없지만, 앞으로 몇 년 동안은 일을 더 하고 싶다. 물론 부득이한 변수가 생겨서 내 계획에 차질이 생길지도 모른다. 그러나 별도로 정년퇴임이 정해져 있는 것도 아니고 그렇다고 연령 제한이 있는 것도 아니어서 선택권은 여전히 나에게 있다.

앞으로도 일을 하고 싶은 이유는 다음과 같다. 첫 번째, 나이가 아직은 젊다. 100세 시대에 이제 환갑을 갓 넘겼을 뿐이니 일을 놓아버리면 할 게 마땅찮다. 두 번째, 나에게는 젊은이 못지않은 열정과 힘이 아직 남아 있다. 세 번째, 일하는 게 재미있다. 네 번째, 큰돈은 아니지만 아직도 여느 샐러리맨 못지않게 수입을 얻고 있다. 나는 여전히 내가 건재하다고 믿는다.

직장 생활에 임하는 자세

나는 내가 분양업을 하는 것이 재미있고 즐겁다. 하지만 가끔 이런 생각도 해본다. '내가 만약 젊었을 때 잠시 했던 일을 계속했다면 어떻게 됐을까? 계속 여행사에 남아 있었다면? 국회의원 보좌관으로 남아 있었다면? 그것도 아니면 무역 회사에 들어가 일을 했다면?'

어느 쪽이든 나는 한 분야에서 일을 배워 계속 전진했을 것이다. 그러나 나는 새로운 길을 개척했다. 그게 바로 분양업이다. 젊은 시절에 본격적으로 부동산업에 뛰어들어 지금까지 일을 하고 있는데, 그때의 마음가짐을 지금도 간직하고 있다고 자부한다.

사람은 한평생 한 가지 일에만 집중하는 게 좋다. 그래야 경험과 인맥이 쌓이고 큰돈을 벌 수 있다. 하지만 가장 중요한 건, 하고 있는 일에 대해 자긍심을 갖는 거라고 생각한다. 최근 우리 사회의 전반적인 패러다임이 바뀌고 있다. 과거에는 '10년이면 강산이 변한다.'라고 했는데, 요즘은 1년도 안 돼서 강산이 바뀔 정도로 급변하고 있다.

그만큼 사람들의 의식 구조나 인식도 많이 달라지고 있다. 몇 년 전까지만 해도 고학력에 고위 공직자, 변호사, 판사, 검사, 교사 등 명예를 높일 수 있는 직업을 많이 선호했지만 최근에는 직종이 중요하지 않다. 명예 대신 '얼마나 많이 버느냐'하는 연봉 등에 더욱 관심이 높아지고 있다. 그리고 '얼마나 오래 일할 수 있느냐'하는 정년이나 안정성 등이 중시되고 있다.

분양업은 성별이나 연령, 학벌을 따지지 않는다. 열정과 의욕만 있으면 누구라도 쉽게 접근할 수 있고, 나이가 들어서도 활발하게 일할 수 있다. 이제 나에게 거액의 돈을 제시하며 스카우트를 제안하는 곳도 없겠지만, 나는 지금 분양업에 계속 종사할 수 있는 것만으로도 만족하고 있다.

나는 40여 년 동안 여러 일을 하면서 수많은 사람을 만났고, 다양한 경험을 쌓았다. 그 경험에서 내가 배우고 깨달은 것들을 얘기하려고 한다. 직장 생활을 하는 사람들에게 조금이나마 도움이 됐으면 한다. 이 얘기들은 비단 분양업 종사자에게 국한되는 것도 아니다. 직장 생활을 하는 이라면 누구에게나 가슴에 새겨두면 좋음 직한 이야기들이다.

직업이 무엇이든 어떤 직책을 맡고 있든 공통점은 존재한다. 이 공통점은 직장인이 갖추어야 할 가장 기본적인 덕목이라고 믿는다. 따라서 육십 세가 넘도록 현역에서 일하고 있는 내가, 선배로서 하는 조언이라고 생각하며 읽어주기를 바란다.

하루의 목표와 인생의 목표가 있어야 한다

하루를 보내더라도 분명한 목적과 목표가 있어야 한다. 만약 그렇지 않으면 소중한 시간을 허비할 가능성이 많다. 지나간 시간은 무엇으로도 되돌릴 수 없다. 주어진 시간을 가치 있고 알차게 사용할 줄 아는 지혜가 필요하다.

"10년만 젊었으면 내가 일을 더 잘할 수 있었을 텐데."

이따금씩 아내가 하는 말이다. 10년이 무엇인가. 5년, 아니 1년만 젊었어도 지금보다 더 많은 일을 할 것이라고 아내는 말한다. 비단 아내만 그런 게 아니다. 나이가 젊고 많고 간에 나이를 원망하는 이들이 적지 않다.

냉정하게 들릴 수 있지만, 과거로 돌아갈 수는 없다. 불가능한 일이고 전혀 현실성이 없다. 어리석게 지나간 시간을 그리워하지 말고 닥칠 시간에 집중해야 하고 후회하지 않도록 최선을 다해야 한다. 오늘 일을 내일로 미루는 것은 게을러서이기도 하지만 어김없이 내일이 올 거라는 기대감 때문이다. 그러나 내일은 영영 오지 않을 수도 있다. 내일이 오지 않을 거라고 생각하면 오늘 나에게 주어진 시간에 소홀하거나 허비하는 일은 없을 것이다.

아무런 계획 없이 하루를 보내면 따분할 뿐만 아니라, 자칫 헛된 시간을 보낼 수도 있다. 분명한 계획과 목표가 있으면 오늘 나에게 주어진 시간을 결코 어영부영 보내지 않게 된다. 이를 위해 필요한 게 바로 계획표다. 초등학교 방학 때, 하루 일과표를 짜보지 않은 사람은 없을 것이다. 그만큼 계획표가 있느냐 없느냐의 차이는 크다. 만약 계획표가 있으면 따분할 겨를이 없고 일을 찾아서라도 하게 된다.

시간을 따분하게 보내는 것만큼 사람의 마음을 병들게 하거나 고통스럽게 하는 것은 없다. 반드시 계획표를 작성하고 그 계획표에 따라서 하루를 보내려는 노력을 해야 한다. 그러면 그렇지 않는 사람에 비해 훨씬 능동적이고 생산적인 삶을 살 수가 있다.

더 나아가 인생의 목표와 계획도 세워두는 것이 좋다. 오늘 아무리 힘든 일을 하고 있어도 미래에 대한 비전이나 기대감이 있으면 힘들게 느끼지 않지만, 미래에 대한 아무런 기대나 희망이 없다면 지금 당장 생활이 편하더라도 마음이 편치 않다.

'당신은 먹기 위해서 사는가, 살기 위해서 먹는가?' 삶의 우선순위를 정하는 문제인데, 어찌 보면 둘 다 맞는 말이다. 그러나 내 생각으로는 먹기 위해서 사는 것이 아니고, 살기 위해서 먹는다. 즉, 삶은 살기 위해서 존재한다. '삶'이라는 단어 자체가 '살다'라는 단어에서 비롯된 말이 아닌가? 삶의 목적과 목표가 있어야 인간다운 삶을 살 수 있고, 분명한 목적과 목표가 있어야 직장 생활에서도 성공할 수 있다.

요컨대 '오늘'은 당신이 살아갈 날 중 가장 젊은 날이다. 그러니 오늘 하루를 허투루 보내지 않아야 한다. 이를 위해 하루의 목표를 반영한 계획표를 작성해서 시간을 알차게 사용하길 바란다. 그리고 인생 전체의 목표를 세워서 그에 맞춰 돌탑을 쌓아가는 마음으로 하루하루를 살아야 한다. '오늘'이 모여서 '인생'이 되기 때문이다.

직업 정신이 필요하다

은퇴를 앞둔 내 친구들은 내가 여전히 현역으로 일하니 우스갯소리로 이런 말을 한다.

"어이, 상문아. 너 나한테 과외 좀 해줘라. 나 분양업 배워서 일 좀 하게."

농담으로 하는 말이라는 걸 알기 때문에 나는 그저 웃고 넘어간다. 물론 나처럼 이것저것 해보다가 분양업에 뛰어든 사람들도 있다. 이는 비단 분양업만 그런 게 아니다. 이제 '평생직장'이라는 개념은 사라졌다.

요즘 경제가 어려워서 직장을 일찍 그만두고 자영업으로 눈을 돌리는 사람이 많다. 부동산, 치킨, 떡볶이, 편의점, 카페 등등. 왜 이런 쪽으로 눈을 돌리는가? 혹시 일하기 쉬워서, 자본금이 많이 들어가지 않아서 그 일을 시작한다고 대답한다면 나는 도시락을 싸들고 쫓아다니며 그들에게 다시 생각해보라고 할 것이다.

지금까지 어디서 무슨 일을 해왔건, 하나의 일을 시작하면 그 일이 내 인생의 마지막이라는 일념으로 일했으면 좋겠다. 그게 프로 정신이고 직업 정신이다. 만약 어떤 직업을 선택했는데, 일에 적응하지 못하여 다른 일을 택한다면? 굳은 결심이 필요하다. 뼈를 깎는 각오와 의지가 있어야 다른 일도 잘할 수 있고, 그만큼 돈을 벌 수 있다.

분야별로 탁월한 재능을 가진 사람이 있다. 만약 당신이 지금 몸담고 있는 곳에서 소질이나 재능을 가졌다면, 이를 잘 가꿔서 크게 발전시켜 나아가길 바란다. 반대로 비록 타고난 소질이나 재능은 부족할지라도 남들보다 더욱 피나는 노력을 한다면, 재능이 있으면서 노력하지 않는 사람보다 더 나은 결과를 얻을 수 있다.

어떤 분야에 들어가서 빠른 시간 안에 적성이 맞는지를 판단하는 것은 쉽지 않다. 눈치가 아무리 빠른 사람이라도 한 분야에서 오랫동안 몸담고 일해야 그 분야에 대해서 잘 알 수 있게 된다.

예전에 TV에서 한 저명인사가 이렇게 말하는 것을 봤다.

"적성 여부를 정확히 판단하기 위해서는 한 분야에 10년 이상 근무해야 합니다."

비단 한 명의 전문가만 그렇게 말하는 게 아니다. 꽤 많은 전문가들, 특히 TV에 나오는 스타들이 비슷한 말을 한다. 나는 이 말에 동감한다. 10년까지는 몰라도 최소 몇 년간의 경험은 필요하다. 그런데 대부분의 사람들이 몇 년은커녕 겨우 몇 개월 해보고는 성급하게 판단한다. 창업 박람회에서 들은 몇 분짜리 설명이나 누군가 일하는 모습을 잠깐 보고 그 분야에 뛰어드는 건 매우 위험한 일이다.

혹여 먼저 발을 들여놓았다면 적성이 맞는지의 여부를 따지지 말고 적응하려는 노력을 먼저 해야 한다. 설사 적성에 잘 맞지 않더라도 끊임없이 노력하고 연구하면 분명 기대 이상의 좋은 결과가 있으리라 확신한다. 소질이 있고 적성에 맞으면 더 이상 바랄 것이 없지만, 적성에 맞건 안 맞건 간에 자신이 몸담고 있는 곳에서 인정받겠다는 마음가짐이 필요하다. 그런 결심과 각오로 끊임없이 노력하면 기대 이상의 좋은 결과를 얻을 수 있을 것이다. 직업 정신은 처음 직업을 가질 때만 갖는 게 아니다. 끊임없이 한 분야를 바라보는 게 곧 직업 정신이다.

근태는 직장인의 기본이다

평소 나는 직원들에게 입버릇처럼 이야기하는 것이 하나 있다.

"지각이나 결근은 되도록 하지 마라. 지각이나 결근을 한 번 하게 되면 자기도 모르는 사이에 습관이 돼서 걸핏하면 하게 된다."

무슨 일이든 동기(Motivation)가 필요하다. 사람은 동기가 있어야 움직일 힘과 정신력이 생긴다. 이는 근태에서도 마찬가지다. 어떤 일이 있어도 지각이나 결근을 하지 않으려는 정신 무장만 제대로 되어 있으면 근태가 좋을 수밖에 없다.

반대로, 정신력으로 무장되어 있지 않으면 지각이나 결근할 만한 사정은 언제든 생기기 마련이다. 지각할 때 피치 못할 사정으로 지각하는 경우도 있지만 대개는 사소한 일로 지각하는 경우가 더 많다. 지각은 습관이어서 처음 하는 게 어렵지, 한 번 시작하면 걸핏하면 지각하게 된다. 사정은 핑계가 되고, 핑계는 사람을 잠식시킨다.

흔히 지각이나 결근은 게으르고 무책임한 사람들이 하는 것으로 인식하기 쉬우나, 자기 분야에서 인정받고 유능한 사람들도 빈번하게 하는 경우가 있다. 그러나 아무리 능력이 뛰어나도 지각이나 결근을 많이 하면 직장상사는 물론 동료에게도 나쁜 인식을 심어주게 된다.

그래서 나는 지각이나 결근을 하지 않으려고 노력한다. 출근 시간 30분 전에는 직장에 도착해서 마음을 정돈하고, 그날의 업무를 어떻게 진행할지를 준비한다. 그러면 일과를 계획적으로 여유롭게 진행할 수 있지만, 시간에 쫓겨서 출근하면 그런 여유를 가질 겨를도 없이 하루가 지나간다. 부산하게 움직이면 자신도 일에 집중하기 어렵고, 같이 일하는 동료들도 정신없게 만든다.

요새는 지각을 해도 뻔뻔하게 오는 사람들이 많다. 좀 늦는 걸로 기분 나쁘게 한다고 생각하지 마라. 출근 시간은 약속이다. 가급적이면 지각이나 결근을 안 하는 게 좋지만 불가피한 사정이 생기면 사전에 책임자에게 전화해서 양해를 구해야 한다. 결근할 때도 일방적으로 의사를 통보하듯이 하지 말고, 의논하는 식으로 사정과 이유를 충분히 말해야 한다. 그러면 좋은 감정으로 승낙을 얻어낼 수 있다. '말 한 마디로 천 냥 빚을 갚는다.'라는 속담이 이때도 적용된다.

개인적인 경험에 비추어 말하자면 지각하는 사람은 항상 지각하고, 직장과 집이 가까울수록 지각하는 사례가 빈번하다. 반포에 있는 공인중개사 사무소에 근무할 때였다. 부동산 대표는 직원들을 관리해 달라는 부탁을 했다.

다른 직원들은 별 문제가 없었으나 유독 진 실장만이 근무 태도가 좋지 않았다. 특히 지각을 밥 먹듯이 해서 좋은 말로 달래도 보고, 엄하게 문책했던 적도 있다. 채찍과 당근을 번갈아 이용했지만 그때뿐이었다. 이미 실장의 지각은 고질적인 습관으로 뿌리 깊이 자리 잡고 있어서 개선시키기가 참 어려웠다. 결국 지각 습관은 고쳐지지 않았고, 자연스럽게 나와 직원들은 그 실장을 그다지 신뢰하지 않게 되었다.

지각이나 결근 모두 타인의 눈살을 찌푸리게 하는 것이어서 단체 생활에 악영향을 미친다. 게다가 전염성이 있어서 출근을 잘하는 다른 사람에게도 영향을 끼친다. 지각 습관이 몸에 배지 못하도록 해야 한다. 그렇지 않으면 상습적으로 지각하는 사람으로 낙인이 찍히고, 팀워크도 망치게 된다.

이 사실 하나만은 꼭 알아두어야 한다. 지각이나 결근 모두 상대방에게 나쁜 이미지를 심어준다는 사실이다. 좋은 이미지나 나쁜 이미지는 하루아침에 생기는 것이 아니라 잦은 반복에 의해서 형성된다. 좋던 나쁘던 습관이 자리를 잡기까지는 40일 정도가 걸린다고 한다. 따라서 평소에 부단한 노력이 필요하다. 일단은 좋은 습관을 기르도록 노력해야 하고, 나쁜 습관은 아예 몸에 배지 않게 노력해야 한다. 애초에 잘못된 습관이 발붙이지 못하도록 늘 신경 써야 한다.

일에 미치지 않으면 안 된다

'세상에서 가장 무서운 개는 미친개'라는 말이 있다. 미친개가 무서운 이유는 상대가 누구인지를 따지지 않고 덤벼들기 때문이다. 사람 중에서도 가장 무서운 사람은 죽기 살기로 덤비는 사람이 아닐까 싶다. 흡사 미친개 같다. 사람은 화가 나서 주먹을 불끈 쥐었다가도 상대가 나보다 더 강자로 판단되면 슬그머니 주먹을 펴지만, 상대가 약자라고 판단되면 불끈 쥔 주먹을 마구 휘두르는 게 일반적이다.

하지만 죽기 살기로 덤비는 사람은 강자건 약자건 가리지 않는다. 다소 과격한 비유지만, 내가 미친개를 거론하는 이유는 단순하다. 사람이 한평생 살면서 후회를 안 할 수는 없지만, 후회를 줄이기 위해서는 미친 듯이 살아야 한다.

가끔 TV에 나오는 가수들을 보면 노래는 잘하는데 스스로가 감정 몰입을 하지 못해 방청객이나 시청자들의 마음을 사로잡지 못하는 가수가 있다. 반대로 노래는 잘하는 것 같지 않은데, 감정을 살리고 열정적으로 노래를 불러 관객의 심금을 울리는 가수가 있다. 말하자면 맛깔나게 노래를 불러야 사람들의 마음을 사로잡을 수가 있다.

대중 연설이나 교회에서의 설교도 마찬가지다. 스스로가 열정적인 모습을 보여야 청중들의 마음을 사로잡을 수 있다. 그렇지 못하면 결코 공감대를 형성하지 못한다. 마치 물과 섞이지 않고 뜨는 기름처럼 말이다.

직장인도 마찬가지다. 어느 일이든 미치지 않고서는 일을 잘할 수 없다. 분양을 하다 보면 여러 고객을 설득해야 한다. 고객을 설득하기 위해서는 지칠 줄 모르는 열정과 끈기로 브리핑을 해야 한다. 특히, 계약을 할까 말까 망설이는 고객에게 미친 듯이 설명하고 설득해 보라. 부정적인 마음이 긍정의 힘에 의해 조금씩 움직이는 것이 보인다.

고객이 설득되어 마음이 움직일 때에는 몇 가지 징후가 나타난다. 얼굴에 홍조가 띤다든지, 귀가 벌겋게 된다든지. 어떤 사람은 손을 떨기도 한다. 따라서 열정적으로 브리핑 할 때는 상대의 반응을 지켜보면서 완급을 조절해야 한다. 그러다 마음이 움직이기 시작한 것 같으면 고삐를 바짝 죄어야 한다. 말하자면 링 위에 올라간 권투 선수가 찬스를 잡으면 그 기회를 놓치지 않고 마구잡이로 펀치를 날려 상대를 KO 시키는 원리다.

예전에 동대문에서 상가를 분양할 때였는데, 투자자는 평촌에서 약국을 운영하는 약사였다. 청약을 하고 집에 갔는데, 가족들의 심한 반대에 부딪혀서 청약을 취소했다. 고객이 단순 변심으로 청약을 취소하니 나는 여러 차례 그를 설득했다. 다시 설득해야 한다는 사실에 진이 빠져서 두세 배는 더 힘이 들었다. 돌이켜 생각해 보니, 나는 처음부터 고객을 잡아야 한다는 마음이 부족했고, 결국 에너지 소모만 한 것이었다.

만약 내가 그때 미친 듯이 달려들었다면 어땠을까. 더 진지한 마음으로, 더 열의를 갖고 고객을 설득했다면 청약 취소를 막을 수 있었을 것이다. 고객의 마음을 돌려놓기 위해서는 상당한 끈기와 인내력이 필요하다. 비단 고객을 설득하는 일만 그런 게 아니다. 어느 일이건 미친개처럼 달려들어야지 성과를 얻을 수 있다.

나만의 브랜드를 만들어라

한 배에서 나온 형제자매, 심지어 쌍둥이들도 성품과 기질이 다르다. 우리는 흔히 유능한 세일즈맨이 되기 위해서는 사교성이 좋아야 하고, 외향적이며 언변이 좋아야 한다고 생각하기 쉬우나 꼭 그렇지만도 않다. 내향적이고 말이 좀 어눌해도 영업을 잘하는 사람도 있다.

16년 전 구로동 애경백화점 옆의 나인스 에비뉴 상가를 분양할 때 만난 이 부장은 내향적이면서 무뚝뚝한 성격 때문에 상담사로서 자질이 부족하지 않나 싶을 정도였다. 그런데 이 부장은 몇 백 명의 상담사들 중에서 가장 많은 실적을 올려 몇 개월 동안 1등을 놓치지 않았다. 당연히 그 현장에서 이 부장은 인기가 많았고, 동료들이 그 부장의 브리핑의 비결을 캐려고 애를 써봤지만 소용없었다.

이 부장이 전화 상담을 하거나 고객이 방문했을 때 상담하는 것을 곁에서 아무리 엿들어도 목소리가 너무 작아 알아들을 수가 없었다. 신기한 것은 책임자가 TM할 오더를 구해서 직원들에게 나눠주면 다른 직원들은 고객을 불러내는 데 낑낑거려도 이 부장은 한두 시간 전화 작업을 하면 고객 한 명 정도는 쉽게 불러냈고, 무조건 계약을 성사시켰다. 그것도 다 구좌로 말이다!

그러니 직원들의 호기심과 궁금증은 더욱 커져갈 수밖에 없었다. 나도 개인적으로 만나 브리핑의 비결을 물어봤는데, 다른 사람에 비해 특이한 점은 없어보였다. 다만 그는 나에게 한 가지 비법을 공개했다.

"자기만의 틀을 만들어보세요."

틀이라니. 나는 처음에 그게 무슨 말인지 몰랐지만, 이제는 이 부장의 말이 무슨 의미인지 이해한다. 상담사마다 자기만의 개성이 있다. 따라서 자기가 가진 강점을 찾아내서 브리핑할 때 적극적으로 활용해야 한다. 그렇지 않으면 남의 방법만 흉내 내다가 세월을 낭비할 수도 있다.

나만의 브랜드를 만들기 위해서는 첫째, 롤모델을 세워놓고 그 사람을 닮기 위해 부단히 노력해야 한다. 일단은 롤모델의 억양이나 말투를 하나도 빠트리지 않고 그대로 따라해 본다. '모방은 제2의 창조'라는 말이 있다. 이처럼 자기 스타일을 만들기 위해서는 모방하는 것부터 배워야 한다.

둘째는 다양한 방법을 시도해봐야 한다. 브리핑의 스토리텔링을 만들어서 반복적으로 언어 훈련을 하고, 스피치 속도도 빠르고 천천히를 반복적으로 연습해야 한다. 고객의 성향이나 성별, 연령, 학벌이나 직업에 따라 맞춤형 브리핑을 해야 하지만, 최소한 한 가지만이라도 주특기가 있어야 고객의 기세에 눌리지 않고 자신만의 스타일로 고객을 압도해 갈 수 있다.

나는 합동공인중개사 사무소에 입사해서 근무할 때, 먼저 동료들의 행동을 모방했다. 처음에는 그들을 따라가는 것만으로도 버거웠다. 최대한 빨리 업무를 익히기 위해 출퇴근 시간은 물론, 퇴근해서까지 업무 숙지에 갖은 애를 썼다. 어느 정도 업무 숙지가 되고 나서는 동료들의 스피치나 제스처 또는 목소리 톤까지 하나도 빠트리지 않고 그대로 따라했다.

어느 정도 업무가 숙달이 되고 나서는 직원들마다 가지고 있는 장점과 나의 스타일을 접목시켰다. 처음에는 서툴러서 시행착오도 많이 했다. 첫술에 배부를 리가 없었다. 하지만 부족한 부분은 계속 보완해가며 노력하니 어느 시점이 돼서는 브리핑에 탄력이 붙기 시작했다.

꾸준한 노력이 결실을 맺었다고나 할까? 마침내 나만의 브랜드를 만들었다. 특히 브리핑에 관해서는 누구보다 자신 있다. 나만의 브리핑의 브랜드는 자신감과 확신이다. 물론 고객에 따라서 나의 브리핑 스타일이 잘 맞지 않을 수도 있다. 하지만 모든 고객의 구매 욕구를 충족시켜줄 수는 없다.

중요한 건 자신만의 브리핑의 주 무기를 가지고 있어야 까다로운 고객도 설득해서 실적을 올릴 수 있다는 점이다. 그런 시간들이 쌓이다 보니, 급기야 다른 사람들보다 실적이 앞서 나가기 시작했다. 그때의 혹독한 훈련이 지금 일하는 데 초석이 되었다고 생각한다.

나만의 브랜드를 만들기 위해서는 여러 경험이 필요하다. 다른 사람의 것을 모방만 해서는 나만의 것을 만들 수가 없다. 모방을 거듭하여 나만의 틀, 나만의 브랜드를 만들어야만 경쟁력을 키울 수 있다.

모든 사람들에게 우호적으로 대하라

세상을 살아가면서 내 편이 많으면 그만큼 편리하고 유리한 점도 많다. 사회생활을 해본 사람이라면 알겠지만 나 혼자 해서 되는 일이 있는 반면, 다른 이와 협력하고 도움을 구해야 되는 일이 있다. 사람들의 마음을 사고 내 편으로 만들기 위해서는 먼저 자신의 마음부터 열어야 한다. 내 마음의 문을 열지 않으면, 누구도 나에게 다가오지 않는다. 내 마음의 문이 열려야 다른 사람이 다가올 수 있다.

가장 먼저 내 편으로 만들 사람은 바로 내 주변에 있는 사람이다. 가족, 연인, 친구, 그리고 직장 동기, 내 옆에 앉은 직장 동료 등이다. 내 마음이 편하기 위해서라도 가장 가까이에 있는 사람을 내 편으로 만들어야 한다. 옆자리에 있는 사람과 친하게 지내지 못하면 내 마음이 불편하다.

하루의 일과는 옆 사람의 얼굴을 보는 것으로 시작되는데, 관계가 좋지 않으면 하루 종일 피곤한 시간을 보내야 한다. 바로 옆에 있는 사람과 친하게 지내면 뭔가 도움이 필요할 때 곧바로 지원을 받을 수가 있다. 보통 도움은 바로 옆에 있는 사람에게 가장 먼저 부탁하게 되니까 말이다.

나와 전혀 상관없다고 생각하는 사람도 내 편으로 만들어야 한다. 분양 실적과 아무 상관없는 안내 데스크 도우미와도 친하게 지내면 좋다. 친분이 두터워지면 자연히 도우미의 재량으로 워킹이라도 한 번 더 받을 수 있고, 혹 고객이 중복되어 직원 간에 분쟁이 생기더라도 나의 입장을 유리하게 대변해 줄 수 있다. 왜냐하면 안내 데스크에서 분쟁이 발생이 될 때는 안내 데스크 도우미의 말에 따라 흑백 여부가 결정되기 때문이다.

회사 관리부 직원도 마찬가지다. 사실 관리부는 영업부의 업무를 지원해주는 부서라서 영업 실적에 직접적인 관련이 없는 것처럼 보일지 모른다. 그러나 호수 변경, 명의자 변경, 입금자 확인, 그리고 결정적일 때 분양 문의 오더라도 하나 받을 수가 있다. 그러니 나와 직접적인 관련이 없다고 치부하고 소원하게 지낼 것이 아니라 가깝게 지내도록 노력해야 한다.

더 나아가 모델하우스나 직원 사무실을 청소해주는 청소부와도 친하게 지내면 좋은 일이 생긴다. 나와 친한 사이가 되면 내 자리를 한 번이라도 더 청소해주고, 내 자리에 있는 쓰레기통부터 먼저 비워줄 수 있다. 심지어 어떤 사람은 청소부와 가깝게 지내면서 청소부를 고객으로 유치하는 경우도 본 적이 있다.

몇 년 전 같이 일했던 정 이사는 건설회사에 근무했던 경력도 있고, 분양대행사를 운영했던 경험도 있었다. 그러나 이력은 화려하지만 사업 운영이 여의치 않아 다시 분양업에 복귀하여 바닥부터 시작했다. 얼마나 독한 마음을 먹었는지 시작한 지 얼마 지나지 않아서 '분양의 달인'이 될 정도로 두각을 나타냈다.

정 이사는 출근할 때마다 달걀을 맥반석에 구워서 가져왔다. 달걀을 가져오지 않은 날은 빵을 사와서 같이 근무하는 직원들은 물론 관리부와 안내 데스크 도우미에게도 나눠줬다. 워낙 자주 먹을 걸 가져오니 내가 물어봤다.

"그렇게 자주 사람들에게 간식을 나눠주면 부담스럽지 않아요?"

"곳간에서 인심 나는 거죠. 그리고 제가 좋아서 하는 일인데요."

그분이 있는 곳에는 언제나 풍성함이 넘쳤다. 실적을 많이 올리는 날은 간식은 물론 고급 식당으로 직원들을 데리고 가서 맛있는 음식을 대접하기도 했다. 부서 책임자라도 그 정도로 직원들에게 신경 쓰기가 쉽지 않는 일인데 말이다. 정 이사와 헤어진 지 벌써 몇 년 지났는데도 그 사람을 생각하면 괜히 기분이 좋아진다.

이처럼 주변 사람들과 가깝게 지내는 것이 좋다. 언제 어디서 누구의 도움을 받게 될지는 아무도 모른다. 자신이 도움을 받을 만한 사람이라고 생각하면 신경을 쓰지만, 그렇지 않고 별 볼 일이 없다고 판단되면 소홀히 대하는 이기적인 사람들도 많다. 그러나 미래에 언제 어디서 누구의 도움이 필요할지는 아무도 모른다. 그렇기 때문에 누구하고의 관계든 평상시에 좋게 유지해야 한다.

돈이 나를 따라오도록 해야 한다

인생에서 가장 중요한 요소 중 하나는 바로 돈이다. 자본주의 사회에서 돈의 중요성은 두말할 필요가 없다. 모든 이들이 더 많은 돈을 소유하고 싶어 한다. 재벌마저 한 푼이라도 더 이익을 얻으려고 불법 행위를 서슴없이 저지르곤 한다. '건물주 아래에 조물주'라는 유행어가 생길 만큼, 현대인은 돈을 '사랑'하고 돈을 '추종'하고 돈을 '쫓는다'.

"돈이 삶에서 가장 중요한 건 아니라고 생각해요. 하지만 돈만큼 중요한 건 또 없죠."

언젠가 사람들과 대화를 나누다 이런 말을 들었다. 난 이 말에 전적으로 공감했다. 나는 가난한 어린 시절을 보냈기에, 돈의 소중함을 무척이나 잘 안다고 자부한다. 성인이 된 이후, 나를 웃고 울게 만든 것도 따지고 보면 돈이다. 돈을 벌어서 주머니가 두둑해지면 세상을 얻은 기분이 들었고, 보증이나 사기로 돈을 잃었을 때는 세상이 무너지는 듯했다. 그러나 내 기분만 그런 게 아니라, 실제로 돈을 벌었을 때는 좋은 집에서 가족들과 편안하게 살 수 있었고, 돈을 잃었을 때는 가족과 열악한 환경에서 살며 빚쟁이의 닦달에 괴로워했었다.

나는 요즘의 '물질만능주의' 세태를 좋아하지 않는다. 사랑과 배려 등 인간의 아름다운 미덕들보다 물질을 우선시하는 것은 하나님의 뜻을 거스르는 것이다. 하지만, 더 많은 돈을 벌어서 더 나은 삶을 살겠다거나 기부로써 더 나은 세상을 만들겠다는, 미래에 대한 포부를 담은 '돈 욕심'에는 쌍수를 들고 칭찬해주고 싶다. 그것은 인생을 개척하겠다는 의지이기 때문이다.

나는 마른 고추 두 근을 들고 거의 빈털터리로 상경해서, 지금은 내 아파트와 내 자동차를 가지고, 큰 경제적 어려움 없이 지내고 있다. 참으로 감사한 일이다. 나는 무일푼에서 갑부가 된 성공 신화의 주인공은 아니지만 '돈을 버는 법'에 대한 생각을 간단히 말하려고 한다.

우선, 돈은 벌겠다는 마음만 가지고는 안 된다. 돈을 벌 수 있는 구체적인 계획과 방법을 세워야 한다. 말하자면 돈을 벌 수 있는 조건을 만들어야 한다. 그래서 내가 돈을 좇는 것이 아니라 돈이 나를 따라오도록 해야 한다. 즉, 시대와 경제의 흐름을 잘 알고, 소위 '돈이 되는' 일을 해야 한다. 만약, 연탄을 만드는 일과 가스를 공급하는 일 중에 한 가지 일만 해야 한다면 어떤 일을 고르겠는가? 거의 100%가 가스를 공급하는 일을 하겠다고 할 것이다. 연탄보다 가스의 수요가 훨씬 많기 때문이다. 당연히 가스업자가 돈을 더 벌 수밖에 없다.

우리 사회는 굉장히 빠르게 변화하고 있고, 직업 또한 더욱 세분화되고 새로운 직업이 등장하고 있다. 이런 트렌드들을 잘 알아야 한다. 그렇다고 해서 돈을 많이 번다는 이유로, 자신의 적성에 맞지 않는 일을 선택하는 것은 반대한다. 그런 일을 하면, 일하는 즐거움이 없다. 통장은 두둑해질지언정, 마음은 공허해진다.

자신의 적성을 우선 찾고, 적성에 맞는 여러 가지 일 중에서 가장 유망하고 수입이 좋은 일을 직업으로 삼는 것이 가장 좋다. 사업성이 떨어지고 시대에 도태되는 일을 하면서 큰돈을 벌기는 힘들다. 물고기를 잡으려면 물가로 가야 하듯이, 큰돈을 벌 수 있는 일이 뭘까 계속 고민하고, 알아봐야 한다.

그러나 돈을 벌려는 구체적인 계획과 방법 없이 돈만 좇으면, 돈 때문에 절망하는 일이 생기기 쉽다. 급한 마음으로 돈을 따라가면 돈도 얻지 못하고 마음까지 잃게 된다. 사회생활을 하다 보면, 누군가가 '수익성이 확실한 투자'라며 투자를 유도하거나, '떼돈을 벌 수 있는 종목'이라며 특정 회사의 주식을 사라고 권유할 수 있다. 돈을 벌고 싶다는 욕망에 사로잡혀, 다급히 투자를 했다가는 돈도 잃고 마음도 다치기 쉽다. 부자는 그렇게 쉽게 되지 않는다.

세상에 돈을 우습게 생각하는 사람은 없다고 생각한다. 돈은 세상에서 가장 중요한 것은 아니지만, 당신에게 능력과 여유를 준다. 사랑하는 사람을 지키고, 하고 싶은 일을 할 수 있게 해주고, 갖고 싶은 것을 가질 수 있게 해준다. 돈을 벌기 위해서는 당연히 돈을 벌 수 있는 방법부터 생각해야 한다.

그리고 고수익을 올려서 안정적인 생활을 하고 싶다면 계획성 있게 열심히 일해서 돈을 모으고 또 불려야 한다. 그렇지 않으면 남의 도움을 받으며 구차한 삶을 살 수밖에 없다. 부유한 삶과 가난한 삶의 두 갈림길에서 어느 길로 갈지는 온전히 자신의 선택과 노력에 달려있다.

기본기에 충실하라

김연아의 피겨 스케이팅은 한 편의 드라마를 보는 듯하다. 아름다운 선율에 맞춰 얼음을 제치기도 하고, 제자리에서 빙글 돌기도 하고 날아오르듯 뛰어올라 먼 거리에 착지하기도 한다. 피겨 스케이팅은 악셀, 이나바우어, 스파이럴, 스핀, 유나 카멜 스핀 등의 기본 동작이 있는데, 피겨 스케이터는 이 기본 동작들을 연결하여 하나의 프로그램을 만들어 플레이한다.

피겨 스케이터는 모든 기본 동작들을 잘 구사해야 좋은 점수를 받을 수 있다. 뿐만 아니라, 멋진 연기를 위해서는 유연성과 근력과 표현력, 예술적 감각도 필요하다. 즉, 피겨스케이팅 하나를 잘하기 위해서는 수많은 기본기가 뒷받침되어야 한다.

무슨 일이든 기본기가 가장 중요하다. 이는 스포츠에 국한되지 않는다. 기본기는 나를 지탱해주는 중추신경이다. 집을 지을 때, 땅을 잘 다듬고 기둥을 세워야지 그러지 않으면 쉽게 무너진다. 그야말로 사상누각(沙上樓閣)이 되는 것이다. 잘 다듬어진 기본기는 잘 다져진 땅과 같다.

기본기를 습득하는 건 사람마다 다르다. 사람의 성격에 따라 기본기를 제대로 익히거나 못 익히거나 한다. 성격이 급한 사람일수록 탄탄한 기본기를 갖추기 어렵다. 왜냐하면 기본기를 갖추기 위해서는 시간과 인내심이 필요하기 때문이다. 진도가 좀 늦더라도 성급하게 생각하지 말고 기본기를 완전히 숙지할 때까지 충분히 시간을 투자하고 계속 반복해야 한다.

운동선수뿐만 아니라 모든 직업에서 기본기는 중요하다. 그러니 처음 배울 때 정석으로 잘 습득해야 한다. 요령을 피우면서 기본기를 익히면 나중에 큰 실수를 할 수 있다. 피겨스케이팅에서 악셀을 할 때, 착지법에 대한 기본기가 부족하면, 착지 도중에 발목을 접질려 큰 부상을 당할 수 있는 것처럼 말이다.

잘못된 기본기는 버릇이 되며, 자신뿐만 아니라 같이 일하는 사람들에게도 독이 된다. 잘못된 경험이나 습관은 자신의 발전을 방해할뿐더러 어디를 가서도 인정받기가 어렵다. 이는 아사다 마오가 구사한다는 트리플 악셀이, 과연 '3회전 반 점프'를 하는 게 맞는지 계속 논란이 된 걸 생각해 보면 알 수 있다.

나는 당구를 오랫동안 했지만 여전히 실력은 초보 수준이다. 제대로 당구 레슨을 받지 않고 내 느낌만으로 당구를 치니 실력이 늘지 않는다. 만약 당구를 잘하는 고수에게 기본기를 배워 익혔다면 지금보다 훨씬 잘 치지 않았을까 싶다.

공이 놓인 각도를 보고, 어디를 어떤 방법으로 어느 정도의 세기로 쳐야 하는지를 배웠다면, 고수는 못 되더라도 중수는 됐을 것이다. 내 직업이 당구 선수가 아니어서 다행이지만, 본업에 관해서는 탄탄한 기본기를 몸에 익히는 것이 중요하다.

무슨 일을 '언제 시작했느냐?'가 중요한 게 아니라 '기본이 얼마나 탄탄한가?'가 더 중요하다. 기본기를 잘 갖추고 있다면 이를 응용해서 다른 능력을 얻는 건 시간문제다. 어느 직장을 다니든지 어떤 일을 하든지 기본기를 정확히 익혀야 한다. 선배와 유능한 동료에게서 그 일을 하는 데 필요한 기본기를 배워라. 급할수록 기본기를 탄탄하게 익혀야 한다.

기본기가 없으면, 즉흥적으로 일을 처리하거나 당황한 심리로 일을 처리해서 실수를 하기 쉽다. 일의 효율이 떨어지는 것은 당연하다. 설사 기본기를 익히는 시간이 길어져도 위축되지 마라. 쌀이 밥이 되기까지는 시간이 필요하다. 마음만 급해서 대충 배우면 설익은 밥을 먹은 것처럼 체하기 마련이다.

솔선수범하라

솔선수범이란 어떤 일을 스스로 우러나오는 마음에서 행하는 걸 말한다. 자진해서 일을 하면 결과도 좋고 보람도 그만큼 커진다. 그러나 타의에 의해서 일을 하면 수동적일 수밖에 없고, 결과도 만족스럽지 못하다.

둘째 사위는 평소 말이 없다. 특별한 사정이 없는 한 매주 둘째 딸 식구들이 집에 다녀가는데, 그때마다 둘째 사위는 워낙 말수가 없어서 옆에 있는지도 모를 정도다. 그런데 집에 오면 말없이 방마다 돌아다니면서 자신의 손길이 필요한 곳을 찾는다. 망가져 있거나 고쳐야 할 것이 있으면 일일이 팔을 걷어붙이고 나선다.

나는 손재주가 없어 손을 대는 것마다 멀쩡한 것도 망가트리거나 못 쓰게 만들지만, 사위는 손재주가 뛰어나 뭐든지 뚝딱 고쳐 놓는다. 아들보다 더 아들 같은 사위. 그런 사람이 내 곁에 있다는 것이 얼마나 편하고 행복한지 모른다.

몇 년 전에 둘째 사위와 함께 시골 장인어른 댁에 다녀온 적이 있었다. 둘째 사위는 누가 부탁한 것도 아닌데 전기선과 집기까지 사다가 시골집 안팎으로 널브러져 있는 전기선을 깔끔히 정리했다. 사실 시골에 계시는 장인어른과 장모님은, 둘째 딸과 둘째 사위가 어렸을 때부터 만나 교제해 온 것을 못마땅하게 여겨 온 터라 둘째 사위를 처음에는 좋게 보시 않으셨다. 하지만 매사에 솔선수범하는 사위를 보면서 인식이 180도 바뀌었다.

사람은 크게 두 가지 유형으로 나눌 수 있다. 말만 앞세우는 사람이 있고, 말없이 행동으로 보여주는 사람이 있다. 둘째 사위는 말없이 행동으로 실천하는 사람이다. 말 많은 사람은 자신의 공로에 대해서 내세우고 자랑하지만, 말없이 행동으로 실천하는 사람은 자신의 공로를 내세우지 않고 묵묵히 자기 할 일을 한다.

분양업을 하면서 다양한 사람들을 만났다. 회사에서도 일이 생기면 손 하나 까딱 안 하는 얌체족이 있는가 하면, 때마다 감초처럼 끼어들어 참견하는 사람도 있다. 너무 지나쳐도 문제지만 모른 체하고 그냥 지나가는 것은 더 큰 문제다.

현장에 들어가서 업무를 준비하다 보면 홍보 물품을 지원받거나 운반해야 하는 경우가 있다. 솔직히 나이가 많은 사람이나 여직원만으로는 너무 많은 양이라 젊은 남자들이 움직여야 하는데, 건장한 남자들이 꿈쩍도 하지 않고 가만히 있는 걸 보면 답답할 때가 많다. 내 일이 아니라면서 슬쩍 자리를 피하는 이도 있다. 단체생활의 아름다운 덕목은 뭐니 뭐니 해도 솔선수범이 아닐까 싶다. 앞장서지는 못할망정, 최소한 '하는 척'이라도 해야 되는 게 아닐까?

솔선수범하기 위해서는 다른 사람을 위한 봉사와 섬김의 자세가 필요하다. 아무 일도 하지 않으면 자신은 편할지 모르지만 누군가는 그만큼 불편하다. 봉사와 섬김은 평소에 훈련이 잘 되어 있어야만 가능하다. 그래야 어디를 가서 누구를 만나든 망설임 없이 행동할 수 있다.

진실한 태도를 견지하라

직업 특성상 고객을 응대할 때 상황 연출은 필수다. 최근에는 덜하지만 처음 분양업에 입문했을 때는 아주 심했다. 특히 누보의 광고부에서 근무했을 때는 더더욱 그랬다. 상황 연출을 어떻게 하는지에 따라 일의 성패가 갈렸기 때문이다.

신문 광고가 나가는 날은 새벽같이 출근해서 하루 종일 기존 고객이나 무작위로 뽑은 번호로 전화를 했다. 아니면 직원들이 광고 콜을 받아 통화하면 의무적으로 상황 연출을 해줬다. 화장실에 가는 시간이 유일한 쉬는 시간이었다.

상황 연출이 가장 잘 표현되는 게 바로 홈쇼핑이다. 홈쇼핑에서 하는 상황 연출은 분양업에서 하는 상황 연출과 흡사한 부분이 있다. 고객이 방문하기로 되어 있으면 모의 상담은 기본이고, 계약할지 말지를 고민하는 고객에게는 상황 연출로 긴박한 상황을 연출한다.

처음에는 적응이 안 돼서 애를 먹었다. 계속해서 이 일을 해야 되나, 말아야 하나 고민까지 했다. 그때 탤런트나 배우들이 떠올랐다. 그들은 극의 메시지를 전달하기 위해 울고 웃지 않는가? 내가 해야 하는 상황 연출도 일의 효과를 극대화하기 위한 부분이라는 생각이 들면서 그 일을 받아들일 수 있었다.

하지만 상황 연출은 일직인 부분에시민 발휘해야 한다. 삶 자체가 상황 연출인 사람이 있는데, 보통 이런 사람을 허풍쟁이라고 한다. 허풍쟁이를 좋아할 사람은 단 한 명도 없다. 지인이나 동료에게는 항상 진실한 태도로 대해야 한다. 진실하지 못한 말이나 행동은 처음 한두 번 정도는 통할 수 있지만 머지않아 금방 탄로 난다. 대인관계에서 가장 중요한 것이 신뢰다. 신뢰가 무너지면 관계는 자연히 깨진다.

10년 전쯤 쇼핑몰을 분양할 때 만난 사람 한 명은 상황 연출의 장인이었다. 지금도 일 때문에 가끔씩 통화를 하면 이분은 상황 연출이 아닌 게 없다. 말과 행동, 심지어 걸음걸이에 호흡까지 말이다. 그 사람과 통화를 하고 나면 왠지 씁쓸한 기분이 든다. 좋은 관계를 가지려면 진정성이 있어야 한다. 진정성이 전제되지 않으면 좋은 파트너십을 가질 수 없다.

설령 남의 것을 훔치는 도둑도 자기들끼리는 진실하다고 말한다. 자기가 소속해 있는 조직이나 측근들에게 신뢰감을 얻지 못하면 껍데기뿐인 인간관계와 파트너십을 맺을 수밖에 없다. 너무나 불행한 일이다. 직업상 상황 연출은 그렇다 하더라도 삶에서는 진실성이 묻어나야 한다.

리더십이 필요하다

지도자란 사람을 사랑하는 사람이요, 꿈과 뜻을 가진 사람이요, 자신에게 떳떳한 사람이요, 남에게 희망을 주는 사람이요, 행동하는 사람이요, 하늘을 두려워하는 사람이다. 결국 지도자란 '꿈과 뜻을 가진 사람이 사람을 따르게 하여 일을 이루는 사람'이다. 그러므로 지도자는 사람들을 밀지 않고 이끈다. 이끌려면 앞서야 하고, 앞서려면 멀리 보아야 하고, 멀리 보면 가야 하고, 가면 도달해야 하고, 도달하면 모두가 행복해야 한다.

가정이나 국가, 여러 사람이 모이는 곳에는 반드시 리더가 있어야 하고, 리더는 리더십이 필요하다. 리더는 여러 사람의 마음을 아우를 수 있는 너그러움과 합리적인 마인드가 필요하다. 한 국가의 리더가 잘못 세워지면 나라는 혼란스러워지고 백성은 꿈과 희망을 잃게 된다. 가정에서도 리더인 가장이 잘못하면 가정이 파괴되고, 가족은 뿔뿔이 흩어지게 된다.

뛰어난 지도력으로 존경을 받았던 아이젠하워 대통령은 기자들이 그를 방문하여 탁월한 지도력의 비법을 물었을 때 아무 말 없이 실 50센티미터 정도를 책상 위에 똑바로 늘어 놓고는 뒤에서 밀어보라고 했다. 기자들이 열심히 밀어봤으나 그 실은 구부러지기만 할 뿐 앞으로 나가지를 못했다. 그러자 아이젠하워 대통령은 실을 앞에서 끌어 당겼다. 실은 곧바로 앞으로 당겨졌다. 아이젠하워 대통령은 실을 가리키며 이렇게 말했다.

"앞에서 끌면서 솔선수범해야 돼요. 짐승은 뒤에서 몰아도 사람은 앞에서 인도해야 돼요. 그게 제 임무죠."

비겁한 리더일수록 책임감에서 멀어진다. 생색낼 일에 앞장서고, 책임질 일에 뒤로 물러서는 비겁한 리더는 진정한 리더라고 할 수가 없다. 특히 우리 일에서도 리더십 있는 진정한 리더를 만나기가 어렵다. 여기저기에 리더라면서 완장을 걸친 사람은 많은데, 입고 있는 옷이 너무 크거나 작아서 본인은 물론 뒤에 있는 사람조차 불편하게 하는 경우가 많다. 만약 자신이 그런 부류에 해당되는 사람이라고 생각되면, 리더가 되지 않길 바란다.

또한 리더는 앞을 내다보는 통찰력이 있어야 한다. 팀원이나 조직원들이 보지 못하는 것을 보고 나아갈 길을 제시해줄 수 있어야 한다. 그래야 존경받는 리더가 된다. 눈앞의 것도 제대로 보지 못하는 사람이 어떻게 혜안을 가질 수 있으며, 다른 사람의 앞길까지 안내해줄 수 있겠는가? 자신의 앞가림도 제대로 하지 못하는 사람이 리더가 되어 다른 사람을 이끄는 것을 보면 '용감한 걸까? 무모한 걸까?'하는 의문이 든다.

존경받는 리더가 되고 싶으면 먼저 리더의 자질을 갖춰야 한다. 나는 솔선수범과 책임감과 통찰력이 리더십의 기본이라고 생각한다. 리더의 자질 부족은 리더 개인만의 문제가 아니라, 집단과 단체의 문제로까지 커진다. 직장 생활에서 성공하고 싶다면, 더 높은 자리로 올라가고 싶다면, 당신이 직장 내에서 맨 아래의 위치에 있다 하더라도 리더십에 대해 고민하고 리더십을 키워야 한다.

세일즈맨의 품격을 높여라

백화점에 가면 말쑥하게 차려입은 점원들이 환한 미소와 함께 상냥하고 친절한 태도로 고객을 응대하는 모습을 보게 된다. 한 번은 고작 몇 십만 원짜리 양복을 사러갔는데, 직원의 친절한 서비스와 환대로 나도 모르게 비싼 옷을 구매한 적이 있다. 내가 양복을 사면 직원은 더 이득을 얻을까? 아니다. 그냥 그 직원은 직원으로서 소임을 다 했을 뿐이다. 그런데도 자기 일에 집중하고 최선을 다하는 모습이 멋지고 아름다워 보였다.

세일즈 분야에서 종사자들의 품격이 제일 떨어지는 곳은 아마도 분양업이 아닐까 싶다. 그야말로 각양각색의 사람들이 모인 곳이다. 학벌이나 연령차가 심하고, 인격이나 교양을 제대로 갖추지 못한 사람들이 자신의 이익만을 위해 이기적으로 쉽게 변할 수도 있는 곳이다. 한마디로 제대로 된 인격이나 품격을 갖춘 사람을 분양업에서 만나기가 쉽지 않다.

최소 몇 천만 원부터 몇 십억 원의 자금을 움직이고, 투자자들의 소중한 재산을 컨설팅 해주는 사람이라고 볼 수 없을 정도로 말이나 행동이 절제되어 있지 않다. 당연히 겉모습에 신경 쓰지 않는 사람도 많다.

하지만 상대방을 대할 때 절대 품위를 잃어서는 안 된다. 상품을 설명할 때도 품위 있고 세련된 언어를 구사해야 한다. 물론 교양이나 세련된 표현은 하루아침에 이루어지지 않는다. 부단한 연구와 노력이 있어야 한다. 시사토크를 많이 보고, 부동산 정보를 얻기 위한 독서는 물론, 평소 다방면의 프레젠테이션에 관심을 가지고 참여하는 등의 계속되는 노력이 있어야 한다.

품위 있는 언어 표현을 위해서는 훈련이 필요하다. 타인을 선생으로 할 수도 있고 스스로가 선생이 되어서 할 수도 있다. 만약 스스로가 선생이 되어서 하려면 일단은 천천히 말하는 연습부터 해야 한다. 훈련이 되기도 전에 말을 빨리 하려고 덤비면 횡설수설하여 메시지 전달이 잘 안 될 수 있다.

그리고 발음을 또박또박하게 해서 상대가 알아듣기 쉽도록 해야 하며, 대화 중간에 고급 어휘를 삽입하여 품격을 높여야 한다. 계속 이를 반복해서 훈련하다 보면 자기도 모르는 사이에 세련된 언어를 구사할 수 있게 된다.

옷차림도 고객의 시선을 고려하지 않고 자신에게 편한 복장만 고집해서는 안 된다. 자기 맘에 드는 옷차림도 중요하지만 서비스업 종사자는 고객의 시선도 고려해야 한다. 고급 패션은 아니더라도 최소한 고객에게 불쾌감을 주는 옷차림은 삼가야 한다.

상담자가 돈 많은 투자자를 상담하면서 투박한 사투리를 쓰고, 작업복이나 등산복을 입고 운동화를 신고 있다면 고객은 그런 상담자를 어떻게 받아들일까? 아마도 고객은 상담자에게 신뢰감을 느끼지 못할 것이다. 불편함을 느끼고 얼른 상담이 끝나기만을 바랄 것이다. 이런 상담은 결코 좋은 결과를 만들어 낼 수 없다.

잠깐이라도 대화를 나누거나 상대의 옷차림만 봐도 그 사람의 수준이 어느 정도인지 또는 어떤 신분과 위치에 있는지 금방 알 수 있다. 돈을 벌기 위해 상대의 주머니를 열게 만들려면 상담사로서 품위를 유지해야 한다. 그러지 못하면 원하는 결과를 얻기 힘들 것이다.

아름다운 사람은 머문 자리도 아름답다

집에서 아내에게 잔소리를 듣는 게 하나 있는데, 그건 바로 화장실 사용 문제다. 사실 아침에 화장실에 들어가서 씻고 나오기도 바쁜데, 아내는 씻고 나올 때 가볍게라도 청소를 해주면 언제라도 화장실을 깨끗이 사용할 수 있지 않냐며 잔소리를 한다.

공중화장실에 가면 소변기 바로 앞에 '아름다운 사람은 머문 자리도 아름답습니다.'라는 문구를 볼 수 있다. 화장실을 깨끗하게 사용하라는 말이지만 시사하는 바가 크다. 머무는 자리가 비단 소변보는 자리뿐이겠는가? 어찌 보면 삶의 모든 자리가 '머문 자리'라 할 수 있다.

직장에서도 머문 자리가 아름다워야 한다. 특히 분양업은 특성상 한 현장에 들어가서 머무는 시간이 그다지 길지 않다. 짧으면 한 달 이내고, 길면 두세 달이다. 그러니 서로가 깊이 사귀려 하지도 않고 만남 자체에 대해서 별로 의미를 두지 않는다. 다시 말하면 타인의 입장이나 의리, 체면 같은 것은 별로 신경 쓰지 않고 오로지 자신의 이득에만 집중한다. 그러니 좋은 인간관계를 기대할 수가 없다.

그러나 일반 회사도 마찬가지가 아닐까 싶다. 평생직장의 개념이 사라진 요즘, 더 조건이 좋은 회사를 찾는 이직이 많아졌다. 미국 등에서는 경력 직원을 채용할 때 그 사람의 예전 직장에서의 평가와 평판을 채용에 반영한다고 한다. 우리나라의 일부 기업에서도 그렇게 한다고 한다. 특히 전근이 잦은 교사나 공무원 등은 '새로운 부임지에 첫 출근하기도 전에 나에 대한 소문이 먼저 도착해 있다.'라는 말도 있다고 한다.

평생 머무를 직장이 아니라고 해서, 아니 잠깐 동안만 머물다 떠날 거라고 해서 먼지처럼 사라지는 일은 없어야 한다. 아니, 먼지처럼 사라질 수도 없는 세상이다. 머물고 있는 자리를 아름답게 만들기 위해서는, 누군가가 지켜보고 있다는 마음가짐으로 살아야 한다. 그리고 그 사람은 언제든지 나에게 결정적인 도움을 줄 수 있는 사람이라고 생각해야 한다. 비록 스쳐지나가는 현장이나 직장일지라도 관계자들에게 좋은 이미지를 주고 관계를 돈독히 해놓아야 한다.

지금 당장 필요하지 않다고 해서 영원히 필요 없는 것이 아니다. 목이 마르지 않을 때는 샘물을 지나가면서 물을 안 마실 거라고 호언장담하지만, 목이 마르면 다시 그 샘물을 찾아가서 물을 마시는 게 우리의 인생사다. 그리고 세상은 의외로 좁다.

성공하고 싶다면 끊임없이 연구하라

앞서 분양업이 얼마나 전쟁터 같은 분야인지를 얘기한 바 있다. 이 일을 하면서 처음에는 후배들이 나보다 더 실적을 많이 올리면 괜히 속상하고 잠을 이루지 못할 정도로 번민에 사로잡혔다. 하지만 요즘은 100%는 아니어도 어느 정도는 겸허히 받아들이고 수긍한다.

후배가 잘나가는 것을 받아들이면 마음도 편하고 자유로워진다. 아이가 커가듯이, 후배도 실무 경험을 쌓고 자신의 노력을 더해서 발전해 나가는 것은 격려할 일이지, 시기할 일이 아니다.

그러면 계속 안주해서 추월하는 후배들을 구경만 해야 할까? 나는 뒷방 늙은이처럼 자리만 차지하는 선배가 되어서는 절대로 안 된다고 강조하고 싶다. 후배의 성장을 받아들이되, 언제나 연구하는 자세를 가짐으로써 나 스스로를 성장시켜야 한다.

끊임없이 연구하고 노력하는 사람은 누구도 당해내지 못한다. 어느 직장이나 바닥부터 시작하여 크게 성공한 사람들이 있다. 분양업에서도 말단부터 시작해서 지금은 시행과 대행으로 가치를 올리며 주목받고 있는 사람들이 있다. 모두 자기 자신, 자신의 직업에 대해 끊임없이 연구하고 고민한 사람들이다.

나와 가깝게 지내는 사람 중 문 회장이 있다. 그는 가정형편이 어려워서 대학 진학을 포기하고 곧바로 사회에 진출했다. 그는 서울에 올라오자마자 요리사 자격증을 얻어 레스토랑에서 일하다 지인의 소개로 부동산 업계에 발을 들였다. 그는 직원들 중에서 나이가 가장 어려서 온갖 잡다한 일을 도맡아서 했다. 부동산 업계의 일을 배우는 시간도 모자랐지만, 그는 인내심을 발휘하여 사소한 일까지 모두 처리했다.

"일을 제대로 알려주는 사람은 없더라고요. 결국 나 혼자서 공부를 했죠."

자신이 다른 사람들에 비해 견문과 시사 상식이 부족하다고 느낀 문 회장은 자신의 취약한 부분을 보완하기 위해, 퇴근해서는 늦은 새벽까지 일간지나 주간지, 그리고 각종 분야의 잡지들을 읽으며 식견을 넓혀갔다. 이처럼 끊임없는 노력과 인내의 결과로 나중에는 시사에 밝은 사람이 되어 다양한 계층의 고객을 상대할 수 있게 되었고, 마침내는 업계에서 인정받는 유능한 사람으로 발전해 갔다.

문 회장은 타고난 말솜씨와 끊임없는 연구로, 다방면의 상식을 두루 갖추게 되어, 지금은 그분과 대화를 나누고 있으면 고학력자인가 싶을 정도로 풍부한 식견에 놀라게 된다. 그는 지금 몇백억 원대의 재력가가 됐다. 알토란같은 곳에 부동산 개발을 하여 높은 수익을 올리고 있으며, 외국에 사업체까지 운영하고 있으니 그의 끊임없는 연구와 노력이 결실을 맺었다고 할 수 있다.

부동산업계에 또 다른 걸출한 인물이 있다. 바로 중견 건설 회사를 운영하고 있는 정 회장이다. 그는 공인중개사 사무소에서 근무하다가 나중에는 건물 임대 사업에 참여하게 되었다. 그곳에서 조금씩 회사를 키워가기 시작하여 마침내 시행, 시공까지 하고 있으며 탄탄한 자금력을 지닌 건실한 회사로 성장시켰다.

정 회장은 사업을 성공시키겠다는 의지와 집념이 누구보다도 강하다. 그래서 밤낮 가리지 않고 연구에 몰두한다. 심지어 비즈니스 목적으로 외국에 나가서 골프를 칠 때도 다양한 아이디어를 얻어 본인이 하고 있는 사업으로 연관시켰다.

이처럼 자기 분야에서 성공하는 사람들은 끊임없이 연구하고 노력하는 사람들이다. 큰일을 하는 사람들은 이 점에서 일반인들과 다르다. 사람은 저마다 타고난 재능이나 능력이 다른데, 재능과 능력이 없다고 해도 꾸준히 연구하고 노력하면 다른 사람들을 이길 수 있다고 나는 믿는다. 자기 분야에서 인정받고 전문가가 되기를 원한다면, 성공하고 싶다면 끊임없이 노력하고 연구해야 한다.

상대를 배려하는 협상을 하라

삶은 협상의 연속이다. 사람들은 대개 협상할 때 협상의 결과를 자신에게 유리하게 만들기 위해서 노력한다. 그러나 진정한 협상은 서로에게 득이 되어야 한다. 잔꾀를 부려서 자신에게 유리한 협상을 이끌어냈을 때는 목적을 달성했다고 좋아할 수 있지만, 길게 보면 자신만을 위한 이기적인 행동이 될 수 있다. 상대가 불리한 협상을 마치고 나면 당연히 그는 이다음에 나와 어떤 거래도 하지 않으려고 할 것이다.

여기서 협상은 양방향의 균형을 뜻한다. 서로 균형을 이루는 협상을 하는 것이 제일 바람직하다. 설사 나에게 유리한 협상 조건이 주어질지라도 상대의 입장도 고려하는 배려심이 뒤따라야 한다. 만약 상대방이 협상이 생각대로 이루어지지 않는다 싶으면 '반대를 위한 반대'를 하고, 결국 협상이 결렬될 수도 있다.

몇 년 전 오피스텔 분양을 하기 위해서 현장에 들어갔을 때 있었던 일이다. 경험이 많고 영업력이 있는 여자 직원에게 같이 근무하자고 제안했다. 그 직원은 내 제안을 수락했지만 수수료 외에 별도의 인센티브를 요구했다. 의견차가 있어서 줄다리기 협상을 했으나 그 직원은 조금도 양보하지 않았다.

결국 요구 조건을 받아들여 같이 근무했으나 분양을 마칠 때까지 기분은 유쾌하지 않았다. 그 직원이 실적을 올릴 때마다 기분이 좋아야 하는데 내 마음이 그렇지가 못했다. 아쉬움이 남는 협상은 애초부터 하지 말았어야 했는데, 이기적인 사람에게 휘둘린 협상을 했다는 생각에 두고두고 기분이 언짢았다. 두 번 다시는 그녀와 협상을 하지 않겠다고 생각했다.

그 직원과의 협상은 이기고 지고의 문제가 아니다. 내가 원하는 만큼 협상이 원활하게 진행되지 않았다고 언짢은 게 아니다. 유리한 협상이란 이기는 것만이 능사가 아니라는 것을 그 직원을 통해서 다시금 느꼈다.

협상을 유리하게 이끈 사람은 기뻐하고 좋아할 수 있으나, 상대는 가슴을 치며 억울해할 수 있다는 사실을 기억해야 한다. 협상할 때 자신의 입장만 고려해서는 안 된다. 유리한 협상을 한 사람의 입장에서는 만족스런 기분을 가질 수 있지만, 불리한 협상을 한 사람은 두고두고 언짢아 할 수 있다.

설사 자신에게 유리한 협상 조건이 주어지더라도 상대가 손해를 봤다는 감정을 느끼지 않게 상대의 입장을 살펴야 한다. 그리고 상대가 얻는 것이 더 많아지도록 배려해야 한다. '협상'은 고도의 전략 싸움이지만, 그 안에서도 '훈훈한 인간미'가 필요하다.

누군가 이런 얘기를 했다. 지는 게 이기는 거라고. 협상은 무조건 유리하고 우위를 점하는 것이어야 한다고 생각하기 쉬우나 사실은 양보가 동반된 협상이야말로 진정으로 이기는 협상이 아닐까 생각한다.

나이를 먹을수록 더 젊게 살아라

어린 시절 시골에서 자랄 때, 괜히 나에게 못되게 구는 어른을 사람들은 '꼰대'라고 불렀다. 알다시피 꼰대는 웃어른을 낮춰서 부르는 은어다. 그러나 최근에는 그 표현의 범위가 넓어지고 있다. 자신은 아무 일도 하지 않으면서 다른 사람에게 이것저것을 지시하는 사람 역시 꼰대라고 부른다.

현장을 옮길 때, 이따금 나이 드신 분들과 일을 같이 할 때가 있다. 다는 아니지만 대개 나이 드신 분들을 보면 순발력도 떨어지고, 대화나 행동이 굼뜨다. 나이가 있으니 행동이 느려지는 건 당연한데, 문제는 나이가 많다는 이유 하나만으로 다른 사람에게 계속 지시를 한다는 것이다. 제발 나이 먹은 티를 내지 말라고 말해 보지만 쉽사리 개선되지 않는다.

그들을 보면서 느끼는 것은 나이를 먹어갈수록 생각은 젊어야 하고, 행동은 더욱 활기차야 한다는 것이다. 나이 드신 분들이 아무리 노력해도 젊은이들을 따라갈 수는 없지만, 노력조차 하지 않으면 스스로 도태되고 만다. 먼저 걸음걸이부터 바꿔야 한다. 젊은이들 못지않게 당당하고 경쾌하게 걸어야 한다. 걸음걸이에 힘이 빠지면 전투력을 잃은 병사처럼 무기력해 보일 수 있다.

젊은이들과 어깨를 나란히 하고 뒤처지지 않기 위해서는 젊은이들보다 마음을 젊게 가지고, 더 많은 노력을 해야 한다. 만약 그런 노력조차 하지 않을 바에는 조용히 보따리를 싸서 일터에서 떠나는 게 자신과 다른 사람을 위하는 일이다.

외국에서 진행한 실험이 있다. 실험을 계획한 연구자는 80세 이상의 노인들에게 젊은 시절의 스포츠 중계방송과 영화를 보여주면서 젊은 시절처럼 행동하고 말하라고 주문했다. 노인들은 연구자의 주문을 귀찮아했지만 결국 젊은 사람들처럼 행동했다.

결과는 놀라웠다. 실험에 참가한 노인 대부분이 소극적인 태도에서 적극적인 태도로 바뀌었고, 그들의 신체연령 또한 60대 수준으로 개선되었다고 했다. 이 실험에서 알 수 있듯이 노인들도 젊은 사람들처럼 생각하고 행동하면 얼마든지 더 젊어질 수 있다.

우리는 지금 바야흐로 100세 시대에 살고 있다. 따라서 70대까지도 얼마든지 왕성하게 사회활동을 할 수 있다. 비록 나이는 먹었다 할지라도 그 나이 때문에 다른 사람에게 걸림돌이 되거나 민폐를 끼치는 일은 없어야 한다. 오히려 관리를 잘해서 젊은이들에게 동기부여가 되거나 롤모델이 되도록 해야 한다.

젊었을 때 고생해야 노후가 편하다

건강할 때 건강을 지켜야 하는데, 대부분이 건강할 때는 평생 건강할 줄 알고 건강관리를 소홀히 한다. 돈 버는 것도 마찬가지이다. 돈을 벌 때 근검절약해야 하는데, 돈이 들어올 때는 항상 들어올 줄 알고 쉽게 낭비하거나 탕진해 버리고 시간이 지나고 나서야 가슴을 치며 후회를 한다. 그런 경험을 가지고 있는 사람들은 이구동성으로 평생 돈이 들어올 줄 알았다고 한다.

그러나 뭐든지 때가 있다. 오르막길이 있으면 내리막길이 있는 것처럼, 잘 나갈 때가 있으면 고전할 때가 있고, 돈을 잘 벌 때가 있으면 못 벌 때가 있다. 하늘 아래 영원한 것은 하나도 없다.

젊고 조금이라도 힘이 있을 때 돈을 벌어놓아야 하고, 설사 돈을 벌 수 있는 기회를 얻지 못했을지라도 나이가 들어서라도 돈을 벌 수 있는 기반을 다져놓아야 한다. 그렇지 않으면 노후는 쓸쓸하고 불행할 수밖에 없다. 따라서 행복하고 풍요로운 노후를 보내기 위해서는 한 살이라도 더 젊을 때 고생하고, 남들이 쉴 때 부지런히 땀 흘려 일해야 한다.

어떤 교수의 책 제목처럼 청춘은 아픈 것이니까 마냥 고생하라는 말이 아니다. 젊어서 고생하라는 건 그만큼 많은 경험을 쌓고, 물질적·정신적으로 많은 자산을 모으라는 의미다. 그래야 노후에 고생을 안 한다.

왜냐하면 나이가 들수록 돈이 있어야 하기 때문이다. 만약 나이가 들어서 몸은 아픈데 돈이 없다면, 매우 불행하고 우울한 나날을 보낼 수밖에 없다. 건강을 잃으면 모든 것을 잃는다. 그 무엇도 건강보다 중요한 것은 없다. 결국 돈을 버는 활동이 몸을 건강하게 하고, 건강을 잃었을 때 건강을 찾게끔 도와주는 것도 돈이다.

"부모님이 건강하고 경제적으로 여유가 있을 때는 한 번이라도 더 찾아가게 되고 더 신경을 쓰게 되죠. 그런데 부모님이 경제적인 능력이 안 되면 솔직히 몸도 마음도 멀어져요."

어느 젊은이가 한 말이다. 당돌하지만 상당 부분 일리가 있는 말이다. 애지중지 키운 자식이 장성해서 부모가 나이를 먹고 힘을 잃었을 때 곁에서 지켜주지는 못할망정 마음으로 버리는 것은 너무나 불행한 일이다. 늙은 부모라도 경제력이 있어야 자식의 돌봄을 기대할 수 있는 그런 시대가 됐다. 늙어서 자식에게 외면받는 상황을 만들지 않기 위해서라도 조금이라도 젊었을 때 땀 흘리며 열심히 살아야 한다.

요즘 젊은이들의 라이프스타일은 내가 젊었을 때와는 사뭇 달라서 월세로 사는 한이 있어도 자동차는 필수이고, 미래를 준비하기보다는 현실을 즐기는 것을 더 중시하는 것 같다. 그러나 분명한 건 누구나 노인이 된다는 것이다. 왕성한 경제활동이 불가능한 그 시기를 대비하기 위해 젊을 때 인생의 설계도를 만들어서 남보다 더 많은 땀과 노력을 해야 한다.

주어진 시간도 최대한 활용하고 근검절약해야 한다. 돈을 버는 것도 중요하지만 과도한 지출을 막는 것도 돈을 버는 것이다. 아무래도 과소비하지 않고 근검절약하는 사람이 저축하면서 돈을 모을 가능성은 더 크다. 구두쇠가 돈이 많은 이유는 돈을 쓰지 않아서다.

혹시 오늘, 젊은 당신이 열심히 땀 흘리며 소중한 시간을 보냈다면 다행이지만, 그렇지 않다면 지난날을 성찰해 보고, 미래에 대한 설계를 다시 해야 한다. 오늘 눈물로 씨앗을 뿌려야 나중에 거둘 열매가 있다.

지혜를 끊임없이 갈구하라

사전적 의미의 지혜는 '사물의 이치를 빨리 깨닫고 사물을 정확하게 처리하는 정신적 능력'이다. 현대인들은 지혜에 목말라하며 지혜를 갈구한다. 지혜는 소위 '가방끈'이 길다고 해서 얻어지는 것도 아니고, 연륜이나 경륜이 많아서 얻어지는 것도 아니다. 그야말로 하늘이 내려준 선물이다. 따라서 우리 모두는 지혜를 얻는 데 힘써야 한다. 그렇다면 어디에서 지혜를 얻을 수 있을까?

첫째는, 하나님이다. 우리는 세상을 창조하고 인간을 만드신 창조주 하나님께 나아가야 한다. 성경에 솔로몬이라는 인물이 있다. 지구상에 솔로몬만 한 지혜를 가진 사람은 없다. 솔로몬의 지혜를 얻기 위해서 여러 나라의 사람들이 밤낮을 가리지 않고 구름떼처럼 몰려들었다.

그런데 놀랍고 신기한 것은 솔로몬의 지혜의 근원이 다름 아닌 창조주 하나님이라는 점이다. 하나님께서 주시는 지혜는 단순히 인간사뿐만 아니라 하늘과 땅의 원리까지도 깨닫게 해주신다.

두 번째는, 주변 사람들이다. 논어에 보면, '세 사람이 길을 가면 그중에 반드시 나의 스승이 있다(三人行 必有我師: 삼인행 필유아사).'라고 하지 않았는가. 우리 주변에는 지혜를 가진 자들이 많다. 그들에게서 지혜를 구하고자 하는 의지가 있어야 하고, 마음의 문을 열고 있어야 한다. 아무리 좋은 것일지라도 필요로 하지 않고 받아들이지 않으면 내 것이 될 수가 없다.

세 번째는, 다양한 사람들이다. 하지만 제한된 시간에 많은 사람을 만나는 일은 한계가 있다. 그런 면에서 많은 사람을 만나는 분양업이야말로 지혜를 얻기에 매우 유리한 측면이 있다. 비록 만남 자체에 이해관계가 전제되어 있지만, 그래도 상대에게서 뭔가 하나라도 얻겠다는 심정으로 관심을 갖고 관찰하면 상대로부터 지혜를 얻을 수가 있다.

마지막으로는 TV나 책, 신문, 잡지 등이다. 인간은 동서고금을 막론하고 책에서 지혜를 얻었다. 요새는 책뿐만 아니라 TV나 인터넷, 스마트폰 등의 다양한 미디어를 통해서도 지혜를 얻을 수 있다.

지혜를 얻을 채널은 많다. 어떤 방식으로 얻을지는 본인의 판단이나 선택이다. 지혜를 얻고자 하는 열정을 갖고 마음의 문을 열어놓고 있어야 한다. 마음의 문을 열어 놓고 있으면 세 살 먹은 어린 아이에게서도, 죽음을 기다리고 있는 노인에게서도 지혜를 배우게 된다.

명쾌하고 화끈한 사람이 되자

'명쾌하다'와 '화끈하다'는 내가 참 좋아하는 단어다. 서로 뜻하는 의미가 다르지만, 크게 다르지 않으니 같은 의미로 사용해도 무방할 듯하다. 내가 이 단어들을 좋아하는 이유는 내 경험과 연관 있다.

7년 전에 분양업에서 일하는 한 사람을 만났다. 그는 비록 나이는 많지 않지만 분양 경력이 적지 않고 사업 수완이 뛰어나 꽤 바쁜 시간을 보내고 있었다. 내가 그를 특별하게 기억하는 이유는 그가 대답이 아주 명쾌한 사람이었기 때문이다. 특히 두뇌 회전이 빨라 '예', '아니요'가 신속했다.

어떤 때는 상대방의 말이 끝나기도 전에 자신의 유불리를 따지지 않고 즉각적으로 대답을 하여 옆에 있는 사람까지 놀랄 정도였다. 그런데 그는 실천하는 것은 화끈한 대답을 따라가지 못했다. 행동은 대답과 달리 꾸물대기 일쑤였다.

진정으로 명쾌하고 화끈한 사람은 대답하는 것도 시원시원할 뿐만 아니라 실천하는 것도 화끈하고 명쾌하다. 명쾌한 사람과 일을 하면 설사 하는 일이 힘들지라도 재미있게 할 수가 있을 뿐만 아니라, 일의 능률도 향상된다. 그러나 명쾌하지 못한 사람과 일을 하면 지루하고 따분할 뿐만 아니라, 결과에 대한 만족도도 떨어진다.

명쾌하지도 않고 화끈하지도 않았던 한 사람이 떠오른다. 그 사람 또한 분양업에서 만난 사람인데, 알고 지낸 지 5년 정도 됐고, 여러 번 같이 일한 적도 있는데 나는 아직도 그 사람의 속마음을 파악할 수가 없다.

그는 자신이 다른 사람에게 부탁할 때와 자신이 다른 사람에게 부탁받을 때 전혀 다른 모습을 보였다. 본인이 다른 사람의 도움을 받아야 하는 경우에는 얼마나 친절하고 상냥한지 모른다. 그럴 때는 웬만한 여자보다 애교도 더 많다. 그러나 상대에게 부탁을 받는 입장이 되면 표현도 애매하고 태도도 불분명하다. 당연히 부탁을 한 사람은 큰 부담감을 느끼게 된다.

상대방의 부탁을 받을 때는 되도록 명쾌한 대답을 해줘야 한다. 긍정적인 대답은 물론이고, 부정적인 대답을 해야 하는 경우라도 의사 표현을 분명하게 해줘야 한다. 다른 오해가 생기지 않도록 말이다. 그리고 이왕이면 상대의 부탁을 들어줄 때도 망설이지 말고 화끈하게 대답을 해주면 부탁을 하는 사람의 기분을 좋게 만든다.

예를 들어 돈을 빌린다고 치자. 상대방이 선뜻 돈을 빌려주겠다고 하면 일단 기분부터 좋아진다. 그런데 상대방이 미적지근하거나 마지못해 돈을 빌려주는 태도를 보이면 고마운 마음도 줄어든다.

무슨 일이든 이왕 해야 할 일이고 꼭 할 일이라면 화끈하고 명쾌하게 진행하는 게 좋다. 일을 체계적으로 속도감 있게 진행하기 위해서는 명쾌함과 화끈함이 필요하다. 또한 명쾌함과 화끈함은 함께 일하는 사람에게 믿음을 주고, 일을 더 효율적으로 진행시킨다.

동료가 소중한 만큼 신중하게 손을 잡아라

분양 업무뿐 아니라 모든 분야에서 동업하는 사람들이 적지 않다. 특히 분양업에서 동업을 하는 경우는 여러 가지 이유가 있겠지만, 영업 활동을 극대화하고 리스크를 최소화하기 위한 것이라고 볼 수 있다.

그러나 동업은 매우 신중해야 한다. 동업을 처음 시작할 때는 의기충천하고 그래서 때로는 기대 이상으로 좋은 결과를 창출할 수도 있다. 그러나 문제는 초심을 끝까지 유지하는 게 쉽지 않고, 대부분이 중도하차하거나 설사 끝까지 간다고 해도 유종의 미를 거두기가 쉽지 않다는 점이다.

나는 몇 차례 동업 경험이 있는데, 좋은 결과를 보지 못했다. 이따금씩 주위에서도 동업하는 사람들을 보게 되는데, 성공한 케이스는 흔치 않다. 동업이 어려운 것은 시간의 흐름에 따라 처음에 가졌던 생각이나 마음이 흔들리고, 결과가 기대에 미치지 못하기 때문이다. 더군다나 이권 관계가 개입되어 있다 보니 모두 예민해질 수밖에 없다.

합동공인중개사 사무소에서 근무하고 있을 때였는데, 그곳에서 만난 박창구 씨는 사당동 재개발 구역 안에서 공인중개사 사무소를 운영하다가 사업이 부진해서 잠시 합동공인중개사 사무소에 와서 임시로 근무한 것이었다. 그분은 시간이 날 때마다 사당동 재개발 구역 안에 들어가서 동업하자고 매일 졸라댔다. '열 번 찍어 안 넘어가는 나무 없다.'라는 말대로, 그의 끈질긴 설득과 회유에 결국 내 마음이 조금씩 움직이기 시작했다.

'월급 받으며 일하는 것보다는 동업해서 목돈 만드는 것이 더 낫겠다.'라는 판단이 들어서 결국 동업 제안을 받아들였는데, 결과론적으로 실패로 끝났다. 동업 초기에는 의욕과 기대에 차 있어서 어려움도 능히 극복할 수 있는 힘이 솟아났지만, 차츰 시간이 흘러가면서 자연스럽게 나태해졌고, 사사로운 감정이 개입되면서 조금씩 상대를 배려하는 마음도 작아졌다.

환경이나 사람에 따라서 전혀 다른 결과가 나타나겠지만, 어쩔 수 없이 동업을 해야 하는 경우라면 셋보다는 두 사람 정도가 하는 게 어떨까 싶다. 왜냐하면 둘은 서로의 생각을 맞추기가 쉽고, 설령 어려운 문제가 생기더라도 쉽게 극복할 수 있는 편이다.

그러나 셋은 뜻을 맞추기도 어렵고, 이를 극복하는 노력에도 한계가 있다. 만약 문제가 생겼을 때 셋 중에 둘이 의견의 일치를 이루면, 나머지 한 사람이 소외되어 동업 관계를 해치거나 분열시킨다.

동업 관계가 실패로 끝나지 않기 위해서는 적어도 두 가지 측면이 고려돼야 한다. 첫 번째는 영업 능력이 비슷해야 한다. 만약 능력 차가 크면 동업 관계는 오래 지속되지 못한다. 왜냐하면 일할 때는 실적에만 몰두하기 때문에 별다른 문제가 일어나지 않지만 결산할 때는 개인의 기여도가 크게 대두되기 때문이다.

두 번째는 전적으로 이해심이 있어야 한다. 살다 보면 부모 형제라도 싸우고 감정이 상하기 마련이다. 부모 형제라도 그럴진대 하물며 남인데 어떻겠는가. 남남이 만나서 지속적으로 좋은 관계를 유지하는 것은 결코 쉬운 일이 아니다. 말하자면 극도의 이해심이 있어야 한다.

평상시 좋게 생각하던 사람도 가까이서 함께 일을 해보면 전혀 다른 모습을 발견하게 된다. 그리고 동업자에게 너그러운 마음을 갖는 것도 처음에는 가능하지만, 시간이 흐를수록 인내심에 한계가 올 수밖에 없다. 그러므로 동업은 정말 신중하게 결정해야 한다.

노력은 성공의 어머니가 맞다

　지금은 고인이 되었지만 나에게 부동산 일을 가르쳐 준 사부이면서 선배인 사람이 한 명 있다. 바로 고(故) 김왕용 대표이다. 내가 그를 만난 게 1986년도였으니까 벌써 30년이 넘었다. 문병국 씨의 소개로 합동공인중개사 사무소를 운영하는 김 대표를 처음 만났을 때, 우리는 초면인데도 친근하게 대화를 나누었다. 그는 사교성이 매우 좋고 직원들의 신뢰감 또한 높았다.

　김왕용 대표는 고객에게 최대한 진솔하고 공손하게 대했다. 그리고 아무리 바쁘고 다급한 일이 있어도 말을 급하게 하지 않았다. 그러다보니 고객도 상담자의 자세나 성향에 맞춰져 가는 것을 볼 수 있었다. 대화가 매우 진지하고 진솔하다. 그러니 고객이 신뢰하고 따를 수밖에 없었다.

　거기에다가 그의 브리핑에는 포스와 아우라가 넘쳤다. 나는 어떻게 하면 그렇게 고객이 공감하고 신뢰하는 브리핑을 할 수 있냐고 물으니 김왕용 대표는 너털웃음을 지으며 이렇게 말했다.

　"실은 학교 다닐 때 공부는 뒷전이고 운동부에서 태권도만 했지요. 그러니 졸업하고 나서도 뭐 아는 게 있어야지. 처음 부동산 업계에 들어와서 브리핑을 하려는데, 아는 게 없어서 제대로 브리핑을 못하겠더라고요. 한동안 엄청 애를 먹었지. 그래서 고심 끝에 고객 브리핑할 때 녹음해서 집에 가서 반복해서 들으면서 수정에 수정을 거듭했어요."

끈질긴 노력 끝에 김왕용 대표는 유능한 부동산 컨설턴트가 될 수 있었다. 자신의 부족함을 스스로 알고 노력에 노력을 거듭해서 강점으로 승화시킨 모습에 나는 그를 스승으로 모시고 싶었다.

1977년, 제일여행사에 다닐 때 알고 지내던 선배 하나는 사법고시를 여러 번 치렀으나 번번이 낙방했다. 그 선배는 좌절감과 자신에 대한 실망감에 결국 인생을 비관하여 자살하려고 한강 다리에 올라갔다고 한다.

다리 위를 터벅터벅 걷는데 갑자기 '자살할 용기면 뭘 해도 잘되지 않을까?'라는 생각이 들었다고 한다. 그리고 마음을 고쳐먹고 그때부터 일본어 가이드가 되기로 결심하고 관광 학원에 들어가서 일본어를 공부했다고 한다.

일본어가 우리말과 어순이 비슷해서 쉽다고 말하는 사람도 많지만 일본어를 처음 접하는 사람에게는 결코 쉬운 언어가 아니다. 아무튼 외국어는 어느 나라 말이든 결코 쉽지가 않다. 더군다나 짧은 시간에 독파하는 것은 각고의 노력 없이는 불가능하다.

선배는 짧은 시간에 일본어를 정복하기 위해서 단어 하나하나 암기할 때마다 돈의 가치를 부여해서 외웠다고 한다. 결국 1년 정도 공부한 끝에 일본어 관광 가이드 라이선스를 따서 가이드로 활약했는데 능력이 출중해서 관광업계에서 인정받는 사람이 되었다.

세상에는 공짜로 얻는 게 많지 않다. 자기 분야에서 인정받는 사람이 되기 위해서는 이처럼 피나는 노력이 있어야 한다. 김왕용 대표나 여행사 선배 모두 자신의 부족함을 알고 이를 노력으로 극복하여 자신의 경쟁력으로 만든 케이스다.

능력이 부족하다고, 막다른 골목에 다다랐다고 좌절할 필요가 없다. 자신의 부족한 부분을 인정하고 이를 극복하기 위해 끊임없이 노력해서 성공한 사람들이 많다. '노력은 성공의 어머니'라는 말은 빈말이 아니다. 자신의 능력에 실망하고 좌절할 시간에 자기 계발을 하라고 말하고 싶다.

상식적으로 행동하라

내가 여기서 말하는 '상식'이란 '기본적인 예의' 또는 '집단의 룰', '일반인이 가진 생각' 등과 맥락이 유사하다고 보면 될 것 같다. 상식이란 어려운 법도 아니고, 도덕군자의 올곧은 정신도 아니다. 그저 학창 시절에 도덕책에서 배운 수준의 도덕의식을 말한다고 하는 게 정확하지 않을까 싶다.

모든 일은 기본과 상식대로 처리해야 한다. 내가 일을 하는 데 애로 사항이 있거나 직원들과 트러블이 있다면 기본과 상식선에서 다시 곰곰이 되짚어 보라고 권하고 싶다. 뭐가 문제인지 의외로 쉽게 찾아낼 수 있을 것이다.

사소한 일이든 큰일이든, 직장일이든 집안일이든 뭐든지 상식적으로 행동해야 한다. 가령 약속을 했으면 약속을 이행해야 하고, 지키지 못할 것 같으면 정중하게 사과하고 다시 약속을 잡아야 한다. 분양 현장에 나와 근무하기로 약속을 해 놓고서 그 약속을 지키지 못하게 되면 최대한 빨리 연락을 해서 정중히 양해를 구해야 한다. 팀의 인원 구성에 차질을 빚게 해서는 안 된다.

그런데 출근 하루 전이나 당일에 통보해서 난감하게 만드는 경우가 있다. 그나마 이 정도는 약과다. 어떤 사람은 아예 전화도 하지 않고, 전화를 해도 받지도 않는다. 그냥 꽁꽁 숨어버리는 것이다. 누구든 약속을 취소할 권리는 있지만 상대에게 피해를 줄 권리는 없다.

업무 중에 사적인 일을 보러 가는 것도 마찬가지다. 적어도 1시간 이상 업무나 사적인 일로 자리를 비워야 할 때는 관리자에게, 관리자가 부재중이라면 옆자리에 있는 직원에게라도 말하고 다녀와야 한다. 이게 상식이다. 이처럼 상식적으로 행동하는 것은 거창하고 복잡한 일이 아니다.

나는 직장 생활도 할 만큼 해봤고 단체 생활도 해봤다. 지위 고하를 막론하고 상식선에서 처신하고 행동하면 마찰이 있거나 전혀 문제 될 것이 없다. 그러나 모두 내 마음과 같을 수 없듯이, 기본적인 상식마저 지키지 않는 사람들이 간혹 있다. 그래서 불만과 분쟁이 생기는 것이다.

2002년도 초에 동대문 효성쥬얼리 상가를 분양할 때였다. 같이 근무했던 여자 직원과 남자 직원 두 사람이 일을 상식적으로 처리하지 않아 분쟁이 일어났다. 여자 직원이 상담 중에 또 다른 고객이 방문했다. 동시에 두 고객을 안내할 수 없는 여자 직원은 남자 직원에게 고객을 맡겼고 남자 직원이 계약을 성사시켰다.

리더가 상담 요청을 한 것도 아니고, 담당자자 직접 부탁한 일이니, 수수료는 담당자와 둘이서 반반씩 나눠 가지는 게 분양업에서의 관례다. 그런데 서로 더 많은 이득을 챙기려고 얼굴을 붉히며 싸우더니 결국 나중에는 리더의 지분까지 지원해 달라고 했다. 서로가 상식선에서 처리하면 문제될 일이 없었는데, 두 사람의 일에 나까지 끼어서 일이 커지고 말았다.

이와 비슷한 경우는 아주 많다. 자신의 실적을 올리기 위해서 고객에게 금품 제공을 약속하고서는 책임자에게 이를 지원해 달라고 요청하고 책임자가 그 요구를 받아주지 않으면 매몰찬 사람으로 몰아붙이는 경우가 있다. 또한 책임자가 직원의 지분에 욕심을 부리는 경우도 있고, 직원이 책임자의 몫에 욕심을 부려서 분쟁이 일어나는 경우도 심심치 않게 있다.

공인중개사가 소개한 고객을 분양상담사가 상담하여 계약을 성사시켰을 때도 회사가 정해준 수수료대로 하면 문제될 것이 없는데, 담당자는 자신의 실적을 올리기 위해서 일방적으로 수수료를 더 주겠다는 약속을 하고 책임자에게 너무도 당연하게 지원해 줄 것을 통보하듯이 말하는 사람이 있다. 심지어 어떤 직원은 사전 협의 없이 계약 성사 이후에 지원 요청을 하는 경우도 있다.

책임자들이 가장 황당한 때가 바로 이런 때다. 잡아야 할 고기에 대해서는 서로 협의하는 게 맞지만, 이미 잡은 고기에 대해서 신경 쓸 바보가 어디에 있겠는가? 따라서 금전적인 지원 문제로 협의해야 할 일이 있으면, 반드시 계약이 성사되기 전에 쌍방이 협의해서 진행해야 한다. 그게 상식이다. 모든 일은 상식선에서 이루어져야 한다. 그렇지 않으면 얼굴을 붉히는 일이 일어날 수밖에 없다.

건강한 몸을 만들어라

건강이 가장 중요하다는 말에 이의를 제기할 사람은 별로 없을 것 같다. 특히 직장 생활을 하는 생활인이라면, 몸이 재산이라 해도 과언이 아닐 것이다. 요즘은 육체의 건강 못지않게 정신의 건강도 많이 회자되는 것 같다. 나 또한 육체의 건강과 정신의 건강을 둘 다 동시에 지켜야 한다고 생각한다.

그리고 건강은 건강할 때 지켜야 한다. 하지만 건강할 때 건강을 지키기란 결코 쉬운 일이 아니다. 어떤 특별한 계기가 생기거나 절박한 상황에 놓이지 않고서는 식습관을 고치거나 운동하는 습관을 만들기가 어렵기 때문이다.

건강은 결코 하루아침에 나빠지지도 않지만, 반대로 하루아침에 좋아지지도 않는다. 갑자기 질병이 찾아왔다고 느낄 수 있지만, 사실은 오랫동안 식습관이 좋지 않았다거나 생활 습관이 잘못된 경우가 많다. 건강해지는 것도 마찬가지다. 건강도 차곡차곡 쌓여야만 비로소 건강이 좋아질 수 있는 것이지, 결코 하루아침에 좋아지지 않는다.

1978년, 나는 20대 초반에 뜻하지 않게 결핵을 앓았다. 결핵을 앓으니 몸이 마르고, 잦은 기침을 반복하다가 마침내는 각혈까지 했다. 목에서 피가 나오니, 얼마나 놀랐는지 모른다. 병원에 가서 정밀 검사를 받고 싶은데, 어떤 결과가 나올지 겁이 나고 무서워서 선뜻 나서지 못했다.

차일피일 병원 가는 걸 미루고 있을 때, 깡마른 내 모습을 본 어머니는 신당동에 있는 결핵 전문 병원으로 나를 끌고 가듯이 데려갔다. 조마조마하면서 결과를 확인하는데, 폐결핵 3기였다. 의사는 심각한 표정으로 나를 바라보며 말했다.

"대체 어쩌자고 몸을 이렇게까지 방치했어요? 하마터면 치료도 못 받고 죽을 뻔했어요!"

독한 결핵약을 1년 이상 복용하면서 보조 수단으로 소고기, 보신탕, 심지어 뱀탕까지 남들 몰래 다니면서 챙겨먹었다. 그런 노력의 결과로 폐결핵은 잡았지만 나중에는 위장병이 생겼다.

크게 건강을 잃은 경험이 있어서 관리에 더욱 힘썼지만, 생활 습관을 바꾸는 게 어디 쉬운 일인가. 매일 기름진 음식에 술, 담배 등. 무절제하고 방탕한 생활은 계속되었다. 결국 나는 허리 사이즈가 38인치까지 나갔고, 몸무게는 80킬로그램이 넘었다. 과체중으로 숨 쉬는 게 힘들 정도였다. 위기감을 느끼고 몇 차례나 운동을 시도했지만 번번이 작심삼일로 끝나고 말았다.

1999년, 합동공인중개사 사무소에 근무하고 있을 때였다. 마흔

네 살이었는데 오후만 되면 체력이 뚝 떨어지고 기진맥진해서 몸을 제대로 가눌 수가 없었다. 비만했던 몸이 순식간에 6킬로그램 정도 살이 빠져서 나뿐만 아니라 주변 사람들이 다 놀랐다. 그런데 직원 중 한 사람이 진지한 얼굴로 이렇게 말하는 게 아닌가?

"혹시 당뇨일 수도 있으니까 검진을 받는 게 어떠세요?"

그 말을 듣는 순간 기분이 좋지 않았지만 혹시나 하는 마음에 개인 병원을 찾아 당뇨 검사를 받았다. 정상수치가 60~120인데, 놀랍게도 380이라는 수치가 나왔다. 병원 원장은 깜짝 놀라면서 이 지경이 되도록 방치했냐면서 종합 병원에 가보라고 했다. 부리나케 방배동에 있는 오산당병원에 가서 종합 검진을 했는데 역시나 같은 결과가 나왔다.

당뇨에 고혈압, 그리고 위염에 높은 대장암 수치, 지방간에 염증까지 있어서 성한 곳이 없을 정도였다. 말하자면 합병증 단계로 가는 길목에 있었다. 조금만 더 늦었더라도 큰일 날 뻔했다. 의사의 처방에 따라 당뇨 약을 한 보따리 받아가지고 사무실로 가는데 눈앞이 캄캄했다. 그 당시 아내는 외출 중이었는데, 내가 당뇨라는 소식을 전해 듣고 얼마나 놀랐는지, 두 번이나 버스를 잘못 탈 정도였다.

이후 나는 하루에 세 번씩 쉬지 않고 열심히 구슬땀을 흘리며 운동을 했다. 내가 운동을 시작한 이유는 오래 살기 위해서가 아니고, 잃어버린 건강을 되찾기 위함이고 사는 동안 건강하게 살기 위함이었다. 몇 개월 동안 쉬지 않고 운동을 한 보람으로 혈당

수치는 금방 정상으로 돌아왔고, 망가진 장기들도 조금씩 호전되어 갔다.

질병은 찾아오기 전에 예방하는 것이 최우선이지만 설령 질병이 찾아왔을지라도 굳게 결심하고 꾸준히 노력하면 반드시 좋아진다는 사실을 깨달았다. 하지만 한 번 망가진 장기의 원상회복은 거의 불가능하며, 잃어버린 건강을 되찾는 일 또한 결코 쉽지 않다.

당뇨 환자에게 가장 힘든 일 중 하나는 맛있는 음식을 절제하는 것이다. 나는 어릴 때부터 식탐이 많아 다른 것은 양보해도 맛있는 음식만은 결코 양보하지 못했다. 특히 '떡보'라고 불릴 만큼 떡을 좋아하고, 아주 어릴 때부터 밀가루 음식에 맛을 들여 밀가루 음식을 정말 좋아한다. 당뇨 환자에게는 이롭지 못한 음식들이다. 돌이켜 생각해 보면 당뇨 환자가 먹어서는 안 되는 음식을 가리지 않고 무차별적으로 먹은 셈이다.

최근에는 당뇨 관리 차원에서 식이요법을 하고 있다. 그리고 옛날에는 유산소 운동만 했었는데 최근에는 근육 운동도 병행해서 하고 있다. 몇 개월 동안 쉬지 않고 열심히 운동을 한 탓인지 노력한 만큼은 아니어도 약간씩 근육이 보이기 시작하고, 뱃살도 많이 빠지고 있다.

평소에 운동을 하지 않아도 건강한 사람을 보면 부러운 마음이 든다. 그러나 지금 당장 건강하다고 해서 내일도 건강하다는 법은 없다. 건강의 적신호가 켜지기 전에 예방해야 한다. 그리고 설사 건강이 나빠지더라도 좌절하지 말고 부지런히 운동해서 관리해야 한다. 몸이 안 좋다고 해서 정신까지 무너지면 몸은 더더욱 망가진다.

멘토나 롤모델을 만들어라

1986년, 내가 처음 공인중개사 일을 배울 때, 나를 적극적으로 이끌어준 사람이 있다. 바로 고(故) 김왕용 대표다. 나에게는 멘토요, 스승이요, 형님이요, 친구 같은 분이다. 여러 직업을 전전하면서 힘든 시기에 김왕용 대표는 내 손을 잡아주고 힘을 주셨다.

김왕용 대표는 키도 크고 풍채도 좋았다. 거기다 의리도 있어서 많은 사람들이 믿고 따랐다. 자기보다 어려운 사람을 만나면 그냥 지나치는 일이 없었다. 조상에 대해서 늘 감사하는 마음을 가지고 있었고, 부모님에게 효심이 지극했으며, 직원들 한 사람 한 사람을 일일이 챙길 정도로 배려심이 깊고 자상하신 분이었다. 나는 직장 생활에 대해서는 그분에게 배운 게 아주 많다.

내 개인 사업소를 개업하느라 김왕용 대표와는 한동안 헤어져 있었는데, 어느 날 지인으로부터 청천벽력 같은 이야기를 들었다. 평소 건강관리를 잘하기로 소문난 김왕용 대표가 위암 판정을 받았다는 것이었다.

"급성이라서 어쩔 수가 없다더군. 병원에서도 손을 쓸 수가 없다더라고."

김왕용 대표는 마치 남의 일을 말하듯 허허 웃으며 말했다. 내가 믿고 따랐던 사람이 큰 병을 얻었다니 너무나 충격적이어서 인생의 허무함마저 들었다.

김 대표는 독한 약 때문에 식사를 제대로 하지 못하게 되자, 금세 힘을 잃었다. 얼굴은 반쪽이 되었고, 풍채 좋은 모습은 온데간데없이 사라지고 젓가락처럼 말라버렸다. 47세라는 이른 나이에 죽음을 기다리는 모습이 참 비참해 보였다. 죽음이란 얼마나 무섭고 큰 공포인가. 나는 그분을 찾을 때마다 희망적인 좋은 말을 많이 했다. 혹여 병이 호전되지 않을까 하는 기대감으로.

"갈 사람은 가야지. 내 운명이 여기까지인 걸 누굴 탓하겠나?"

김왕용 대표가 병실에 있을 때 나에게 농담 삼아 이런 말을 건네면 가슴이 저릿했다. 언젠가 나는 선배의 손을 붙잡고 울면서 기도했다. 그러자 선배도 나를 따라 울었다. 김왕용 대표는 크리스천이 아니었다. 하지만 내 기도에 그 또한 눈물을 흘렸고, 말없이 눈물만 닦았다.

"나는 예수를 모르는 조상들을 모셨네. 그분들을 배신할 수 없어. 때문에 차마 예수를 영접할 수 없겠네."

지금도 그분이 살아 계시면 얼마나 좋을까를 자주 생각한다. 힘들고 어려운 일이 있으면 같이 상의하고, 좋은 일이 있으면 서로 축하했을 텐데. 세상을 떠난 지 꽤 시간이 지났는데도 여전히 그분이 꿈에 나타난다. 서로 별말을 하지 않는데도, 그저 바라보는 것만으로도 가슴에 사무친다.

환갑이 된 나이에도 내가 여러 현장에서 왕성하게 일을 하고 있는 것은 어쩌면 김왕용 대표를 닮기 위해서다. 수많은 사람들을 만났지만 나는 지금도 김왕용 대표의 모습을 생각하며 일을 하고 있다. 영원한 멘토는 그분이니까. 나처럼 멘토를 한 명 정해 직장 생활을 할 것을 추천한다. 인생의 롤모델이나 직장 생활의 롤모델을 닮으려고 노력하다 보면, 지금보다 더 발전된 나를 발견할 수 있을 것이다.

3장
대인 관계에 관한 단상

사람은 하루에도 수많은 다른 사람과 만난다. 그저 우연히 같은 길을 걷다가 스치고 지나가는 사람도 있고, 가볍게 손 인사를 하는 안면 있는 사람도 있다. 웃고 떠들며 대화를 나누는 친분 있는 사람도 있고, 진중하게 과거와 미래에 대해 상의할 만큼 각별한 사람도 있다. 우리는 수많은 사람들과 관계를 이어가고 친분을 유지한다. 가족, 친척, 친구, 연인, 직장 동료 등등. 인생은 대인 관계의 연속이라고 해도 과언이 아니다.

60년 넘게 살아오면서 다양한 사람들을 만났다. 좋은 인연을 유지하는 관계도 있는가 하면, 피치 못할 사정으로 관계가 틀어진 사람도 있다. 사람은 누구나 다른 사람들과 좋은 관계를 유지하려고 노력하지만, 사람 마음이라는 게 모두 달라서 항상 좋은 관계만 가질 수는 없다. 혹자는 이런 말을 했다. "10명의 사람과 좋은 인연을 만들려고 해도 2명은 시작부터 관계를 유지할 수 없고, 7명은 흐지부지 인연이 사라지며, 1명만 좋은 인연을 만들 수 있다."라고 말이다. 나는 이 말이 일리가 있다고 생각한다. 동시에 그것이 대인 관계의 숙명이라고 판단한다.

모든 인연을 좋게 만들 수는 없지만, 그래도 다른 이와 좋은 인연을 유지하기 위해 끊임없이 노력해야 한다. 나는 앞으로 펼쳐질 이야기를 통해 어떠한 방식으로 다른 사람과 만나야 하는지 말하고자 한다. 사실 나는 '인간관계의 노하우'라는 것을 그리 거창하게 생각하지 않는다. 좋은 대인 관계를 유지하기 위해서는 진실한 마음과 정중한 태도만 지키면 된다고 생각한다. 이는 부모와 자녀, 부부, 친구 사이에도 동일하게 적용된다.

　나는 심리학자도 아니고, 종교 지도자도 아니다. 하지만 많은 사람을 대하는 분양 관련 일을 하고 있으며, 60대가 된 지금까지 수많은 사람을 만났고, 여러 사람들과 교류하면서 얻은 깨달음을 조금이나마 독자들과 나누고 싶다. 인간관계에서 어려움을 겪고 있는 독자에게 지혜와 위로를 줄 수 있다면 더없이 보람 있겠지만, 작은 공감이라도 해준다면 감사할 것이다.

타인을 대하는 기본자세

인간은 사회라는 집단에 속하지 않고 혼자 살 수 없기 때문에 '사회적 동물'이라고 한다. 좋든 싫든 인간은 살아가면서 다른 사람과 인연을 맺으며 살아야 한다. 최근에는 1인 가구가 급격히 증가하고 결혼이나 연인 관계, 심지어 친구 관계마저 포기하는 사람들이 늘고 있는 추세라고 한다. 혼자서 생활하려는 사람들이 많아졌다는 걸 의미하는데, 그래도 여전히 대인 관계의 중요성은 유효하다.

부모 자식 관계에서부터 직장 동료들과의 관계, 그리고 친구와의 관계 등등 인생에서 좋은 관계를 형성하는 것은 매우 중요하다. 대인 관계를 어떻게 유지하느냐에 따라서 삶의 성패가 좌우된다고 해도 과언이 아니다.

그러나 최근에는 많은 사람들이 대인 관계를 제대로 유지하지 못한다. 그 이유는 내가 잘났고, 나만 옳다고 주장하며 상대방을 꺾어버리려는 사람들이 많기 때문이다. 그러나 자신만이 옳다고 생각하는 행동은 아집이고, 아집이 심해지면 갈등을 일으켜 원만한 인간관계를 맺을 수 없게 된다.

사실 인간관계가 그렇게 어려운 것만은 아니다. 생각을 조금만 바꾸면, 그리고 행동을 조금만 조심하면 가장 쉬운 게 인간관계다. 생각해보라. 사람이 다른 사람과 어울리는 데 계산기를 두드리면 누가 좋아하겠는가? 사람이 다른 사람과 어울릴 때 들이대야 하는 건 계산기가 아니라 사랑과 정성이다. 그래야 원만하고 건강한 인간관계를 이룰 수 있다.

그렇다고 다른 사람에게 돈과 음식 등을 퍼준다고 해서 내가 좋은 사람이 되는 건 아니다. 오히려 '부담스러운 사람'으로 인식될 수도 있다. 비록 짧은 만남일지라도 기억에 남을 만한 좋은 인상을 줘야 한다. 상대방이 나를 생각만 해도 기분 좋은, 그런 사람이 되어야 한다.

만나는 이들에게 기쁨과 유익을 주고, 좋은 기억으로 남아 있다면 인간관계를 잘하고 있는 것이다. 인간관계를 잘하기 위해서는 화초에 물을 주는 것처럼 정성스러운 태도로 사람을 대해야 한다.

지금까지 살아가면서 많은 사람들을 만났다. 오는 사람이 있으면 가는 사람도 있다. 직장을 옮겨야 해서, 사소한 오해 때문에, 질병 때문에, 만날 시간이 없어서, 다양한 이유로 나는 주변 사람들과 헤어졌다. 환갑 정도가 되면 옆에 있는 사람보다 떠나는 사람이 더 많아진다.

세월이 야속하지만, 그래도 여전히 새로운 사람을 만난다. 나는 어머니와 아버지를 하나님의 곁으로 보내는 대신, 손자 손녀를 만났다. 딸들 덕분에 사위를 만났고, 사돈들을 만났다. 그리고 여러 현장을 돌아다니면서 새로운 사람들과 친분을 쌓아가고 있다.

60년 넘게 산 인생을 돌아보면 정말 많은 사람들을 만났다. 나는 지금까지 내가 사람을 만나면서 경험했던 것들, 그리고 인간관계에서 기억해야 할 것들을 말하고자 한다. 조금 더 나이 많은 선배의 조언이라고 생각하고 앞으로의 글을 읽어주길 바란다.

무엇보다 중요한 건 사랑

사랑하는 마음만 있으면 누구와 함께 있든, 서로 무슨 일이 있든 전혀 문제되지 않는다. 대인 관계에서 사랑하는 마음은 가장 기본적인 자세다. 사랑하는 마음이 없다면 친구, 애인, 부부, 자식 관계가 무너질 수밖에 없다. 반면 사랑하는 마음이 있는 곳에는 웃음과 행복, 용서, 너그러움이 함께 한다.

성경에 좋은 말씀이 많이 있는데, 그중 하나가 '이웃을 사랑하라.'라는 말이다. 우리는 사랑을 하나님에게서 배워야 한다. 하나님은 몸소 사랑을 실천하신 분이시다. 죄인을 구원하시기 위해서 하나밖에 없는 독생자 예수 그리스도를 이 땅에 보내주시고, 그 아들을 십자가에 못 박게 하시면서까지 우리를 사랑하셨다.

하나님께서는 '눈에 보이는 네 부모를 공경하지 못하고, 눈에 보이지 않는 나를 어찌 사랑한다고 말할 수 있느냐?'라고 물으신다. 또한 고린도전서 13장 4절에서 5절까지 '사랑은 오래 참고, 사랑은 온유하며 시기하지 아니하며 사랑은 자랑하지 아니하며 교만하지 아니하며 무례히 행하지 아니하며 자기의 유익을 구하지 아니하며 성내지 아니하며 악한 것을 생각하지 아니하며'라고 말씀하고 있다.

나는 이 세상에 태어나서 한 여인에게 내 마음을 몽땅 내어줄 만큼 깊은 사랑에 빠져본 경험이 있다. 사랑의 힘은 정말로 위대하다. 그녀를 사랑하는 마음만큼이나 상상할 수 없는 에너지가 발산됐다. 그녀를 머릿속에 떠올리면 마냥 행복하고 기뻤다. 아무리 힘든 일을 해도 그녀만 생각하면 전혀 힘들지가 않았다. 내 마음을 송두리째 빼앗아가고, 내가 그토록 사랑했던 그 여인은 지금도 내 곁에서 40여 년을 살아오면서 숭고한 인연으로 함께하고 있다.

내가 좋아하는 사람을 사랑하는 건 어쩌면 당연한 일이다. 그 마음을 꾸준히 유지하길 바란다. 하지만 내가 싫어하는 사람을 사랑하는 건 결코 쉽지가 않다. 하지만 나는 싫은 사람도 사랑하려고 노력한다. 왜 내가 싫어하는 사람을 사랑해야 할까? 신앙적 이유 때문에? 도덕적 이유 때문에? 아니면 양심 때문에? 어쩌면 이유는 다양하다. 다만 한 가지 분명한 건 내가 싫어하는 사람도 나와 일을 함께할 수 있고, 나와 함께 오랫동안 지낼 수 있다. 그러니 사랑하는 마음이 없으면 지내기가 얼마나 불편하겠는가.

세상일은 어떻게 될지 모르며, 인간관계도 마찬가지다. 나와 내 주변 사람들, 심지어 내 적까지도 사랑하라. 아주 조금이라도 노력하는 태도를 보인다면 상대방이 아닌 내가 편해질 것이다.

겸손과 예의는 인간관계의 기본이다

인간의 삶은 하나의 네트워크다. 사람들을 연결시키는 관계의 묶음이 곧 네트워크고, 인간은 이러한 네트워크를 최소 하나씩은 가지고 있다. 그 어떤 인간관계도 형성되지 않은 사람은 없다.

부부 관계, 부모 자식 관계, 친구 관계 등. 사람은 하루에도 몇 개씩이나 관계를 유지하며 살아간다. 그리고 시간이 지나면 관계가 사라지거나 더 많이 형성될 수도 있다. 나는 관계를 유지하는 데 꼭 필요한 선이 있다고 확신한다. 대인 관계를 유지하기 위한 최소한의 선은 겸손과 예의다.

사람은 누구나 스스로에 대한 자부심이 있다. 그러나 그것이 교만으로 바뀌어서는 안 된다. 교만의 반대말은 겸손이지 자부심이 아니다. 교만은 잘난 체를 하거나 자신을 과시하는 행위다. 그게 자부심이 아니라는 뜻이다.

내가 아는 목사님 한 분은 동기 목사들과 산에 다니면서 기도를 많이 했다. 다른 목사들은 방언, 통변, 신유 은사, 예언 은사, 투시 은사 등 각종 은사를 하나님으로부터 받았는데, 그 목사님만 받지 못했다고 한다. 어느 날, 하나님께 불만을 가진 목사님이 기도를 하던 중에 주님의 음성을 들었다고 한다. 지금까지 은사를 주지 않은 이유가 교만 때문이라고 하니, 목사님은 깜짝 놀라 하나님께 따져 물었다고 한다.

"하나님. 저는 지금까지 사람을 사랑했고, 어느 누구도 업신여기지 않았습니다. 그런데 교만이라뇨? 저는 단 한 번도 남을 하찮게 생각하지 않았습니다!"

그러자 하나님께서 다시 깨달음을 주셨다고 한다. 목사님은 길을 걷다가 노숙자를 보고 '내가 저 사람보다는 낫다.'라고 생각했던 것이 바로 교만이라는 것을 알게 해준 것이다.

단순히 내가 저 사람보다 낫다는 생각만으로도 사람은 교만에 빠지기 쉽다. 하지만 내가 교만에 빠지는 순간 대인 관계는 지속될 수 없다. 겸손한 사람은 다른 사람에게 은혜를 베풀고, 교만한 사람은 다른 사람에게 거부감을 준다. 그리고 남을 적대하는 사람은 스스로의 마음까지 갉아먹는다. 그러니 다른 사람에게 겸손해야 한다.

겸손과 함께 예의도 하나의 선이다. '나는 당신을 존경합니다.'라는 뜻이 담겨 있는 게 곧 예의다. 그래서 많은 사람들이 사회생활을 하는 데 예의를 따지는 것이다. 모든 일에 예의를 갖추면 욕먹을 일이 없다. 대인 관계에 문제가 있다면, 두 가지를 따져봐라. 내가 겸손한가, 그리고 내가 예의를 지키는가.

부산에 살고 있는 조카는 예의범절이 정말 바르다. 나이도 어리고, 학벌이 아주 좋은 것도 아니고, 가진 돈도 많지 않다. 하지만 어느 누구도 조카를 무시하지 않는다. 예의범절이 투철하기 때문이다. 통화를 할 때마다 깍듯이 예를 갖추어 이야기를 하고, 사람들을 만날 때마다 항상 정중하게 인사를 한다. 몸가짐이 반듯하고 예의를 갖추니 나를 비롯한 어떤 사람도 불쾌감을 가지지 않는다. 모든 사람들이 조카처럼 행동한다면 세상은 더욱 밝아지리라 확신한다.

"요새 젊은 애들은 예의가 없어. 버르장머리가 없으니 나중에 어떻게 되려는지 걱정이야."

이렇게 말하는 사람들을 자주 볼 수 있다. 그런데 이런 말은 최근에 생긴 말이 아니다. 이 말은 동서고금을 막론하고 있었다. 그런데 잘 따져보자. 예의는 젊은 사람만 갖추어야 할 태도가 아니다. 예의는 모든 사람들이 갖추어야 덕목이다. 상대가 누구든 반듯하고 정중히 대해야 한다. 그런데 많은 사람들이 이 점을 잘 잊어버린다.

60년 넘게 살면서 많은 사람들을 만났다. 저마다 다른 삶을 살고 있으며, 그들이 겪은 경험과 시간도 다르다. 이러한 차이를 인정하고 극복하는 것은 대인 관계의 노하우와도 관련이 있다. 항상 겸손하고 예의를 갖추자. 이건 기본이다. 기본만 잘 지켜도 원만한 대인 관계를 유지할 수 있다.

이해심이 있어야 한다

사랑만큼이나 중요한 마음이 이해심이다. 상대를 이해하게 되면 좋은 감정이 나쁜 감정을 지배한다. 반면 상대를 이해하지 못하면 나쁜 감정이 좋은 감정을 삼킨다. 이해를 하면 문제가 일어나지 않지만, 이해하지 못하면 사소한 문제도 큰 문제가 된다. 이해를 하면 화해와 용서하는 마음이 생기고 세상이 밝아진다. 그러나 이해를 하지 못하면 미움, 분노, 불화, 불행이 뒤따라와 시기와 질투하는 마음이 일어나서 상대방과 싸우게 된다. 사람들은 자기가 상대를 이해한다고 말할지 모르지만, 상대는 여전히 목말라 하고 있다.

"그래, 네 마음 잘 알아."

"네 생각 이해하지."

살면서 이런 말을 한 번쯤은 들어봤을 것이다. 이해한다는 말을 했다고 그 사람이 정말 날 이해할까? 반대로 내가 이해한다는 말을 하면 상대방은 진짜 내가 이해했다고 생각할까? 나는 지금 상대방을 의심하라는 게 아니다. 상대방을 이해하는 것이 무척이나 어렵다는 걸 말하려는 것이다. 사랑하는 마음만큼이나 상대방을 이해하는 마음을 가지는 건 어렵다. 그래도 우리는 상대를 이해하는 마음을 갖기 위해 노력해야 한다.

이해하는 마음을 갖기 위해서는 여러 가지 노력을 해야 한다. 제일 좋은 건 입장을 바꿔 생각하는 것이다. 역지사지(易地思之)라는 사자성어대로 말이다. 요즘에는 상대의 입장보다 자신의 입장을 우선시하고, 다른 이의 생각을 고려하지 않고 오히려 깔보거나 우습게 여기는 사람이 많다. 하지만 말을 하거나 행동할 때 상대의 입장을 한 번쯤은 살펴봐야 한다.

둘째 딸 민주는 몇 년 전에 결혼해서 딸 하나를 낳아 알콩달콩 잘 살고 있다. 딸은 시부모님과 한 건물에서 위층과 아래층에서 살고 있다. 우리 부부는 딸의 초대를 받아 이따금씩 딸집에 다녀온다. 그런데 사돈댁은 우리 부부와 라이프스타일이 전혀 달라 처음에는 오해를 하기도 했다.

처음 딸을 만나러 갔을 때 이런 적이 있다. 딸은 현재 분당에서 살고 있는데, 우리 집에서 약 20킬로미터 정도 떨어져 있다. 결코 짧지 않은 거리에 살고 있는 딸에게 가면서, 사돈댁에게 인사도 드리고 함께 식사를 하자고 권했지만 어찌된 영문인지 사돈댁은 사양하며 집 밖에도 나오지 않는 게 아닌가?

"괜찮습니다. 저희는 따로 식사할 테니까 두 가족에서 시간을 보내시는 게 좋겠네요."

세 가족이서 식사를 하는 게 좋겠다고 생각했던 나는 사돈댁의 태도에 다소 민망해졌다.

"대체 사돈들이 왜 저러시는지 모르겠다. 일부러 피하는 건지, 아니면 우리가 무슨 잘못이라도 한 건지."

"아니에요. 우리들끼리 편안한 시간을 보내라고 배려하시는 거죠."

언젠가 내가 투덜거리니 둘째 딸 민주가 사돈댁의 반응에 대해 설명을 해주었다. 그제야 나는 그분들의 사려 깊은 마음을 이해할 수 있었다. 사돈댁의 생각은 이런 것이었다. 우리 부부가 딸을 보기 위해 왔다면 다른 것은 신경 쓰지 말고 자유롭게 딸과의 시간을 가지라는 뜻이다. 다시 말하면 사돈댁은 혹여 우리 부부가 딸네 식구들을 만나는 시간을 방해할까봐 일부러 자리를 피해주신 것이었다.

사돈댁의 배려와 이해심을 이해한 지금은 딸이 사는 건물에 사돈이 살고 계신다는 사실조차 잊고 자유롭게 다녀온다. 혹여 우연찮게 만나면 가볍게 인사를 하는 정도다. 서로가 서로를 이해하니 얼굴을 붉힐 이유가 없다. 이처럼 상대에 대한 이해의 차이로 좋은 관계를 유지할 수도 있고, 관계가 나빠질 수도 있다. 만약 우리 부부가 사돈댁의 입장을 똑바로 이해하지 못했다면, 사돈을 오해하고 있었을 것이다.

사람의 생각은 개인마다 차이가 있으며, 그것을 선뜻 이해하기란 어렵다. 그럴 때는 한 발짝 뒤로 물러서서 상대방의 입장을 이해해보자. 그러면 이해심의 깊이가 달라진다. 상대에 대해 어떤 관점이나 태도를 가지느냐에 따라 인간관계는 그 깊이가 달라진다.

약속을 잘 지켜라

사람들은 살아가면서 다양한 약속을 한다. 시간 약속, 금전적인 약속에서부터 사소한 약속까지. 그런데 사람들은 직장 상사나 내게 도움을 줄 수 있는 사람과의 약속은 대체적으로 잘 지킨다. 하지만 힘없는 사람이나 아이들같이, 나에게 도움을 줄 수 없을 것 같은 사람과의 약속은 등한시한다.

평소 사람들이 다른 사람을 만나고 헤어지면서 입버릇처럼 하는 말이 있다.

"언제 한번 시간 만들어봐. 같이 밥이나 먹자."

"언제 커피나 한잔하자."

"딴 친구들도 불러서 다 같이 술 한번 마셔야지?"

식사든 커피든 자리를 마련해서 또 만나자고 하는 약속을 자주 하지만, 정작 언제 만날지 구체적으로 정하고 헤어지는 경우는 드물다. 심지어 저런 말을 한 뒤에 서로 연락을 하지 않는 경우도 허다하다. 작은 약속이라도 지키려는 노력을 해야 한다. 지키지 않을 약속을 할 거라면, 차라리 다른 말을 하면서 상대방과 헤어져라.

식사 약속만큼이나 잘 지키지 않는 게 바로 금전 약속이다. 아는 사람들과 돈 거래를 해보면 금액이 많든 적든 간에 제 날짜에 약속을 잘 지키는 사람은 많지 않다. 돈을 빌려갈 때는 급한 소리를 하면서 기간 내에 꼭 갚겠다고 호언장담하지만, 시간이 지나면 이런저런 핑계를 대면서 번번이 약속을 어긴다.

벌써 20여 전 일이다. 지인과 적지 않은 금액의 돈을 거래했는데 그는 수없이 약속을 어겼다. 돈을 제때 받지 못한 속상함에 화가 났지만 너그럽게 이해하려 했다. 그런데 어느 순간, 약속 날짜가 되면 그는 연락도 받지 않고 나를 피했다. 그러니 얼마나 큰 배신감과 괘씸한 생각이 들었겠는가? 앞서, 다른 사람에 대한 이해심이 필요하다고 했지만 약속은 신뢰의 문제다. 약속을 제대로 지키지 않는 사람을 어떻게 신뢰하고, 나중에 또 약속을 할 수 있겠는가?

내가 아는 한 사람은 지인과 돈거래를 하지 않는다고 딱 잘라 말한다. 그게 가까운 사이건 먼 사이건 말이다. 처음에는 너무 냉정하다는 생각이 들었는데 그는 자신의 생각에 확신을 갖고 있었다.

"얼마를 빌려주든 돈 문제가 얽히면 서로 얼굴을 붉힐 수 있어요. 돈 때문에 사람을 잃고 싶지는 않아요."

일리가 있다. 괜히 돈을 빌려줬다가 제때 받지 못하면, 감정이 상해서 그 사람과의 관계가 나빠질 수 있다. 빌려줄 때는 '은인'이지만, 빌린 돈을 갚아달라고 하는 순간부터는 '죄인'처럼 비굴해질 수도 있다. 그야말로 '돈 잃고 사람 잃는' 극단적인 상황까지 갈 수도 있다.

타인과의 약속을 지키지 않는 것도 문제이지만 자신과의 약속도 잘 지키지 못한다. 특히 새해가 되면 금연, 금주 혹은 다이어트를 다짐하는 사람들이 많은데, 성공하는 사람은 많지 않다. 자신과의 약속을 등한시하면 다른 사람과의 약속도 지킬 가능성이 낮다. 미국의 철강왕 앤드류 카네기 또한 비슷한 말을 했다. "자신과의 약속을 어기는 사람은 남과의 약속도 쉽게 저버릴 수 있다."

차라리 처음부터 지킬 수 있는 약속을 해라. 작고 구체적인 약속은 비교적 지키기가 쉽다. '여름이 되기 전까지 3킬로그램을 감량한다.', '하루에 피우는 담배의 양을 반 갑으로 줄인다.' 등등. 과욕을 부려 처음부터 무리하게 시작하면 약속을 지키지 못하고 포기하거나 흐지부지 끝맺기 십상이다.

다른 사람과의 약속이나 나 자신과의 약속 등, 모든 약속이 중요하다. 약속은 결국 신뢰의 문제다. 신뢰가 한 번 무너지면 다시 신뢰를 쌓기가 몇 배나 어렵다. 대인 관계에서 약속을 쉽게 생각하지 말자. 약속을 지키지 못하는 사람은 언젠가는 소중한 사람을 잃게 된다.

나를 대하듯 다른 사람을 존중하라

나의 가치를 인정해주고 존중해 주는 사람을 싫어할 사람이 있을까. 인간은 누구나 대접받길 원하고, 상대가 자신을 무시하면 불쾌해한다. 비록 철없는 어린 아이일지라도 관심과 사랑스런 마음으로 다가가면 거부감 없이 받아들이고 안긴다. 하지만 관심과 사랑스런 마음 없이 대하면 아이는 울음을 터트리거나 달아난다.

그러니 상대를 대할 때는 나를 대하듯이 존중하자. 상대방을 존중하기 위해서는 먼저, 말할 때 예의를 갖춰야 한다. 품위를 갖춰서 말하는 것도 중요하지만, 상대의 마음을 살피면서 말하는 태도가 더더욱 중요하다. 대개 가까운 사이일수록 말과 행동을 함부로 하는 경향이 있는데, 가까울수록 더 예의를 갖추고 말에 실수가 없도록 노력해야 한다.

한번은 친구 아들의 결혼식에 참석했다가 그곳에서 고등학교 동창을 만났다. 학교 다닐 때는 별로 두각을 나타내지 못한 친구였는데, 사회생활은 그런대로 잘하고 있는 것 같았다. 그런데 그가 나를 만나자마자 빈정거리는 말투로 말을 붙였다.

"어이, 김상문이. 요새 꽤 잘 나간다는 말을 들었는데, 그래도 사람 무시하는 건 아니지. 어떻게 동창 모임 한 번 안 나올 수 있어? 설마 너 우리 무시하는 건 아니지?"

그냥 동창 모임에 안 나오니까 서운하니 참석해 달라고 말할 수도 있는데, 그 친구는 너무 말을 함부로 해서 몹시 불쾌했다. 그 뒤에 또 다른 결혼식장에서 그 친구를 만났는데 빈정거리는 말투는 여전했다. 당연히 그 친구를 다시는 만나고 싶지 않았다.

상대가 누구든지 정중한 모습을 보여야 한다. 정중한 모습을 갖추기 위해서 가장 중요한 건 마음가짐이다. 상대방을 나보다 귀히 여겨야 한다. 상대방을 우습게 여기고 하찮게 생각하는 마음을 상대가 모를 거라고 생각하지 마라. 내가 누군가를 무시하는 마음을 가지면, 상대도 그 마음을 눈치 챈다.

2014년, 당산 효성해링톤 오피스텔 분양 현장에서 만난 박경동 총괄본부장은 만나는 모든 사람들에게 친절히 대해주고, 상대와 대화를 나눌 때도 존중과 예를 다했다. 그분과 대화를 나누면 나도 모르게 진지한 분위기가 조성되고, 말을 할 때도 상대가 기분 나쁘지 않게 조심스럽게 했다. 지금도 가끔 안부를 묻는 통화를 하는데, 예의를 차려 깍듯이 말하니 대접받는 느낌이 들어서 괜히 기분이 좋고, 기회가 되면 같이 일하고 싶다는 생각도 든다.

사람들은 겉치레로 인사를 하는 경우가 많다. 하지만 마음을 다해 정성껏 인사하면 상대가 바보가 아닌 이상 느낀다. 내가 대접받기 전에 먼저 상대를 대접해 보라. 반드시 상대도 나를 대접하려고 할 것이다. 프랑스 속담에 '사람은 친절을 통해 서로를 이해하게 된다.'라는 말이 있다. 이 말을 잘 새기자.

단, 만약 내가 존중을 해줬는데 그걸 당연하게 받아들이는 사람은 멀리하라. 그 사람은 나를 이용만 할 뿐이지, 나의 존재 가치를 인정해 주는 사람이 아니다. 존중하는 마음은 서로에게 보여주는 것이지, 한쪽만 보여주는 것은 건강한 관계가 아니다..

경청하는 자세를 가져라

대화는 영어로 conversation인데, 이때 접두사 'con-'은 '함께'라는 의미를 더하는 접두사다. 또 대화는 한자로 對話인데, '대할 대' 자에, '이야기 화' 자를 쓴다. 즉 동서양의 어디에서든 대화는 '두 사람 이상이 함께 이야기를 나누는 것'을 의미한다고 하겠다.

대화를 할 때는 상대의 말을 진지한 태도로 다 듣고 난 뒤에 내가 하고 싶은 말을 해야 한다. 그런데 상대방의 말을 다 듣지 않고 중간에 잘라버리는 사람이 있다. 또 귀로는 듣되 머리로는 듣지 않는, 말하자면 '건성으로 듣는' 사람도 있다. 상대의 말을 온전히 이해하지도 않고, 내 말만 한다면 과연 그것이 진정한 대화일까? 어쩌면 '이어 말하기'라고 하는 게 더 맞을지도 모른다. 상대방이 뭔가 말을 하면 뒤이어서 나도 뭔가를 말하는 '릴레이식 말 잇기' 말이다.

이런 식의 대화는 시간과 에너지 낭비일 뿐이다. 서로 제 할 말만 하고 남의 말을 듣지를 않는데, 공감이 생길 리 만무하고 의견 일치를 보기에도 불가능하다. 그렇기 때문에 경청은 대화의 기본이다. 상대의 말을 집중해서 듣고 이해하는 것이 경청인데, 경청을 먼저 해야 내 의사도 제대로 전달할 수 있다. 경청은 좋은 대화를 위한 첫 단계이자, 좋은 인간관계를 유지하는 스킬이다. 자신의 말을 귀담아 들어주는 사람에게는 누구나 좋은 감정을 느끼기 때문이다.

2015년에, 대행사 대표 이 씨와 오피스텔을 분양한 적이 있다. 그전부터 알고 지내는 사이였지만 같이 일해 본 것은 처음이었다. 알고 지낸 지가 오래되었으니 업무적으로 별로 문제가 없을 거라 생각했다.

그런데 이 대표는 다른 사람과 대화를 나눌 때 집중해서 듣지 않고 자기 말만 앞세웠다. 남이 말하는 것을 가로채서 자기주장을 하느라 바빴고, 업무 대화조차도 원활하게 이루어지지 않았다. 진지한 대화를 나눌 수 없다는 걸 알게 되니 그 사람과는 더 이상 어떤 얘기도 나누고 싶지 않아졌다. 그는 경청이라는 걸 모르는 사람이었다.

반면, 30여 년이나 지났어도 기억에 남는 대화가 있다. 1978년, 서울에 올라와서 제일여행사에 다닐 때였다. 군산에서 대학을 다니던 사촌처남 기엽이 잠시 서울로 올라와서 함께 술자리를 가졌다. 그때 나와 처남은 이런저런 이야기를 나누었다. 솔직히 특별한 이야기가 오간 건 아니었다. 서로의 근황이나 직장 생활, 대학 생활에 대한 이야기를 나누었을 뿐인데, 처남은 메모까지 하면서 내 말에 집중했다. 리액션이 크고 호응도 좋으니 밤이 깊어가는 줄도 모르고 내 얘기를 쏟아냈다.

세월이 많이 흘렀는데도 그때 처남의 진지했던 모습을 떠올리면 기분이 좋아진다. 이처럼 자신이 하는 말에 귀 기울여주고 진지한 태도를 보이면, 상대에 대한 관심과 좋아지는 감정은 더욱 커지기 마련이다.

한편, 나의 멘토 고(故) 김왕용 대표는 지위고하를 막론하고 상대 의견을 최대한 존중하고 들어줬다. 단순히 들어주는 정도가 아니라 예를 갖추고 정중하게 대했으며, 상대방의 말을 다 듣고 난 다음에 자신의 의견을 말했다. 그는 누가 자신에 대한 험담이나 이간질을 해도 감정을 앞세우지 않고 양측의 이야기를 다 듣고 나서 신중히 판단했다. 그는 과연 '대화의 달인'이었다.

경청하는 태도를 지녀야만 대화가 물 흐르듯이 자연스럽게 이어진다. 대화는 커뮤니케이션(Communication)이다. 사전적 의미에서 커뮤니케이션은 '서로의 생각을 주고받는 행위'다. 마치 탁구처럼 서로 말을 주고받는 게 대화인데, 주고받는 행위는 절대 혼자서 하는 게 아니다. 그러니 사람은 다른 사람과 대화하기 위해서, 그리고 상대의 생각을 알기 위해 상대방의 말을 주의 깊게 들어야 한다. 그게 바로 경청이다.

따지는 행동은 고립을 부른다

인간관계를 잘하려면 따지지 말아야 한다. 시시비비를 따져서 옳고 그름을 분간하지 말라는 게 아니다. 자신의 기준을 절대적인 잣대로 삼아 다른 사람의 말과 행동을 평가하지 말라는 것이다. 무엇이든 사사건건 따지는 사람에 대해 호의적인 사람은 없다.

우리 속담에 '좋은 노래도 세 번 들으면 귀가 싫어한다.'라고 했다. 하물며 하는 말마다 이것저것 따지고 재면 정나미가 떨어진다. 나를 이해해주고, 실수를 저질러도 너그러운 마음으로 이해해주는 사람을 좋아하지, 시시콜콜 따지고 캐묻는 사람을 좋아할 사람은 없다.

나의 지인 중 한 명은 분양 업계에서 최고의 식견을 가졌다. 일반인이 한두 분야의 전문적인 지식을 갖기도 쉽지 않은데, 이분은 스포츠에서부터 의학에 이르기까지 전 분야를 섭렵할 정도로 다문박식하다. 그는 젊었을 때 공직 생활을 한 뒤 사업체를 운영하다가 잘 되지 않아 정리하고, 지금은 분양업을 하고 있다. 그분은 궁금한 점이 있으면 해결될 때까지 알아내고, 끊임없이 연구하고 노력한다. 이는 다른 사람이 본받아야 할 부분이다.

그런데 그분의 문제는, 모든 걸 자신의 기준에 맞춰 따지고 그 기준에 맞지 않으면 대놓고 까칠한 태도를 보인다는 점이다. 자기가 싫은 사람과는 아예 말도 섞지 않고, 일을 하다가 의견 충돌이 생기면, 상대를 이해하기보단 자신의 생각과 정당성에 대해서 끝까지 따지고 자기주장을 관철시키려고 한다. 그리고 자기의 기준에서 벗어나는 사람은 대놓고 무시하고 비하한다.

그러니 누가 그 사람 곁에 있으려고 하겠는가? 그분이 여러 분야에서 다양한 경험을 하고, 박학다식한 데도 일이 잘 풀리지 않아 고전을 면치 못하는 게 이러한 성격 때문이 아닐까 싶다.

일일이 따지는 사람들 가운데는, 자신이 완벽주의자라고 하는 사람이 많다. 하지만 내가 보기에는 그건 완벽함을 추구하는 게 아니라 자기만족을 추구하는 것 같다. 자신의 잣대로 판단해서 다른 사람을 지적하고 따지면 자신이 더 잘난 것 같은 자아도취를 느끼게 된다. 이들은 여기서 자기만족을 느끼는 것이다. 그러나 '자기의 잣대'는 자기의 잣대일 뿐, '절대적인 잣대'가 아니다.

우리나라와 외국을 오가는 비행기에서는 승객 간의 갈등을 일으키는 골칫거리 기내식이 있다고 한다. 바로 라면이다. 우리나라 사람 대부분은 라면의 냄새만 맡아도 군침이 도는데, 외국인들의 상당수는 라면 냄새를 "역겹다."라고 표현한다고 한다. 밀폐된 비행기 안에서 한국인 승객은 라면 서비스를 요청하고, 외국인 승객은 역겨운 냄새를 없애달라고 요청해서 항공사들이 골머리를 앓는다고 한다. 여기서 라면 냄새가 왜 역겹냐며 따지고 들면 외국인은 어떤 반응을 보일까?

자기의 잣대로 계속 상대를 평가하고 지적이나 비난을 하면,

결국 외톨이가 되고 만다. 나는 다른 사람의 잘못이나 그릇된 점을 지적하지 말라는 게 아니다. 사람은 누구나 자신만의 '생각의 틀'이 있다는 걸 알아야 한다. 이 틀은 지극히 개인적인 자신만의 기준이다. 다른 사람도 자기만의 '생각의 틀'이 있다. 그것을 무시하지 마라. 그리고 흠집도 내지 마라. 부수려고 해서는 더더욱 안 된다. 그 사람의 연륜과 경험이 녹아있는 틀을 무너뜨리려는 순간, 상대는 당신을 동료가 아닌 적으로 간주할 것이다.

조금 손해를 보더라도 베풀어라

인간관계를 잘하려면 손해를 감수하고 베풀어야 한다. 젊은 사람들에게 이렇게 말하면 아연실색할 것이다.

"왜 손해를 봐요? 하나라도 더 얻을 생각을 해야 되는 거 아니에요?"

하지만 성경에 이런 구절이 있다. '대접받기를 원하면 먼저 대접하고, 살기를 원하면 먼저 죽어라.' 역설적이지만 의미를 잘 생각해 보면 의외로 멋진 답이 된다. 지금 당장은 손해를 보는 것 같지만, 시간이 지나면 내 행동이 이득으로 돌아오는 경우가 있다. 그래서 당장 눈앞에 있는 것만 좇지 말고 좀 더 멀리 보는 안목이 필요하다.

어디선가 들은 이야기가 있다. 한 남자가 운영하는 음식점이 있었는데, 며느리가 일을 도와줬다. 그런데 시아버지와 사이가 좋지 않았던 며느리가 시아버지의 가게에 손해를 입히기 위해 찾아온 손님들에게 음식을 마구 퍼주었다. 그런데 망할 줄 알았던 가게는 오히려 손님들이 넘쳐나 더욱 번창하게 되었다.

인간관계가 이렇다. 남에게 베푸는 만큼 상대방이 더 나를 찾아온다. 만약 부모와 자식 관계, 아니면 형제 관계에서 서로 이익을 따진다고 생각해보자. 돈으로도 환산할 수 없는 무언가가 존재하기 마련인데, 그걸 일일이 계산해서 얻으려고 하면 정작 내 손에 남는 게 뭐가 있겠는가.

뉴스를 보다 보면 부모의 유산 때문에 형제들끼리 얼굴을 붉히다 소송이나 살인 같은 극단적인 싸움까지 치닫은 얘기를 심심치 않게 듣게 된다. 자기가 더 갖겠다고 천륜도 저버리는 요즘 세태에 씁쓸해진다. 가족 사이에서도 욕심을 부리면 관계가 무너지는데, 하물며 다른 사람과의 관계는 어떻겠는가?

베푸는 마음은 다른 사람의 호의를 산다. 동대문에서 상가를 분양할 때 나는 운 좋게도 하루가 멀다 하고 계약 실적을 올렸다. 계약 실적을 올릴 때마다 종종 같이 일하는 직원들에게 간식을 사주거나 식사를 대접했다. 그저 음식을 사주는 것도 기분 좋고 동료들이 맛있게 먹는 모습을 보는 것도 기분이 좋았기 때문이다.

그때의 나를 비롯해서, 자기가 큰 실적을 올리면 주변 사람들에게 '한턱 쏘는' 사람들을 종종 봐왔다. 자신이 성취를 이룬 뒤 기고만장하지 않고 함께 일하는 동료부터 챙기는 의리 있는 사람들이다. '사촌이 땅을 사면 배가 아프다.'라는 속담처럼, 라이벌의 실적이 좋은데 기분 좋을 사람은 없다. 하지만 베푸는 사람치고,

다른 사람의 시기와 질투를 사는 사람은 못 봤다. 주변 사람들은 모두 그 사람에게 우호적인 감정을 가지고 그 사람이 실적을 올릴 때마다 축하해줬다.

자기가 가진 모든 것을 내려놓고 분수에 넘치도록 남에게 베풀라는 게 아니다. 욕심을 부리지 말고 상대방에게 떡 하나 더 준다는 생각을 가지라는 것이다. 물욕을 버리고 이타적으로 행동해야 한다. 그럼 상대방도 내 마음을 알고 나를 찾을 것이다.

인사만 잘해도 마음의 거리를 좁힐 수 있다

인사는 다른 사람을 만날 때 가장 먼저 하는 행동이다. 서로 허리를 굽혀 악수를 나누고 안부를 묻는 게 일반적이다. 전화나 메일 또는 문자 메시지로 간단히 근황을 물어보는 것도 인사다. 요새는 인터넷이나 스마트폰이 발달되어서 서로 메시지를 주고받다가 만나는 사람들이 많은데, 그래도 얼굴과 얼굴이 마주치면 일단 인사부터 해야 한다.

인사는 아랫사람이 윗사람에게 먼저 해야 하는 것으로 알고 있을지 모르지만, 나는 먼저 보는 사람이 인사를 건네야 한다고 생각한다. 그리고 인사를 할 때는 최대한 정중하고 진정성 있게 해야 한다. 어떤 사람은 인사를 하긴 하는데 건성으로 하거나, 영혼 없는 거짓 인사를 한다. 인사의 효과를 극대화하기 위해서는 상대가 가슴으로 느낄 수 있게 적극적으로 해야 한다.

인사를 할 때는 밝고 경쾌한 목소리로 상대가 알아들을 수 있게 해야 한다. 고개도 숙이는 둥 마는 둥 하는 것은 차라리 안 하느니만 못하다. 그리고 인사할 때, 때와 장소를 잘 가려서 해야 한다. 예를 들면 상대가 뭔가에 열중하고 있는데 괜히 아는 체해서 방해를 해서는 안 된다. 헬스클럽에서 윗몸 일으키기를 힘들게 하고 있는 사람에게 친절하게 인사한다고 생각해보라. 응대를 해 줘야 하는데, 참으로 난감하게 만드는 일이다. 상대가 뭔가 중요한 일을 하거나 힘들게 일을 하고 있으면 목례 정도로 가볍게 인사하고 슬쩍 지나가는 것이 좋다.

2003년, 사당동 롯데캐슬아파트에 살면서 아침마다 삼일공원에 가서 운동할 때였다. 그곳에서 흰돌교회 담임 목사님을 자주 만났었다. 그는 만나는 모든 사람에게 활기찬 목소리로 "좋은 아침입니다. 건강하세요."라고 외치듯 인사를 하면서 걸었다. 어찌나 얼굴 표정이 밝고 목소리가 활기찬지 만나는 사람들마다 반길 정도로 매우 인상적이었다.

나도 어린 시절에 길을 걷다가 동네 어른들을 만나면 두 번이든 세 번이든 인사했다. 특별한 이유는 없었다. 그냥 어른을 보면 인사를 하라고 부모님으로부터 배웠으니까 했다. 그런 모습이 어른들이 보기에 좋았는지, 머리를 쓰다듬어 주시며 예뻐해 주시고 칭찬을 아끼지 않으셨다. 어릴 때부터 잘 훈련된 인사 습관 때문인지, 세월이 많이 지난 지금도 인사성이 밝다는 말을 듣는다.

2001년, 처음 분양업에 입문하기 전에 대행사 사장을 만났을 때였다. 그는 내 나이를 걱정하면서 이렇게 말했다.

"우리 사무실에는 상문 씨보다 젊은 애들이 많은데 잘 적응할 수 있겠어요?"

"걱정하지 않으셔도 됩니다. 저만의 방법이 있으니까요."

'저만의 방법'이라는 말에 대행사 사장은 의아한 얼굴로 날 바라봤다. 사실 '저만의 방법'이란 건 별거 없었다. 그저 젊은 사람들에게 인사하는 일이었다. 상대가 먼저 인사를 하는데 이를 무시할 사람은 많지 않다. 당연히 시간이 지나면서 나보다 어린 직원들이 나를 따르고 좋아했다. 인사 덕분에 동료들과 마찰도 없었고, 우호적인 관계를 가질 수가 있었다.

설사 상대에 대한 서운함이나 불만을 가지고 있다가도 상대가 친절하게 인사하면 닫혔던 마음의 문도 열린다. 인사만큼 효과가 좋은 화해의 메시지는 없다. 아는 사람은 물론 서먹한 사이일지라도 인사를 잘 해보라. 분위기는 급반전된다.

2016년에, 몇 년 전에 같이 근무했던 여자 실장을 다른 현장에서 만난 적이 있었다. 서로 나쁘게 헤어지지도 않았는데, 나를 본 체만체하더니 그냥 지나가는 게 아닌가? 그 뒤로 그 사람을 만나면 나도 모른 체했다. 당연히 그 여실장과 마주칠 때마다 마음이 편치 않았다. 같은 업계에서 일을 하게 되면 언젠가 서로 마주칠 수밖에 없다. 이상하게도, '저 사람은 이제 만날 일이 없을 거야.'라고 생각한 사람도 나중에 어디선가 만나게 된다. 세상은 의외로 좁다.

그러니 딱 한 번만 생각을 고쳐먹고 인사해 보라. 상대방이 나에 대한 감정이 좋아지는 것이 금세 느껴질 것이다. 인사는 가장 기본적인 예의다. 우리는 가장 기본적인 예의를 지켜야 한다. 그게 사람의 됨됨이다. 인사만 잘해도 상대방의 기분을 좋게 만들고 친해지는 계기를 만들 수 있다.

말은 신중하게 예의를 갖춰서 하라

수다스러운 사람을 좋아하는 사람이 몇이나 있을까? 말이 많으면 사람이 가벼워 보이고, 우습게 볼 수도 있다. 그러니 말에는 깊이가 있어야 하고, 되도록 짧게 말하는 것이 좋다. 한 번 내뱉은 말은 다시 주워 담을 수 없으니 항상 신중히 말하자. 눈으로 보는 것마다 다 취할 수 없는 것처럼 보고 느끼는 것마다 말로 다 표현해서는 안 된다.

내가 잘 아는 사람 중에 하나는 매우 신사적이며, 인간적이다. 그리고 다방면으로 재능도 많다. 친화력이 있어서 사람들과 금방 친해지고, 설득력 역시 탁월해서 투자자들의 마음을 잘 돌려 놓는다. 그런데 말이 너무 많다. 어찌나 수다스러운지 할 말 못할 말 가리지 않고 마구 쏟아낸다. 자기 기분에 따라 말할 때가 많고 심지어 회사 기밀이나 다른 사람의 비밀까지 아무렇지 않게 말할 때도 많다.

"가만있으면 중간이라도 간다."는 말이 있다. 말을 많이 하면 아무래도 실수할 가능성역시 그만큼 많아진다. 말수를 줄여라. 실수를 덜하기 위해서는 최대한 말을 아껴야 한다. 그렇다고 무조건 입을 다물고 있으라는 게 아니다. 자극적이고 부정적인 말보다는, 상대 기분을 좋아지게 하는 긍정적인 말을 하도록 힘써야 한다. 또 하나는 이간질이나 험담을 하지 말아야 한다. 험담이나 나쁜 말을 발설하면 자기 자신은 홀가분한 기분이 들지는 몰라도 시간이 지나면 후회하게 되고, 부메랑처럼 나쁜 살이 덧붙어서 돌아온다. 험담과 이간질을 하면서 인간관계에 성공한 사람을 본 적이 없다. 아무리 상대가 나빠도 절대 험담을 하면 안 된다.

몇 년 전 친구 아들 결혼식에 참석했다가 아주 오랜만에 초등학교 여동창생을 만났다. 세월이 많이 흘러서 사람이 많이 달라졌다. 아무래도 나이가 드니까 주름도 늘고 살이 많이 쪘는데, 나는 아무 생각 없이 동창을 지적했다.

"왜 이렇게 살이 쪘어? 이제 아줌마 다 됐네?"

정말 아무 생각 없이 했던 말이지만, 다음 날 나는 곤혹을 치러야 했다. 그 여동창생은 아내하고도 알고 지내는 사이였는데, 결혼식 다음 날 아내에게 전화해서 어떻게 사람이 그럴 수 있느냐며 화를 냈다고 한다. 당연히 아내도 그런 말을 하면 어떡하느냐며 나에게 핀잔을 줬다.

또 이런 적이 있다. 15년 전에 당뇨 판정을 받고 약을 잔뜩 받아서 사무실에 들어갔을 때였다. 약봉투를 본 직장 동료가 걱정스럽게 말했다.

"한 번 당뇨약을 복용하기 시작하면 평생 못 끊어요. 저희 장모님도 지금까지 약을 복용하고 계시는데, 엄청 고생해요. 약값도 만만치 않고요.”

그 말을 듣는 나는 위로는커녕 걱정만 생겼다.

언어는 어떻게 말하느냐에 따라 듣는 이의 반응이 달라진다. 무심코 말을 내뱉지 마라. 이건 몇 번이고 강조해도 틀린 말이 아니다. 말하는 측에서는 무심코 한 말인데, 받아들이는 측에서는 큰 상처가 될 수 있다. 말실수를 하지 않으려면 언제나 자신의 입을 조심하고, 상대 마음을 살펴야 한다. 특히, 허물없이 지낸다고 해서 말을 함부로 하지 않도록 조심해야 한다.

요즘 사람들은 남 말하기를 좋아하고, 남의 일에 참견하는 사람들이 많다. 자기 일 아니면 알아도 모른 척하고, 들어도 못 들은 척 해야 한다. 그런데 사사건건 대화에 끼어드는 사람이 있다. 결국에는 그런 사람들이 나쁜 말을 퍼트리고 다닌다. 유명한 고대 중국의 사상가인 맹자 또한 “말이 가벼운 사람은 책임을 지지 않는다.”고 지적한 바 있다.

사회생활을 하면서 다른 사람 얘기를 아예 안 할 수 없다. 침묵은 금이라고 말하는 이들도 있지만, 현대사회에서 말없이 지내는 사람은 없다. 그러니 말이 무기가 될 수 있다는 걸 숙지하고, 되도록 다른 사람에 대해 말하지 말고 정중하면서 예의를 갖춰 말하라. 정말 기본적인 언어태도만 갖추어도 주위 사람들과 잘 지낼 수 있다.

TPO에 따른 의상과 인사말을 알아두자

TPO라는 말이 있다. 이는 Time(시간), Place(장소), Occasion(상황)의 머리글자로, 시간, 장소, 경우에 따라 옷을 입어야 한다는 의미이다. 10여 년 전, 한 연예인의 장례식장에 온 동료 여자 연예인의 의상이 화제가 된 적이 있다. 그녀는 100미터 거리에서도 눈에 띌 정도로 강렬한 오렌지색 니트를 입었는데, 그것도 몸에 착 달라붙어 몸의 실루엣이 그대로 드러나는 옷이었다.

물론 관련 기사에는 그 여자 연예인의 의상을 지적하는 댓글로 가득했다. 그만큼 TPO는 중요하다. TPO라는 단어가 의상학에서 나온 말이지만, 나는 TPO에는 옷뿐만 아니라, 말도 포함된다고 생각한다.

사회생활을 하다 보면, 수많은 행사에 초대된다. 결혼식이나 돌잔치·고희연·집들이 같은 축하의 자리가 있는가 하면, 장례식·병문안과 같은 위로의 자리도 있다. 어떤 자리가 됐든, 그 상황에 맞는 옷차림을 하고 가서 그 상황에 맞는 말로써 상대방을 대해야 한다.

나는 이를 기본 예의로 생각해 왔으나 근래에 들어서는 이를 잘 모르는 사람들을 보게 된다. 이 책의 독자들은 내가 말하려는 '언어의 TPO'를 잘 알고 있으리라 짐작하지만, 여기서 다시 한 번 상기시키고자 한다.

우선, 집들이에 초대받아서 방문하면 집 구경은 기본이고, 구경을 마치고 나서는 집 주인에게 축하나 칭찬을 해주는 센스가 필요하다. 집을 장만한 사람은 자기 기분이 좋아서 지인들을 초대한 것이기도 하지만 방문자에게 축하받고 싶어 하는 마음이 더 크다. 그런데 방문자가 집안을 둘러보지도 않고, 그냥 자리에 앉아서 차려준 밥이나 먹고 가버리면 초대한 사람은 섭섭한 마음이 들 것이다.

우리가 특히 조심해야 하는 곳은, 슬픔이 있는 자리다. 병문안을 가서 조심해야 할 것은 부정적인 표현을 해서는 안 된다는 것이다. 예를 들면 췌장암 환자에게 다른 췌장암 환자 얘기를 하면서 "췌장암에 걸리니까 몇 개월 못 살더라고요."하는 말은 환자를 더 아프게 한다. 걱정 섞인 말은 환자를 더 괴롭게 만들 수 있다. 혹시라도 말실수로 환자에게 걱정을 끼칠 것 같으면 차라리 병문안을 가지 않는 게 낫다.

병문안을 가서는, 무조건 희망적이고 행복해지는 말을 해야한다. 희망적인 얘기를 지겨워할 환자는 없다. 환자는 희망적인 말에서 용기를 얻을 수 있다. 그러나 낙담을 부르는 말은 무조건 삼가야 한다. 병원에 입원해 있거나 질병으로 고생하는 사람들은 모두가 하루라도 빨리 병석을 박차고 일어나 정상적인 생활을 하고 싶어 하는데, 거기에다 대고 절망적인 얘기를 하는 것은 환자를 더욱 비참하고 우울하게 만든다.

그리고 장례식장에 가면 상주의 마음을 어루만져 줘야 한다. 상을 당하신 분이 아무리 연세가 드셨을지라도 호상이라며 큰 소리로 웃고 떠드는 것은 결례다. 그리고 친분이 있거나 평소에 가까운 사이는 최대한 시간을 내서 장례식장에 오래 머물러 주는 것이 예의이고, 장지까지 가주면 더욱 좋다.

옷차림과 넥타이는 가급적 검정색으로 하고, 작업복 같이 편한 옷차림은 가급적 삼가야 한다. 지인이 많아서 장례식장에 갈 일이 많다면 검은 양복 한 벌을 차에 구비해 두는 것도 좋다. 그리고 상주를 만나 인사할 때도 최대한 엄숙하고 경건하게 해야 한다. 인사말은 "얼마나 애통하십니까?", "얼마나 마음이 아프십니까?", "무슨 말로 위로를 해야 할지 모르겠습니다.", "상심이 크시겠습니다." 정도가 적절하다. 뭐니 뭐니 해도 상주에게 최고의 위로는 상주의 손을 꼭 붙잡고 같이 울어주는 것이지만, 여의치 않다면 최대한 애도의 마음을 표해야 한다.

'기쁨을 나누면 배가 되고 슬픔을 나누면 반이 된다.'라고 했다. 기쁨이 있는 곳, 슬픔이 있는 곳에는 각각 거기에 어울리는 옷차림으로 찾아가 진실한 마음을 전해야 한다. 작은 말실수로 분위기를 흩뜨리거나 상대방에게 상처를 주지 않도록 하자.

배려심이 있어야 한다

배려심은 상대방을 우선시하여 자신의 불편함을 감수하고서라도 상대방을 위하는 마음이다. 양보와 일맥상통하는 미덕인 셈이다.

외국인들은 우리나라의 버스나 지하철에 노약자석이 있는 것에 깊은 인상을 받는다고 한다. 이제는 노약자석뿐만 아니라 '임산부 배려석'도 생겼고, 공공기관이나 큰 건물에는 장애인 전용

주차 공간도 마련돼 있다. 사회적으로 약자를 배려하는 분위기가 자리 잡아 가는 듯해서 흐뭇하다.

그런데 간혹 건강해 보이는 젊은이들이 그런 공간을 차지하고서는 옆에 서 있는 노인이나 임산부를 못 본 척하는 장면을 목격하게 된다. 참으로 배려심 없는 행동일 뿐만 아니라, 이기주의를 넘어 도덕적이지 못한 행동이다.

아내는 현재 대학원에서 박사 과정을 밟으면서 방주교회에서 새 신자 관리와 교인 상담을 맡아 섬기고 있다. 학교에 제출하는 리포트 작성은 물론이고, 새 신자 관리 또한 컴퓨터를 잘 다루지 못하면 제대로 할 수가 없는 일이다.

그러나 우리 세대는 컴퓨터를 정식으로 배우거나 일상적으로 사용해온 세대가 아니어서, 컴퓨터 작업은 늘 어렵다. 아내 또한 컴퓨터를 능숙하게 다루는 편이 아니다. 그러나 아내는 '매니저'의 도움으로 마음 편히 컴퓨터 작업을 하고 있다.

아내의 매니저는 바로 둘째 사위다. 컴퓨터 사용법을 알려줘도 금방 잊어버리기가 일쑤인지라, 자꾸 물어보니 짜증을 낼 법도 한데, 둘째 사위는 지금까지 단 한 번도 귀찮은 내색을 하지 않고 차근차근 컴퓨터 사용법을 알려준다. 사위의 배려심 덕분에 아내는 일을 보다가 어렵거나 자신의 힘으로 처리가 안 되면 언제든지 사위에게 전화해서 도움을 요청한다.

배려심이 깊으면 다른 사람들에게 좋은 이미지를 줄 수 있다. 그러나 나는 지금 상대방에게 좋은 이미지를 주기 위해 배려심을 가지라고 말하는 게 아니다. 상대방에게 좋은 말을 듣기 위해 배려심을 갖는 건 위선이다. 꽤 많은 사람들이 배려심은 타고난 천성이라고 생각하는데, 나는 그렇게 생각하지 않는다. 배려심 또한 마음가짐이면서 훈련을 하면 생기는 결과물이다.

그러나 상대방을 배려했는데 어떤 이익이 없다고 서운해 하지 마라. 배려심은 이익을 염두에 두고 하는 행동이 아니다. 배려는 도덕이나 양심을 따르는 일이다. 내가 배려하면 상대방은 나를 좋게 생각할 것이다. 그리고 언젠가 그 배려심이 나에게 주는 기쁨이 있을 것이다.

모든 관계에서 중요한 의리

분양업에 종사하면서 의리에 대한 생각을 많이 해봤다. 의리는 서로에게 믿음을 주고, 상대방이 내게 가진 믿음을 배신하지 않는 것이다. 인간관계에서 빠트릴 수 없는 덕목 중 하나가 바로 의리다. 그러나 최근에는 의리의 의미가 많이 희석되어 안타깝다.

의리는 공적으로나 사적으로나 꼭 필요한 요소다. 업무상으로도 반드시 필요한 부분이고, 친구나 부모 자식 간에도 의리가 있어야 한다. 만약 의리가 없다면 믿고 할 수 있는 일이 그다지 많지 않다. 분양업은 특성상 의리를 찾기가 쉽지 않다. 여러 현장을 떠돌아다니는 사람이 많으니 자연히 인간관계가 각박해질 수밖에 없다. 그리고 자신이 손해를 볼 것 같거나 얻을 게 없다고 판단되면 즉시 주어진 자리를 박차고 미련 없이 떠나버린다. 이다음 인간관계에 대해서는 전혀 고려하지 않는 편이다.

또한 투자 리스크를 감소시키거나 계약 실적을 높이기 위해 동업을 많이 하는데, 이 과정에서도 의리를 저버리는 일이 다반 사다. 나만 해도, 둘이서 동업하기로 했는데 동업자가 자기 친구를 무임승차시켜 수입이 줄어든 적이 있었다. 또 특정 현장에서 일할 상황이 못 된다고 누누이 거절했는데도 '삼고초려(三顧草廬)'하듯 인센티브까지 제의해 협업하다가, 결산 시에는 인센티브를 주지 않는 계약 위반으로 서로 관계가 틀어진 적이 있다. 이해관계를 위해 뭉치고 흩어지는 게 분양업의 특성이라 할지라도, 돈에 눈이 멀어 의리를 저버리는 것은 비도덕적인 행태다.

이 일을 하면서 가장 부러울 때가 있는데, 그것은 현장에 투입하기 위해 팀원을 모집할 때다. 실적을 내지 못하고 있으면서도 의리를 지키기 위해서 몸담고 있는 현장을 고집하는 직원들이 있다. 이 직원들은 의리를 지키기 위해서 손해를 조금 감수하고서라도 그 현장을 지키는 것이다. 의리를 지킨다는 게 때로는 얻는 것보다는 잃는 게 더 많다. 그러나 의리를 지키는 사람은 득과 실을 따지지 않는다.

의리는 예로부터 중시돼 온 덕목이다. 일례로 삼강오륜에서도 의(義)를 따진다. 군신유의(君臣有義)나 붕우유신(朋友有信)이 바로 그것인데, 내가 의리라고 말하는 건 후자다. 현대사회에서 널리 통용되는 의리는 '친구 사이의 믿음'과 일맥상통한다. 즉, 서로에 대한 믿음과 신뢰가 곧 의리다.

나는 '사나이의 의리', '동료들의 의리'만을 강조하는 게 아니다. 서로가 서로를 챙겨주고, 서로가 서로를 믿는 게 의리다. 비단 남자만 지키는 게 아니다. 여자들 사이에서도 의리가 있어야 하니 남녀노소를 따지지 않고 의리가 있어야 한다. 서로가 의리를 지키면 더 좋은 직장 생활을, 그리고 더 나은 대인 관계를 유지할 수 있다.

매너가 사람을 만든다

매너가 있으면 사람이 달라 보이고 멋져 보인다. 영화 《킹스맨 (King's man)》에서도 이런 명대사가 나오지 않는가? "매너가 사람을 만든다(Manner makes man)." 매너 있는 사람이 되기 위해서는 양보와 섬김의 정신이 있어야 한다. 따라서 이해득실에 민감한 사람은 매너 있는 사람의 조건에서 멀어진다.

가령 음식점을 고를 때에도, 내 취향에 맞는 음식점을 고르기보다는 상대의 취향에 맞춰서 음식점을 고르는 매너가 필요하다. 그리고 식사를 하는 동안에는 상대에 맞춰서 식사 속도를 조절해야 한다. 어떤 이는 얼른 식사를 끝내고, 상대가 식사를 마칠 때까지 우두커니 앉아 쳐다보게 되면 서로가 민망해진다. 먼저 식사를 마친 사람이 그 자리에 앉아 기다려주는 것은 그나마 다행이다. 먼저 자리에서 일어나는 사람도 있다. 참으로 매너 없는 행동이다. 또한 식사를 마치고 계산할 때는 상대에게 미루지 말고 내가 먼저 지불하는 것이 좋다.

너무도 뻔한 말이지만, 윗사람과 담소를 나눌 때는 다리를 꼬거나 턱을 괴지 말자. 엘리베이터를 탈 때도 항상 동행자가 먼저 타도록 양보해라. 내릴 때도 동행자가 내릴 때까지 버튼을 누르고 기다렸다가 나중에 내려야 한다. 또한 길을 갈 때도 일행이 있으면 일행의 보폭에 맞춰서 걸어야 한다. 일행이 오거나 말거나 신경 쓰지 않고 혼자 앞서가는 사람이 있는데, 이것 역시 매너 없는 행동이다.

친구나 지인의 가정을 방문할 때도 되도록 빈손으로 가지 말아야 한다. 그리고 방문했을 때 그 집에 어린 아이가 있다면 주머니를 털어서라도 용돈을 주는 것이 좋다. 물론 몇 만 원을 아껴서 이다음에 더 유용하게 쓸 수도 있지만, 아이에게 용돈을 주는 게 부자가 되는 데 걸림돌이 되지는 않는다. 또한 어떤 면에서 어린 아이들의 마음을 사는 것은 그보다 몇 갑절의 가치가 있는 일이다.

내가 어린 시절 아버지는 동업으로 생산 장사를 하셨다. 동업자 분은 가끔씩 집에 다녀가셨는데, 그때마다 한 번도 거르지 않고 나에게 용돈을 주셨다. 가난한 시절이라 용돈을 받을 때마다 그렇게 기분이 좋을 수가 없었다. 그리고 그 돈을 요긴하게 사용했다. 용돈이 떨어지면 동업자 분께서 또 언제 오실지 은근히 기다려졌다. 꽤 많은 시간이 흘렀는데도 그때의 일을 좋은 추억으로 간직하고 있다. 그리고 그 동업자 분처럼, 나도 아이에게 '좋은 아저씨'로 기억되고 싶다.

2000년대의 베스트셀러 『끌리는 사람은 1%가 다르다』를 보면, 아이가 있는 부모에게는 무조건 아이에 대한 칭찬을 해주라는 이야기가 나온다. 부모는 자신의 아이에 대해 좋은 말을 해주는 사람에게 무조건 호감을 느낀다고 한다. 나는 거기에서 더 나아가, 아이에게 용돈과 덕담도 건네라고 얘기하고 싶다. 아무리 어린 아이도 돈이 소중하다는 걸 안다. 어른이 소중한 것을 내어주며 좋은 말을 해주는데, 어느 아이가 행복하지 않을까? 그리고 어느 부모가 기쁘지 않을까?

이처럼 매너는 사소한 것에서부터 큰 것에 이르기까지, 여러 가지가 있다. 매너를 굳이 우리말로 번역하자면 '예의'가 아닐까 싶다. 매너 있는 사람이 되자는 말은, 달리 말하면 '예의를 지키며 살자.'라는 말도 될 것 같다. 매너는 양보와 섬김의 정신을 전제하고 있기 때문에, 매너 좋은 사람은 인간미가 넘친다. 능력이 아무리 뛰어나고, 돈을 많이 가진 사람이라도 매너가 없으면 '앙꼬 없는 찐빵'이다. 인간미가 없는 인간이기 때문이다.

나는 다른 사람의 훈장이 아니다

1978년, 무교동의 제일여행사에 근무할 때 만난 부사장은 한국일보 기자로 활동하다가 여행사에 입문해서 잔뼈가 굵었다. 여행사의 이론과 실무에 능할 뿐더러 다방면으로 두루 상식과 지식을 겸비하였다. 여행 업계에서는 꽤 인지도가 높고 존경받는 사람이었다. 하지만 회사의 부하직원들에게는 별로 인기가 없었다.

그 이유는 직원들이 말하고 행동하는 것이 자신의 생각과 판단에 어긋나면 가차 없이 지적하고 가르치려는 오만한 태도 때문이었다. 업무적으로 잔소리하고 조언하는 것이야 어쩔 수 없다 하더라도 사적인 일까지 지적하고 가르치려고 하니 누가 좋아하겠는가? 그러니 회의나 회식 때 직원들은 하나같이 부사장의 옆에 앉지 않으려 했다. 그 후 그 부사장은 회사를 그만두고 회사를 새로 개업했는데 누구도 그 회사에 가려고 하는 사람이 없었다.

사회생활에서 남들보다 나은 실력이나 능력은 필요하다. 하지만 다른 사람을 가르치려고 들면 주변에 사람이 모이지 않는다.

"야, 내가 누군지 알아?"

"어린놈이 어디서 어른한테 대들어?"

우리는 일상에서 이런 말을 자주 듣는다. 나이나 자신의 위치로 상대방을 찍어 누른 뒤, 내 잘못은 하나도 없고 상대방이 잘못했다고 지적하는 이들이 적지 않다. 그러나 이제 이런 말은 통하지 않는다. 내가 다른 사람을 가르치려는 순간, 그리고 내가 위라는 걸 강압적으로 보이는 순간, 훈장이나 꼰대가 된다.

요새는 '늙은 꼰대'만 있는 게 아니다. 젊은 사람들 중에도 자기보다 어린 사람에게 훈계하고 지시하는 '젊은 꼰대'들이 많다. 매년 3월 입학 시즌이 되면, 꼭 등장하는 뉴스가 있다. 대학교 신입생 환영회에서 선배들이 신입생의 '군기'를 잡는다며 억지로 술을 먹여 과음한 신입생이 죽었다는 뉴스다. 젊은 꼰대가 늙은 꼰대보다 더 무섭다는 생각까지 드는 뉴스였다.

편안한 인간관계를 영위하려면 상대에게 가르치려 하지 말고, 가르침을 받으려는 제자가 되어야 한다. 현대인들은 모두가 다

잘났다. 배운 사람도, 배우지 못한 사람도, 돈이 많은 사람도, 적은 사람도 모두가 다 잘났다. 자신에 대한 프라이드가 강한 사람이 많다는 말이다. 그러니 함부로 다른 사람에게 '선생질'을 했다가는 반감만 사기 쉽다.

사회생활을 원만히 하고 좋은 인간관계를 형성하려면 남을 가르치려 할 것이 아니라, 남에게서 작은 것이라도 배우려는 자세를 가져야 한다. 즉, 선생이 되려고 하지 말고 제자가 되려는 태도를 가져야 한다. 이는 스스로를 낮추는 자세이기에, 아랫사람의 존경을 받을 뿐만 아니라, 본인 또한 스스로를 낮춤으로써 다른 사람의 장점을 받아들이고, 스스로를 성장시키는 기회를 만들 수 있다. 자신이 선배로서, 연장자로서 꼭 가르치고 싶은 게 있다면, 평소 행동을 통해 귀감이 됨으로써 상대가 스스로 깨닫도록 해야 한다.

내 일은 내가 책임져야 한다

자신의 일이 기대만큼 진행되지 않을 때마다 "이렇게 된 건 XX 때문이야."라며 다른 사람에게 원인을 돌리는 사람들이 있다. 아주 작고 사소한 일에서부터 끔찍한 범죄 행위에 이르기까지 자신의 잘못을 다른 사람이나 환경 탓으로 돌리는 경우를 참 많이 보게 된다. 이처럼 남을 탓하는 태도는 우리 문화 전체에 만연하다. '잘 되면 내 탓, 못 되면 조상 탓'이라는 속담이 괜히 있는 게 아니다.

개인적인 측면에서 보면, 이런 생각은 자신의 잘못이나 문제가 자신의 책임이 아니라는 무책임한 생각이자 발뺌이다. 사회적인 측면에서는 사소한 법정 소송의 원인이 되며 때로는 범죄자를 풀어주는 우스꽝스러운 핑계로 악용되기도 한다. 남을 탓하는 습관은 분노, 좌절, 의기소침, 스트레스뿐 아니라 불행한 삶까지 남의 책임으로 돌린다. 그러나 남을 원망하고 남을 탓하기만 하는 사람은 결코 행복한 삶에 가까워질 수 없다.

타인을 원망하는 데에는 엄청난 양의 정신 에너지가 소모된다. 그것은 스트레스와 불편함만 남는, 나를 끌어내리는 사고방식에 불과하다. 남을 탓하기에 바쁜 사람은 자신의 인생에 대해 무력감을 느낄 수밖에 없다. 왜냐하면 결국 자신의 행복을, 타인의 행동에 좌우되는 통제 불가능한 것으로 깎아내려서 생각하기 때문이다.

다른 사람이 일으킨 문제로 좌절하게 되는 일도 분명히 있다. 그러나 상황에 대처하고 마지막까지 자신의 행복을 책임져야 하는 사람은 다름 아닌 자기 자신이다. 어떤 상황에서든 타인을 탓하지 말고 끝까지 자신이 책임을 지려고 노력하라. 비겁하게 책임을 남에게 돌리지 말고, 자신이 처한 상황에 적극적으로 대응하면서 자신의 행복을 지켜라. 지금 당신이 불행하다고 느낀다면, 당신을 행복하게 만들 수 있는 유일한 사람은 자기 자신이라는 사실을 깨닫는 것이 아주 중요하다.

아내가 싫어하는 몇 가지 행동 중 하나가 '남 탓'을 하는 것이다. 가령 일이 잘 안 풀리거나 일의 결과가 좋지 않을 때 그 원인을 다른 사람에게 돌리는 사람을 보면 정말 싫어한다. 이건 나에게도 똑같이 적용된다. '못난 사람이나 하는 짓'이라며 나에게 그런 행동을 하지 말라고 신신당부를 한다.

행복과 불행의 선택의 열쇠를 쥐고 있는 사람은 바로 자기 자신이다. 다른 사람을 탓하는 못된 습관을 버려야 한다. 그러면 자신의 불만족스러운 상황에 대한 객관적인 인식도 가능해지고, 해결 방안도 생각할 수 있게 된다. 자신이 처한 모든 문제와 그에 대한 해결의 주도권은 자신이 쥐고 있다는 사실을 잊어서는 안 된다.

웃음은 해피 바이러스를 전파한다

2017년 말쯤 가산센트럴 푸르지오시티 오피스텔을 분양하면서 만난 사람 하나는 매우 인상적이었다. 타 부서 본부장인데 개인적으로 몇 차례 대화를 나눴다. 그 본부장은 대화할 때는 물론 가만있을 때조차 언제나 환하게 웃고 있었다. 잘생긴 얼굴은 아닌데도 웃는 모습이 멋져 보이고 친근감을 주었다. 그 본부장은 누구와 이야기를 하든 늘 밝은 표정을 지었다.

"항상 그렇게 밝게 웃는 이유가 뭐예요?"

"그냥 웃는 게 좋아서요."

본부장은 웃으면서 대답했다. 그냥 웃는 게 좋다니. '이런 사람도 있구나.' 싶었는데, 항상 밝은 표정을 보니 내 기분까지 덩달아 좋아졌다.

둘째 딸 민주의 고등학교 친구 중에 배우 지망생인 지은이라는 아이가 있는데, 학교 다닐 때 가끔씩 집에 다녀갔었다. 얼굴도 예쁘고 성격이 매우 밝은데다가, 늘 웃는 얼굴에 인사성까지 좋았다. 말 끝마다 '아버지'라는 호칭을 꼭 붙여서 더 친근감이 느껴졌고, 딸아이가 한 명 더 있는 것 같은 기분이 들었다. 그 아이가 집에 다녀가는 날은 괜스레 기분이 좋아졌다. 이처럼 표정을 밝게 하는 것만도 인상적인데, 얼굴에 미소까지 곁들이면 모든 사람들에게 좋은 이미지를 주는 것은 너무도 당연하다.

고객을 상담할 때도 웃어야 한다. 아무리 무뚝뚝한 고객이라도 상담자가 환하게 웃으면 고객도 따라 웃게 된다. 대인 관계에서 상대가 아무리 화를 내고, 태클을 걸어도 웃으며 대하면 상대방의 마음도 누그러지기 마련이다. '해피 바이러스'라는 건 분명 존재한다. 상대방이 웃고 있으면 나도 웃음이 나오고 기분이 좋아진다.

언젠가 '얼굴'을 주제로 한 TV 프로그램에서, 다양한 직업의 사람들이 나와서 이야기하는 것을 봤다. 사람은 나이가 들면서 피부 노화에 따라 얼굴에 주름이 생긴다. 그런데 어느 뷰티 전문가는 주름에도 종류가 있다며, 웃어서 생긴 주름과 찡그려서 생긴 주름이 있다고 했다. 웃어서 생기는 주름은 눈꼬리 주변에 많고, 찡그려서 생기는 주름은 미간에 많다고 한다. 그리고 웃어서 생긴 주름은 아름답다고 했다. 또 어떤 관상학자는 관상학적으로 미간 주름은 흉(凶)하다며 평소에 인상 쓰는 습관을 버리라고 했다.

그 이야기를 듣고 하회탈이 생각났다. 하회탈은 익살스럽게 활짝 웃고 있는 표정이다. 보기만 해도 웃음이 난다. 그러고 보니 하회탈에는 눈가 주름은 있지만 미간 주름은 없다. 하회탈이 어떤 인물의 얼굴을 탈로 만든 것이라면, 그 모델이 된 인물 또한 늘 웃음으로써 해피 바이러스를 전파하는 사람이 아니었을까?

환하게 웃으면 못생긴 얼굴도 예뻐 보이지만, 찡그리고 있으면 예쁜 얼굴도 못생긴 얼굴보다 더 못생겨 보인다. 그러니 많이 웃자. 웃음은 나를 아름답게 만들고 주변 사람도 즐겁게 한다.

비교는 서로를 멍들게 한다

우리는 물건 하나를 살 때도 여러 가게를 돌아다니거나 인터넷 쇼핑몰을 둘러보면서 비교를 한다. 더 싸고 좋은 물건을 고르려고 서로 비교를 한다면 문제가 없다. 하지만 물건이 아니라, 사람을 비교하면 얘기가 달라진다.

만약 내가 첫째 딸 희선과 둘째 딸 민주를 서로 비교했다면 딸들은 사이가 정말 좋지 않았을 것이다. 사실 두 딸은 성격, 성향, 문제를 바라보는 시선 등 서로 정반대의 모습을 지니고 있다. 이 상황에서 나나 아내가 '누가 더 낫다.', '누가 더 못났다.'라고 따지면 과연 딸들의 사이가 좋을까?

그래서 나는 희선이나 민주에게 각자의 자식들을 서로 비교하지 말라고 한다. 그리고 서로의 사돈에 대해서도 비교하지 말라고 한다. 누군가를 비교하는 순간 나쁜 선입견이 생기며, 안 좋은 감정이 생기기 마련이다.

과거에는 가까운 사람끼리 비교했다면, 지금은 만나지도 않은 사람과도 비교를 한다. 심지어 내가 모르는 사람, 내가 모르는 연예인들까지도.

"나도 저 연예인처럼 말랐으면 좋겠다."

"아, 나도 모델처럼 키가 컸으면."

"나는 저 사람보다 못생겼어."

"대기업 회장, 아니 건물주만큼 돈이 많았으면……."

내가 남들을 비교하고, 내가 나를 다른 사람과 비교한다. 서로의 장단점이 있고, 각자 주어진 환경과 모습이 있는데도 자신의 모습을 단점이나 약점으로 생각하면서 싫어하는 사람들이 있다.

나는 SNS를 그다지 좋아하지 않는다. SNS에서 보이는 모습이 그 사람의 모든 삶을 대변하는 게 아닌데도 그저 SNS에서 보이는 모습만 보고 다른 사람을 부러워하거나 시기하는 사람들이 많기 때문이다. SNS에서 보이는 모습은 삶의 한 단면에 불과하다. 그런데 왜 비교를 하는가. 세상 모든 것과 나를 비교하면 과연 나에게 잘난 부분이 있을까?

언젠가 본 글 가운데 기억에 남는 글이 있다. 세상의 모든 동물과 인간을 비교했을 때, 인간이 동물보다 뛰어난 신체 능력은 하나도 없다고 한다. 달리기도, 높이뛰기도 못하고, 심지어 날지도 못한다. 그렇다고 자신을 보호하는 털이나 비늘을 가진 것도 아니요, 수영을 잘하는 것도 아니다. 날카로운 이빨과 발톱이 없으니 작은 동물에게도 인간은 질 수밖에 없다.

하지만 동물보다 잘하는 게 바로 머리를 쓰는 것이다. 인간은 두뇌가 발달했기에 문명을 건설하고 지금까지 살아남을 수 있었다고 한다. 만약 인간이 두뇌마저 없었다면 멸종되고 말았을 것이라고 했다. 요컨대 인간 자체가 동물보다 잘난 부분이 단 하나밖에 없는데, 다른 것들을 비교 기준으로 삼아서 '인간은 다른 동물보다 열등하다.'라고 말할 수 있겠는가?

개개인 또한 마찬가지다. 사람마다 가지고 있는 재능이 있고, 나만이 가진 특별함이 있다. 그러니 내가 가지지 못한 것을 갖고 남과 비교하지 말고, 또 남을 다른 사람과 비교하지 마라. 비교하는 마음이 사라지는 순간, 스스로를 더 사랑하게 되고, 그 자신감은 대인 관계도 더 좋게 한다.

돈보다 사람이 더 중요하다

만약 급하게 돈이 필요하면 누구에게 부탁할 수 있을까? 친한 친구일 수도 있고, 부모님일 수도 있다. 때로는 배우자나 자식들일 수도 있다. 그리고 형제에게 부탁할 수도 있다. 단돈 몇 만 원을 빌릴 수도 있고, 때로는 큰돈을 부탁할 수도 있다. 그러나 분명히 알아야 할 것은, 돈은 생활하는 데 꼭 필요한 것인 동시에 우습게 여기거나 함부로 생각하면 안 되는 것이라는 점이다. 돈을 잘못 사용하면 부모와 형제, 친구까지 잃을 수 있다.

그러니 금전적인 문제가 발생하면 반드시 해결해야 한다. 돈을 빌렸다면 사정이 될 때 즉시 갚아야 한다. 되도록 돈 문제로 서로 얼굴 붉힐 일은 없어야 한다. 대인 관계의 기본은 약속이니까. 나는 사정이 있어도 돈을 빌리지 말라는 게 아니다. 돈보다 소중한 게 인간관계고, 돈 때문에 사람을 잃지 말라는 얘기를 하고 싶은 것이다. '나의 저금통' 역할을 해줄 사람은 세상에 없다.

나에게는 혈육보다 더 혈육 같은 친구가 있었다. 그러나 금전거래를 지혜롭게 처리하지 못해 한순간에 우정이 깨지고 말았다. 내가 태광개발에 다니고 있을 때였는데, 회사가 자금난으로 힘들어지는 걸 보고 가만히 있을 수 없어 여러 사람들에게 금전 문제를 상의했다. 그중 한 명이 바로 그 친구였다. 당시 친구는 결혼자금으로 돈을 모으고 있었는데, 내 사정을 듣더니 흔쾌히 그 돈을 빌려줬다.

"우리 사이가 한두 번 만난 사이야? 내가 너 믿고 돈 준다."

내 친구는 호탕한 웃음을 보이며 나에게 돈을 빌려줬다. 그러나 회사가 부도나는 바람에 몇 년 동안 이어졌던 우정에 금이 가고 말았다. 시간이 한참 지나서 그 친구와의 금전 문제는 해결되었지만, 우정은 돌이킬 수 없었다. 만약 돈 문제가 없었다면 지금까지도 그 우정은 변하지 않았을지 모른다.

인간관계는 유리그릇과 같다. 세심하게 다루지 않으면 더러워지고 깨지기 쉽다. 여기에 돈 문제까지 얽히면 유리그릇은 산산조각이 난다. 나는 그것을 제대로 이해하지 못했고, 결국 친한 친구 한 명을 잃었다. 후회하지만 시간을 돌이킬 수는 없다. 나는 그 일을 겪은 뒤 다시는 친구와 돈거래를 하지 않겠다고 다짐했다.

살면서 돈 때문에 문제가 생길 수 있다. 그러나 돈 문제는 시간이 해결해줄 것이다. 하지만 인간관계는 시간으로도 해결될 수 없다. 떠난 사람은 그대로 끝이다. 돈은 내가 일하면 벌 수 있지만, 내게 마음이 떠난 사람은 내가 더 잘해준다고 해도 그 마음이 쉬이 다시 돌아오지 않는다.

작은 인사말은 인간관계의 윤활유

사람은 하루에도 꽤 많은 사람들을 만난다. 가족, 직장 동료 외에도 식당에 가면 종업원을 만나고, 편의점에 가면 카운터 아르바이트생을 만난다. 나같이 신앙생활을 하는 사람들은 정기적으로 교우들을 만나기도 한다.

그런데 식당 종업원이나 편의점 아르바이트생같이, 잠시 마주치고 말 사람이라고 하여 무시하는 사람이 더러 있다. 가령 이런 경우다. 편의점에서 음료수를 골라서 카운터에서 바코드를 찍고 돈을 지불하고 나오기까지 말을 한마디도 안하는 것이다.

만약 직원이 나에게 "어서 오세요.", "감사합니다." 이런 말을 안 한다고 상상해보라. 이런 경우에는 기분이 나쁘다며 직원이 불친절하다고 비난할 것이다. 그런데 왜 내가 직원에게 인사를 안 하는 건 당연하고, 직원이 나에게 인사를 안 하는 건 당연한 게 아닌가? 내가 물건을 사는 '갑'의 위치에 있어서? 아니다. 이것은 다른 사람에 대한 예의의 문제다.

예의를 지키는 데 가장 기본적인 말이 존재한다. "안녕하세요?"를 비롯한 "감사합니다.", "미안합니다." 등의 작은 인사말이다. 편의점에 음료수를 사러 갔다면 아르바이트생에게 "고생하세요.", "수고하세요." 정도의 인사말을 하고 나온다면 아르바이트생도 즐거운 마음으로 일을 할 수 있을 것이다. 하지만 이런 말을 형식적으로 해서는 안 된다. 진심을 담아야 한다.

마음을 담은 작은 인사말은 나와 가까운 사람들에게도 똑같이 해야 한다. 부모님이 해준 거니까, 자식이 해준 거니까, 친구가 해준 거니까 당연하게 생각하지 말아야 한다. 세상에 당연한 건 없다.

2018년의 여름은 무척이나 더웠다. 항간에는 '100년 만에 찾아온 무더위'라고 표현했다. 하루는 시골에 계시는 장모님께서 전화를 하셨다. 에어컨이 없어서 생활하기가 불편하다는 이야기였다. 우리 부부는 그제야 '아차!'하는 생각이 들었다. 우리 집은 아무리 더워도 아내의 건강 때문에 에어컨을 켜지 않는다. 그러다 보니 시골에 계신 장인어른과 장모님의 애로 사항을 전혀 살피지 못한 것이다.

서둘러 에어컨을 구매하여 시골집에 설치했다. 그런데 평소에 감정을 잘 표현한 적이 없던 장모님이 전화로 몇 번이나 고맙다며 우리를 칭찬하는 게 아닌가?

"올해는 너무 더워서 걱정이 많았는데. 정말 고맙네. 자네 덕분에 좀 살 것 같네. 고맙네. 정말 고마워."

그것도 모라라서 옆에 계신 장인어른까지 전화를 바꿔서 우리 부부에게 고맙다는 말씀을 하셨다. 그저 자식의 도리를 다했을 뿐인데 말이다. 이렇게 두 분이 적극적으로 표현하니 나도 모르게 뿌

듯한 마음이 들었고, 다음에는 또 뭘 해드릴까 고민하게 되었다.

사실 장모님이 우리에게 고맙다는 말씀을 할 필요는 없었다. 인사를 생략해도 우리 부부는 할 말이 없다. 왜냐하면 칭찬을 듣기 위해서 한 행동이 아니니까. 하지만 장모님의 인사말에 나와 아내는 기분이 좋아졌고, 또 다른 불편한 점은 없는지 찾게 되었다.

인간은 감정적인 동물이다. 상대의 반응이나 태도에 따라 내 태도와 생각이 바뀐다. 내가 표현을 하지 않는다고 해서 나를 비난할 사람은 없지만, 내가 나를 표현해야 상대가 내 마음을 안다. 상대가 어떤 행동을 하면, 그에 따라 관성처럼 반응하는 게 사람이라는 걸 명심해야 한다. 말하자면 상대가 호의적인 반응을 보이면 더 잘해주고 싶고, 상대가 무시하는 반응을 보이면 잘해주려 하다가도 마는 게 인지상정이다.

표현이 거창할 필요는 없다. 표현의 정도가 크건 작건 내 마음을 말하라는 뜻이다. 내가 잘못해서 잘못했다고 말하면 이를 더 비난할 사람 없고, 내가 고마워할 일에 고맙다고 말해서 이를 당연하게 생각하는 사람은 적다. 이 작은 인사말이 모두 예의이자 상대에 대한 배려다. 이런 작은 표현들이 대인 관계의 윤활유가 된다.

이상적 배우자란 서로 잘 어울리는 성격을 가진 것도 매우 중요하지만, 서로 자극을 주고받고 보완할 수 있는 이질성도 갖고 있어야 한다. 연령, 인성, 신앙, 교육 정도, 성장 배경, 가치관도 매우 중요하다. 하지만 궁극적으로 추구해야 할 것은 서로를 이해해 주고 감싸줄 수 있는, 정서적 지지를 해줄 수 있는 사람을 선택하는 것이다.

일시적 감정이나 상대방의 외모, 경제적 능력 등에 이끌려 배우자를 선택하면 원만한 결혼 생활이 이루어지기 어렵다. 많은 결혼정보회사에서 회원의 조건과 능력에 따라 등급을 나눈다고 한다. 그리고 많은 회원들이 높은 등급의 이성을 선호한다고 한다. 그렇다면 잘생긴 외모나 경제적 능력을 일순위로 놓고 배우자를 선택하면 과연 결혼 생활이 행복할까?

결혼은 몇 년만 사는 게 아니다. 당장 1년, 5년만 보는 게 아니다. 심지어 50년도 넘게 같이 사는 게 부부의 인연이다. 그 오랜 시간 동안 잘생긴 외모와 경제적 능력만 보고 살 것인가? 상대방의 외모가 빛바래고 경제적 능력이 사라지면 바로 이혼할 것인가?

이 세상에 완벽한 사람은 없다. 한 사람을 배우자로 선택한다는 것은 상대방의 약점이나 부족한 점도 함께 받아들여야 한다는 뜻이다. 그러나 그의 부족한 점이나 마음에 들지 않는 점을 바꾸려 하지 말라. '언젠가 변하겠지.', '내가 변하게 만들어야지.'라는 생각을 가지고 결혼을 하는 사람도 있는데, 그것은 착각이다. 냉정히 말하면 하나님의 도우심이 없이는 인간의 의지나 노력만으로 사람은 쉽게 바뀌지 않는다.

따라서 상대방을 변화시키려고 하지 말고 서로가 적응하려는 노력이 필요하다. 결혼은 냉혹한 현실이므로 두 사람의 사랑만 있으면 모든 것이 잘될 것이라는 생각은 하지 말아야 한다. 그리고 애정, 존경, 신뢰감 등이 수반되지 않으면 성적 매력만으로는 그 관계가 오래 지속되지 않는다는 것을 명심해야 한다.

행복하고 좋은 일이 있을 때만 부부이고, 곤란하거나 어려운 일이 생길 때는 부부가 아니라면, 평생 부부의 연을 맺고 살아갈 사람이 과연 얼마나 될까? 요즘 젊은 부부들은 비교적 책임감도 없고 인내심도 부족한 것 같다. 상대에 대해서 불편하거나 힘든 일이 생기면, 어떻게든 극복하려는 노력보단 이혼이라는 카드를 쉽게 집어 드는 것 같다.

남녀가 처음 만나 교제할 때는 하늘의 별이라도 따다 줄 것처럼 온갖 정성을 쏟지만, 막상 결혼하면 그 열정은 금방 시들해지고 만다. 그리고 결혼하기 전에는 자신의 좋지 못한 점을 보이지 않기 위해 갖은 애를 쓰지만, 막상 결혼하고 나면 긴장 상태가 무너져 안 좋은 모습을 보이는 것도 신경 쓰지 않게 된다. 그러면 상대방은 실망하게 된다.

"저는 남편이 그런 사람인 줄 몰랐어요!"

"내 아내가 그런 성격을 가진 사람인 줄 알았다면 만나지도 않았을 겁니다."

이런 말을 하는 사람들을 종종 만날 수 있는데, 전혀 다른 환경에서 자란 남녀가 만나서 가정을 이루고, 백년해로하는 것이 결코 쉬운 일이 아니다. 결혼은 두 사람이 합쳐져서 하나를 이루는 과정이며, 그 사이에서 얻는 게 있고, 버리는 게 있다. 오랫동안 내가 옳다고 생각한 부분이 배우자로 인해 잘못되었다는 걸 알 수도 있다.

나는 결혼 상대를 결정하기 전까지는 신중해야 하고, 일단 결혼을 하고 나면 그 사람에게만 집중해야 한다고 생각한다. 그리고 자신의 선택에 대해서 후회하는 마음이 들지 않도록 최선을 다해야 한다고 생각한다. 나는 20대 초반에 결혼해서, 40년이 넘게 결혼 생활을 영위하고 있다. 그러나 아직도 부부 관계란 어떠해야 하는지, 어떤 마음으로 배우자와 함께할 것인지에 대해 생각해본다.

성격과 기질이 다르다는 것을 이해하라

많은 사람들이 이혼하는 가장 큰 이유는 바로 성격 차이다. 서로 마음이 맞지 않아 헤어지는 건 어쩔 수 없는 일이다. 하지만 충분히 상대방의 성격을 이해할 시간을 가지지 않았다면 부부로서의 책임을 회피하는 행동이다.

옛말에 '열 길 물속은 알아도 한 길 사람 속은 모른다.'라고 했다. 그만큼 사람의 마음은 알기가 어렵다. 하지만 배우자의 성격과 마음을 알려고 노력해야 한다. 부부가 서로의 성격만 파악해도 부부싸움을 줄이고 행복한 부부생활을 영위할 수 있다. 문제는 상대의 성격을 파악하려고 하지 않다보니 부부싸움이 잦을 수밖에 없고, 갈등 관계를 해소하지 못해 결국 이혼까지 이르게 된다는 것이다.

나는 시간 약속을 매우 중요시한다. 그러나 아내는 시간 약속에 대한 철저함이 덜하다. 만약 그런 아내의 성향에 대해서 이해하지 못하고 불만을 삼으면 그 일로 늘 부부싸움을 할 수밖에 없다. 또한 나는 매사가 계획적이고 주도면밀한 편이다. 하지만 아내는 계획성이나 준비성은 좀 떨어지지만 일단 결심을 하면 추진력이 강하고, 당장 하고 있는 일에 굉장히 집중한다.

이처럼 서로의 차이에 대한 관용이나 이해심이 전제되지 않으면 부부간의 갈등은 더욱 깊어질 수밖에 없다. 따라서 부부는 서로의 성격을 정확히 파악해서 상대를 인정해주고, 거기에 맞춰가면서 살아야 한다.

그리고 부부간의 기질도 서로가 다를 수밖에 없다. 일례로, 한의학에서 말하는 '체질'을 따져 본다면, 체질은 여덟 가지(목양, 목음, 토양, 토음, 금양, 금음, 수양, 수음)가 있는데, 아내는 목양 체질이고 나는 수음 체질이다. 모든 체질에 잘 맞는 먹거리도 많지만, 체질에 따라서 좋고 나쁨이 있는 먹거리도 많다.

목양 체질인 아내에게는 수박, 멜론이 잘 맞지만 수음 체질인 나에게는 수박, 멜론이 잘 맞지 않다. 또한 아내는 수영이나 냉수욕이 잘 맞지 않지만, 나는 수영이나 냉수욕이 잘 맞다.

한의학에서는 체질에 따라서 맞는 음식을 먹고 체질에 맞는 운동을 하는 것이 좋다고 말한다. 그리고 체질과 상극인 음식 섭취나 운동은 오히려 건강을 해칠 수 있다고 한다. 그렇다 보니, 내가 좋아하는 것을 아내가 싫어할 수 있고, 아내가 좋아하는 것을 내가 싫어할 수 있다.

'성격과 기질이 완전히 같은 두 사람'이란 있을 수 없다. 상대방을 무조건 나에게 맞추라고 강요하는 것은 이기적인 사고방식이고, 내가 상대방에게 무조건 맞추는 것은 너무나 피곤한 일이다. 그러니 상대가 나와 '다르다'라는 것을 받아들이는 것이 좋다. 한 사람이 옳고 한 사람이 틀렸다고 생각해서도 안 된다. 그저 상대의 성격과 기질을 이해하고 나와 다름을 인정하는 것이 원만한 부부 관계의 기본이다.

배우자에게 상처 주는 말은 삼가라

'죽도록 사랑해서 결혼해도 죽어라 하고 싸운다.'라는 우스갯소리가 있다. 결혼 생활을 하다보면 어느 부부든 싸우기 마련이다. 서로 다른 두 인격체가 살을 맞대고 살다보면, 당연히 의견 충돌이 생길 수밖에 없다. 심지어 얼굴을 붉히면서 싸우기도 한다. 만약 그렇지 않다면 두 사람 모두 천사이거나 하늘이 내려준 천생연분일 것이다.

젊은 시절, 나는 부부싸움을 하면 흥분해서 처가에 대한 불만을 터뜨리곤 했다.

"당신, 내가 처가에 대해 얼마나 잘해줬는데 말을 그렇게 해요? 처남들이 얼마나 내 도움을 받았는지 몰라요?"

"그러는 당신은 내 덕 안 봤어요? 내가 어머니 병수발을 얼마나 했는지 기억 안 나요?"

그냥 사소한 문제로 몇 마디 오갔을 뿐인데, 서로가 서로의 말에 감정이 상해서 결국 부부싸움으로 번지고 나중에는 더 큰 일까지 끄집어내며 서로를 할퀴게 된다.

아내는 자신의 친정 문제에 매우 민감하다. 어릴 때 집안 사정이 급격히 기울어져서 많은 고생을 했기 때문에 누가 친정 얘기를 하면 무척이나 싫어한다. 그런데 내가 처가에 대해 안 좋게 이야기했으니 아내가 발끈할 수밖에.

한편, 나는 어렸을 때부터 외모에 대한 콤플렉스가 있었다. 왼쪽 귀에 작은 혹이 하나 있는데, 지금이야 아무렇지 않지만 학교 다닐 때 놀림을 당하면 몹시 창피하고 괴로웠다. 그래서 지금도 누가 내 외모에 대해서 왈가왈부하는 것을 몹시 싫어한다.

이처럼 사람은 자기만의 콤플렉스가 있다. 함께 사는 부부라면 배우자의 콤플렉스를 이해하고 보듬어줄 수 있어야 한다. 그런데 상대방의 콤플렉스를 알지도 못하는 경우가 많다. 더 나아가, 부부 싸움이라도 하게 되면 감정에 휩쓸려 상대방의 약점을 잡아 공격을 하기도 한다. 자신의 콤플렉스를 건드리는데 기분 좋을 사람은 없다. 모욕감을 느끼고 상처를 받는다.

이제 나는 처가에 대한 불만을 말하지 않는다. 아내 또한 내 외모에 대해 지적하지 않는다. 오히려 내 외모에 대해 나보다 훨씬 후한 점수를 준다. 부부가 서로에게 불만이 생기면, 말이 공격적으로 나오고 부부싸움으로 이어지기 쉽다. 그러나 어떠한 상황에서도, 콤플렉스를 건드려서는 안 된다. 그것은 인신공격이자 언어폭력이다. 특히 부부는 한 번 보고 헤어질 사이가 아니라, 여생을 함께할 사이이다. 서로 말을 함부로 하면 그 관계는 결국 무너진다.

프랑스의 유명한 소설가인 앙드레 모루아는 "행복한 결혼은 결혼 때부터 죽을 때까지 지루하지 않은 긴 대화를 하는 것과 같다."라고 말했다. '지루하지 않은 긴 대화'란 행복으로 이어지는 것이어야 한다. 그러니 어떠한 상황에서도 상대방에게 상처를 주는 말은 삼가야 한다.

칭찬은 배우자를 춤추게 한다

'칭찬은 고래도 춤추게 한다.'라는 말이 있다. 아무리 사소한 일이라도 그냥 넘어가지 않고 칭찬을 해 보아라. 그러면 듣는 상대방이 좋아할 것이다. 이건 부부 관계에서도 동일하게 적용된다.

부부가 되어 오랫동안 생활하다 보면 서로 칭찬에 인색해진다. 상대방이 잘해도 그냥 무심히 지나가는 일이 많아진다. 분명히 다른 사람이 해준 행동이라면 고마워할 일인데도, 배우자가 해주면 당연하게 생각하는 경우가 많다. 또 고마운 행동이 너무나 일상적인 일이 돼 버리면 고마움에 무감각해지기도 한다.

하지만 나는 오히려 부부 관계에서 칭찬이 꼭 필요하다고 본다. 하루에 한 번씩만 상대방을 칭찬해보라. 처음에는 칭찬하는 내 모습이 낯간지럽겠지만 익숙해지면 아무렇지도 않다. 예를 들어서 퇴근해서 아내가 차려준 밥상을 먹으며 이렇게 말해보라.

"당신 요리 솜씨는 정말 대단하다니까!"

아내는 정말 요리 솜씨가 좋기 때문에 나는 진심으로 아내의 요리를 칭찬한다. 그 한마디에 아내는 열심히 요리한 보람을 느끼고, 기분이 좋아진다.

또 시댁 식구가 다녀가고 난 뒤에는 "당신, 정말 고생했어."라는 따뜻한 말 한마디를 건네 보자. 시댁 식구들을 대접하고 챙기느라 피곤한 아내의 피로가 스르르 녹아내릴 것이다. 칭찬은 몸에 배어 있어서 일상생활에서 자연스럽게 묻어나야 한다. 그래야 자신의 기분이나 감정에 구애 받지 않고, 아무 때나, 누구에게나 칭찬할 수 있게 된다.

아내는 아무리 화가 나도, 친정 식구들 앞에서 남편을 험담하거나 깎아내리는 말을 하지 않고 언제나 남편의 체면을 세워주고 칭찬한다. 아내는 처가뿐만 아니라 친구들이나 주변 사람들을 만날 때도 남편의 체면을 세워주고 기를 살려준다. 사실, 나는 아내의 칭찬을 들을 만큼 좋은 남편도 아니고 훌륭한 사람도 아니다. 그런데 아내의 칭찬 덕에 주위 사람들은 나를 꽤 괜찮은 사람으로 알고 있는 것 같다. 많이 부족한 나이지만, 깎아내리기보다 칭찬해주는 아내가 그저 고마울 뿐이다.

사생활이 투명해야 한다

최근에는 가족들 사이에서도 프라이버시를 따지는 집안이 많아졌다. 물론 사람은 누구나 비밀이 있고, 다른 가족이 몰랐으면 하는 부분이 있기 마련이다. 하지만 부부 관계는 특별하다. 서로에 대한 신뢰를 갖고 있어야 결혼 생활이 유지될 수 있다. 아주 지극히 개인적인 비밀까지 말하라는 게 아니다. 다만 결혼 이후의 삶에서는 서로 사생활이 투명해야 한다. 거짓말을 하면 한두 번은 운 좋게 넘어갈 수도 있지만 꼬리가 길면 결국은 밟힌다.

건강한 부부 관계는 신뢰가 바탕이 돼야 한다. 그래야만 무슨 일이 생겨도 상대가 나를 신뢰한다. 평소 사소한 것들로 신뢰를 얻지 못하고 있으면 결정적일 때에 불신은 더욱 크게 작용한다.

불신은 부부 관계를 깨뜨리고 나아가 가정을 병들게 한다. 부부 간에 사생활이 보호돼야 하는 측면도 있지만 그보다 투명성이 우선해야 한다. 투명하지 못하면 의심을 하게 되고, 의심은 곧 부부 싸움의 발판이 된다.

배우자에게 신뢰를 얻기 위해서는 사생활이 오픈되어 있어야 한다. 내가 여행사에서 근무할 때나 개인 사업을 할 때, 나에 대한 아내의 불신은 극에 달했었다.

"당신은 왜 이렇게 매일 늦게 와요? 애도 있는 사람이? 밖에 딴 여자라도 뒀어요?"

"당신은 무슨 말을 그렇게 해요? 남자가 사회생활을 하다보면 늦을 수도 있지!"

이렇게 무의미한 싸움이 하루에도 몇 번씩 일어났다. 출장이라도 가는 날에는 나에 대한 아내의 불신은 더욱 커졌다. 물론 이건 내 잘못이 크다. 툭하면 친구들과 어울려 술을 마셨으니까 말이다.

그러나 신학교에 다닐 때는 귀가시간이 늦거나 밤에 외출을 해도 아내는 의심하지도 않고 따지지도 않았다. 불신도, 신뢰도 평소 사생활의 투명성에 따라 좌우된다.

2000년, 서초동에서 서초법조타워를 분양할 때였다. 그때 아파트를 구입해서 같이 일하는 사람들을 집에 초대했다. 직원들은 저녁식사를 마친 후 카드놀이를 했다. 오락이라는 게 한 번 시작하면 시간 가는 줄 모르고 하게 된다. 앉은 자리에서 몇 시간을 하는 건 기본이다. 그러다 보니 시간은 밤 12시를 훌쩍 넘어갔다.

그런데 놀러온 직원 중 한 명이 평소에 집에서 신뢰를 받지 못하고 있는지 계속해서 부인에게 전화가 왔다.

"아, 알았어. 조금 이따가 일어나. 금방 갈게."

입장이 난처하더라도 차라리 집에 도착할 시간을 얘기해 양해를 구하든지, 아니면 그냥 집에 가든지 해야 했다. 그런데 전화를 받으면 금방 집에 갈 것처럼 하고서는 계속해서 카드게임만 하고 있으니, 집에서 자꾸만 전화가 오는 게 아닌가. 이런 사소한 거짓말이 계속되면 상대방에 대한 신뢰가 깨지기 마련이다.

한 번 거짓말을 하면 더 큰 거짓말을 하게 된다. 사소한 거짓말이 큰 거짓말이 되는 것이다. 또 거짓말은 거짓말을 부르고, 종국에는 배우자의 불신을 키우게 된다. 거짓말이 습관으로 자리 잡지 않도록 해야 한다.

그리고 거짓말이 들통났다면 상황을 솔직하게 말하고 진심으로 사과를 구해야 한다. 부부 사이에서 신뢰는 가장 우선시돼야 하는 요소다. 건강한 부부 관계와 행복한 가정을 꾸리기 위해서는 배우자에게 신뢰를 줘야 한다. 그 신뢰를 다지는 가장 기본적인 것이 사생활을 투명하게 하는 것이 아닐까 생각한다.

부부 관계는 화초를 키우는 것과 같다

요즘 젊은이들 사이에서는 충고라면서 '혼인신고는 몇 달 살아보고 해라', '혼인신고는 늦을수록 좋다.'라든가, '아이의 출생신고를 할 때쯤 혼인신고를 해라.'라는 말도 서슴없이 오간다. 우리 세대는 가난 때문에 결혼식을 올리지 못하고 혼인 신고만 한 채 부부의 연을 맺고 사는 부부가 많았다. 그런데 '결혼의 충고'라는 저 말들은, 이혼을 염두에 두고 있다는 점에서 나는 적잖이 놀랐다.

아무리 이혼율이 높은 시대라지만, 결혼을 하면서 이혼을 염두에 둔다는 게 나로서는 쉽게 납득이 되지 않는다. 오히려 저런 마인드라면, 어떻게 결혼 생활을 유지할 수 있을까 의구심이 생긴다. 마치 실패를 염두에 두고 일을 시작하는 꼴이다. 우리는 성공을 바라는 마음으로 새로운 일을 시작하지, 실패를 염두에 두고 새로운 일을 시작하지 않는데 말이다.

우리 부부 또한 40여 년을 살았지만, 위기가 없었다면 거짓말이다. 우리 부부도 지금까지 살아오면서 이혼할 만한 일들이 수도 없이 많았다. 그러나 지금껏 그 위기를 잘 극복할 수 있었던 것은 어떤 일이 있어도 이혼만은 안 된다는 생각 때문이었다. 살다 보면 헤어질 만한 일은 얼마든지 있다. '어떤 일이 있어도 이혼만은 안 된다.'라며 굳게 결심하고 있으면 어떻게든 위기 상황을 극복하게 된다. 그러나 마음속에 이혼할 생각을 품고 있으면 이혼할 수밖에 없는 일이 따라온다.

나는 철이 들기도 전인 고등학생 때 아내를 만나 사귀었다. 처가에 행사가 있어서 참석하기라도 하면 우리 부부를 보는 주위 사람들의 시선이 곱지 않았다.

"제대로 된 직장도 없는 사람들이 만나면 어떡해? 아직 철도 안 든 사람끼리 만났으니 고생길이 훤하겠네!"

사촌처남 기운은 특히 우리를 고깝지 않게 여겼다. 나는 처남이 무심코 던지는 말에 여러 번 상처를 받았지만, 그럴 때마다 어떤 일이 있어도 그들에게 행복하게 잘사는 모습을 꼭 보여주겠다며 두 주먹을 불끈 쥐었다. 어쨌든 우리 부부는 지금 행복하게 잘 살고 있고, 백년해로를 다짐하고 있다.

우리 부부는 내가 젊은 시절, 술과 친구들을 가까이 하면서 가정에 소홀했을 때 그리고 아내가 큰 병을 얻어 고생했을 때 큰 위기가 있었다. 그러나 나는 하나님을 만난 이후 매우 가정적으로 변했으며, 아내 또한 하나님의 보살핌 덕분에 건강을 회복했다.

아내는 큰 병을 얻어 고생할 때, 내 도움이 없었다면 지금의 자기는 없었을 거라고 말한다. 우리 부부는 위기에 처할 때마다 서로를 아끼고 보살피고 사랑했다. 그리고 보살펴야 한다는 생각은 곧 책임감으로 나아갔다. 덕분에 우리는 어린 나이부터 지금까지 서로를 배려하면서 위기를 잘 극복해 왔다.

화초를 키워 본 사람은 잘 알 것이다. 화초를 잘 키우려면 꾸준히 물과 거름을 주고, 적당한 햇볕도 쬐어 주어야 한다. 계속 관심을 갖고 보살피지 않으면 화초는 시들어버린다. 부부 관계도 마찬가지다. 항상 서로를 아끼고 존중해야 한다. 다시 말해서 화초를 가꾸는 것처럼, 부부 관계를 유지하는 데 정성을 쏟아야 한다. 제멋대로 하는데 부부 관계가 좋을 리 없다.

부모 자식 간의 관계

사람들은 장소에 따라서, 그리고 누군가를 만나느냐에 따라 수행해야 할 역할이 무수히 많다. 가령 대학생은 누군가의 아들이자 딸로서 학교를 다니며, 아르바이트를 하면 어느 가게나 회사의 직원으로서 사람들을 만난다. 나는 직장에서 만나는 사람에게는 이사이고, 가족들과 만나는 사람에게는 김미숙의 남편이자 희선과 민주의 아버지이고, 교회에서 만나는 사람에게는 집사이다.

사람들은 만나는 사람에 따라 여러 가지 역할을 하면서 세상을 살아간다. 그런데 이 중에서도 가장 어렵고 힘든 역할은 바로 부모의 역할이 아닐까 싶다. 아기가 잉태되어 세상에 나와 최초로 만나는 사람은 다름 아닌 부모다. 부모와 아이가 만나는 순간부터, 한쪽이 세상을 떠나는 날까지 이 관계는 끊어지지 않는다. 부모가 이혼을 하더라도 혈육의 끈은 여전히 이어져 있다.

부모의 역할은 힘들면서도 숭고한 역할이다. 하지만 자녀가 성장하면서 힘들어지는 게 부모의 역할이다. 어릴 때는 마냥 귀여웠던 아이가 성장하면서 부모에게 반항한다. 그리고 더 성장하면 부모의 손을 떠나 스스로 독립한다. 자녀가 독립을 하더라도 여전히 부모 자식 관계는 지속된다.

자녀의 어느 시기에서건 부모의 역할이 가장 중요하다. 부모가 어떤 말을 하든지, 어떤 행동을 하든지 자녀는 그것을 그대로 따라한다. '자녀는 부모의 거울'이라는 말에 나는 동감한다. 그러니 부모가 지닌 역할과 중요성은 아무리 강조해도 부족하지 않다. 내가 곧 자녀의 선생이다.

시골에 어떤 노모가 살고 있었다. 온갖 고생을 하여 아들을 좋은 대학에 보냈고, 출세할 때까지도 뒷바라지를 마다하지 않았다. 노모의 주변 사람들도 노모의 아들이 출세할 수 있었던 이유는 노모의 역할이 컸다고 치켜세웠다.

어느 날, 노모는 아들을 만나기 위해 아들이 다니는 회사에 갔다. 회사 로비에 있던 직원들이 초췌한 모습의 어머니에게 다가가 물었다.

"무슨 일로 오셨나요?"

"아들을 보러 왔는데요."

마침 밖에서 일을 보고 돌아온 아들이 회사 로비에 들어왔다. 노모가 아들을 발견하고는 반가워서 소리쳤으나 아들은 당황하여 얼른 노모의 시선을 피해 황급히 사무실로 들어가 버리는 게 아닌가. 노모는 충격을 받았다. 다른 사람도 아닌 아들이 자신을 피하는 모습에 말이다. 결국 노모는 눈물을 삼키며 아들의 회사에서 발걸음을 돌렸다.

이 이야기가 주는 교훈은 무엇일까? 남루한 옷차림의 어머니를 피한 아들을 비난하는 건 맞다. 아들은 다른 사람에게 남루한 옷차림을 하고 있는 어머니를 보여주기 싫었고, 그래서 모정을 외면했다. 분명 그릇된 생각이다. 혈육의 연은 하늘이 내려준 귀한 선물이다. 그래서 혈육의 연을 거부하는 것은 신의 섭리를 거부하는 것이나 마찬가지다.

자식이 제 나름의 기준을 정해놓고 기준에 해당하면 부모고, 기준 이하면 부모가 아니라는 건가? 세상의 기준과 잣대로 부모를 따지면 합격 점수를 받을 부모는 없다. 이건 자녀에게도 마찬가지다. 부모와 자식은 하늘이 맺어준 인연이고, 선택으로 되는 게 아니다. 그러니 부모는 자식을 사랑하고, 자식은 부모를 공경하고 효도하는 게 마땅하다.

부모가 자식을 사랑하는 건, 그리고 자식이 부모에게 효도하는 건 일정한 규범이나 원칙이 정해져 있는 게 아니다. 세상의 모든 부모는 자식을 사랑하며, 자식이 원하는 걸 해주고 싶어 한다. 그리고 자식도 부모에게 효도를 하고 싶어 한다. 그러나 세상을 살다 보면 현실적인 문제들이 부모와 자식의 사랑마저 가만두지 않는다. 그러나 진실한 마음만으로라도 서로를 챙겨줘야 한다.

나는 부모가 된 지 벌써 40년 가까이 되었다. 40년이라는 시간 동안 두 딸을 키웠고, 두 딸은 새로운 사랑을 만나 독립한 뒤 자식을 낳아 키우고 있다. 그동안 나는 내 딸들을 제대로 키웠는지 고민하던 시기도 있었다. 지금도 바람직한 부모는 어떤 부모인지 정답을 내놓을 수는 없다.

나는 교육학을 전공한 사람이 아니다. 그러나 40년 동안 두 딸

을 키우면서 바람직한 부모와 자식의 관계에 대해 늘 고민해 왔
다. 내 입장이나 주장이 모든 사람들에게 통용되는 건 아닐 것이
다. 다만, 지금까지 부모의 역할을 해왔으니 아쉬웠던 것들을 되
짚어보면서 부모의 역할을 좀 더 잘할 수 있는 방법에 어떤 것이
있는지, 함께 고민해 보고 싶다.

자녀 맞춤형 대화를 하자

인간관계에서 중요한 건 대화다. 대화를 어떻게 하느냐에 따라 사이가 멀어질 수도 있고 돈독해질 수도 있다. 사람 사이에서 주고받는 대화의 중요성에 대해 이미 여러 차례 짚었다.

부모 자녀 관계에서도 마찬가지다. 대화만 잘해도 어느 정도 갈등을 막을 수 있다. 대화를 통해 서로가 필요한 부분을 확인하고, 서로의 고민과 아픔에 대해 고민하며 이를 해결할 대안을 찾아야 한다. 만약 대화를 하지 않고 각자 아픔과 고민을 가슴속에 묻어둔다면, 나중에는 가족의 행복을 갉아먹을 것이다.

"요새 우리 애들은 무슨 생각을 하는지 통 모르겠어."

"우리 부모님은 날 이해하지 못해."

부모들은 위에 있는 말을, 자녀들은 아래에 있는 말을 자주 할 것이다. 서로가 서로를 이해하지 못하는데 어떻게 부모 자녀 관계가 좋을 리 있겠는가. 대화를 하면 서로의 입장에 대해서 알게 것이다.

부모가 먼저 자녀들에게 다가가는 것도 좋지만, 반대로 자녀가 부모에게 다가가는 것도 좋다. 자녀들도 부모에 대해 아는 게 많지 않다. 설사 알더라도 빙산의 일각에 불과하다. 부모님이 좋아하는 음식이나 색깔에 대해 말해보라고 하면, 바로 대답할 수 있는 사람이 얼마나 있겠는가?

그럼 대화를 잘 이끌려면 어떻게 해야 하는가? 자녀가 어리면 그 아이의 눈높이에 맞춰 놀아주고, 대화를 이끌어야 한다. 이따금씩 아파트 단지 내 헬스클럽에서 젊은 아버지와 초등학생 아들이 같이 와서 운동하는 것을 본다. 아버지는 아들을 따라다니면서 일일이 코치를 해준다. 어떻게 운동을 하는지 아이의 눈높이에서 자세히 설명해주니 아이도 아빠를 따라 운동을 한다. 그걸 보면서 저 가정은 대화가 잘되고 화목한 집일 거라는 생각이 들었다.

또 자녀가 성인이 되면 '성숙한 인격체'로서 인정해주고 자녀의 생각을 최대한 존중하면서 대화를 나눠야 한다. 부모가 자녀를 여전히 '어린 아이'처럼 여기고 가르치듯 말하면 자녀는 부모를 답답해하면서 진지한 얘기는 하지 않으려고 한다. 부모의 입장에서는 자식이 늘 어린애처럼 느껴질지 모르지만, 성인이 된 자녀는 부모의 보살핌이 필요한 미성숙한 존재가 아니다. 뿐만 아니라 집 밖에서는 사회인으로서 제 역할을 다 하고 있는 어엿한 '어른'이다.

어느 통계를 보니 하루 동안 부모와 전혀 대화를 하지 않거나, 아니면 3분 미만으로 대화를 나누는 자녀들이 많다고 한다. 시간이 지날수록 대화가 줄어들면 가족으로서의 연결고리가 사라진다. 자녀와의 대화 또는 부모와의 대화는 나를 위해서, 그리고 가족을 위해서 꼭 필요하다.

자식은 부하가 아니다

많은 부모들이 자식들이 자신의 뜻대로 움직이길 바란다. 하지만 이건 매우 위험하고 이기적인 발상이다. 자녀가 하나의 인격체라는 걸 잊고, 부모의 생각과 뜻을 무조건 강요하면 자녀가 비뚤어질 가능성이 높아진다.

자녀도 엄연한 하나의 인격체다. 나는 이 사실을 잊고 둘째 딸 민주를 나무랐다가 서로 감정의 골이 깊어진 적이 있다. 그때 나는 민주의 입장을 고려하지 않은 채, 명령하고 강제로 통제하려 했었다. 돌이켜보면 정말 위험한 행동이었다.

부모의 입장에서 아무리 타당한 말과 행동일지라도 자녀와 대화를 통해 의사를 전달해야 한다. 그래야 서로의 감정이 충돌하지 않는다. 가령 이렇게 표현하는 사람들이 있을 것이다.

"아빠 말 들어라. 다 너 잘 되라고 하는 말이야."

"엄마 말 들어라. 엄마 말 들어서 손해 본 적 있니?"

이 또한 명령이자 강요다. 자녀가 생각하는 부분이 있을 텐데, 이를 무시하고 부모의 생각과 뜻을 자녀에게 무조건 들이밀면 안 된다. 만약 자녀가 부모의 말을 듣지 않고, 자기의 생각대로 했다가 손해를 보더라도 그걸 탓하지 마라. 그 또한 자녀의 인생 경험이며, 살아가는 데 도움이 될 것이다.

"아니, 그래도 그렇지, 어떻게 자식이 손해 보는 짓을 하는 데 내버려둬요? 부모라면 무조건 자식이 잘 되게 해야 되는 거 아니에요?"

물론 동의한다. 하지만 자녀도 경험해야 한다. 그래야 성장한다. 실패를 모르고 자란 사람은 스스로를 과신하기 쉽고, 작은 좌절에도 삐뚤어지기 쉽다. 그러니 강요하지 말고 자녀에게 의견을 제시하라. 그리고 자녀가 부모의 뜻을 따르지 않고 자기의 생각대로 행동했다가 실패를 맛보더라도 묵묵히 위로만 해 주는 게 좋다. 자녀를 탓해서는 안 된다.

많은 부모가 자신이 이루지 못한 일이나 꿈을 자녀를 통해 성취하려고 한다. 예를 들어서 배움에 한이 있는 사람은 자녀를 배움의 길로, 가난에 시달린 사람은 자녀를 재벌로, 본인이 사법고시 준비에 실패한 사람은 자녀를 법조인으로. 부모가 이루지 못한 꿈이나 가슴의 한을 자녀를 통해 성취하려고 한다.

부모의 꿈과 바람이 결코 자녀들의 꿈이나 미래가 될 수가 없다는 사실을 기억해야 한다. 그리고 부모의 꿈과 바람이 명령이나 강요가 될 수도 있다는 걸 인지해야 한다. 꿈이라는 이름으로 자식에게 명령하거나 군림해서는 안 된다. 자녀는 내 부하도 아니요, 꼭두각시도 아니다.

자녀를 항상 칭찬하라

많은 부모들이 자녀가 어릴 때는 칭찬을 아주 잘한다. 첫 옹알이만 해도 신동이 태어났다면서 기뻐한다. 걷는 것만으로도 칭찬을 하고, 말하는 것만으로도 칭찬을 한다. 학교에 들어간 후에는,

아이가 성적을 잘 받아오면 선물까지 사주면서 칭찬한다. 제 자식이 제일 인물이 좋고 똑똑하다고 생각하는 게 부모다.

그런데 어느 순간, 자녀에 대한 칭찬이 줄어들거나 뚝 끊긴다. 자녀가 대학생이 될 때, 아니면 자녀가 취업을 할 때 부모는 더 이상 칭찬을 하지 않는다. 어쩌면 이때쯤이면 이미 자녀와 대화하지 않는 사이가 돼 버렸을 수 있다. 그러나 칭찬은 언제나 필요하며, 자녀가 어른이 되었을 때도 해야 한다.

내가 자녀에게 칭찬하라는 것은, 자녀가 잘한 일이나 자녀가 큰일을 치른 뒤에 칭찬하라는 게 아니다. 즉, 칭찬할 일만 칭찬하라는 게 아니다. 아이가 좋은 대학에 들어가고, 장학금을 받고, 좋은 회사에 들어갔을 때만 칭찬을 하라는 게 아니다. 아주 사소한 부분도 칭찬하라는 거다.

나는 첫째 딸 희선이가 교회에서 예배 연주를 하면 꼭 한마디씩 칭찬한다. 그리고 둘째 딸 민주가 아이를 데리고 친정에 오면 오느라 고생했다면서 따뜻한 말 한마디라도 꼭 건넨다.

특히 모든 가장들이여. 자녀들에게 무뚝뚝하게 행동하지 마라. 과거에는 말수가 적고 근엄한 아버지가 존경받았지만, 지금은 자상하고 가족적인 아버지가 존경과 사랑을 받는다. 한국의 많은 남자들은 자기감정을 표현하는 데 서툴다. 특히 중년 남자들은 더더욱 그렇다. 많은 자녀들이 어머니를 좋아하지만, 아버지는 부담스럽게 생각한다. 말을 하지 않고 무뚝뚝하니까.

지금부터라도 자녀들을 어떻게 칭찬할지 고민해보라. 막상 어떻게 칭찬해야 할지 막막한 사람들이 많을 것이다. 사소한 것부터 해보라.

"오늘 청소 깨끗이 했네."

"아들이 설거지를 했나? 고생했네."

"늦게까지 공부하느라 고생이 많네."

"일하는 데 피곤하지는 않고?"

당연히 처음에는 자녀들이 부모의 바뀐 모습에 당황하거나 부담감을 느낄 것이다. 하지만 꾸준히 노력하라. 이미 대화가 단절된 부모와 자식 사이라도, 부모의 작은 칭찬 한마디가 자식의 마음의 문을 열 것이다. 그리고 가정도 더욱 화목해질 것이다. 안 하던 칭찬을 하려니 쑥스럽다고 할 수도 있다. 그러나 자신을 인정해주는 부모에게 자식은 마음을 열고 부모를 존중하게 된다. 행복한 가정을 위해서 사랑하는 자녀에게 칭찬 한마디씩 해주자.

자녀에게 부정적인 감정을 표출하지 마라

꽤 많은 부모들이 자녀 앞에서 자신의 나쁜 감정을 함부로 표출한다. 짜증이나 신경질을 내비치는 이들도 있고, 심할 경우에는 욕을 하거나 손찌검을 하는 이들도 있다. 특히 자녀가 실수를 하거나 납득되지 않는 행동을 하면 이에 대해 감정적인 말과 행동을 서슴없이 하는 경우가 있다. 그럼 자녀가 부모님에게 훈계를 받았다고 생각할까? 오히려 자녀는 부모로부터 '공포'라는 감정을 경험한다.

"넌 대체 나중에 커서 뭐가 되려고 그래?"

"넌 언제까지 집에만 있을 거야?"

"넌 대체 생각이 있는 거니, 없는 거니?"

이런 말을 해본 부모가 적지 않을 것이다. 이건 자녀를 훈계하거나 교육하는 말이 아니다. 명백히 분풀이고 짜증이며, 신경질을 내는 행동이다.

나 또한 그런 적이 없는 건 아니다. 하지만 지금 생각해보면 자녀에게 상처를 주는 말이었고, 참으로 잘못한 일이었다고 생각한다. 이런 말을 들으면 자녀는 심리적으로 위축될 수밖에 없다. 그리고 이런 식의 말이 반복되면 자녀의 자존감도 낮아진다.

그러니 자녀의 행동을 부정적인 감정으로 말하지 마라. 나는 자녀의 심판자가 아니다. 자녀의 행동에 어떤 감정을 느끼면 그것을 좋은 말로 잘 풀어서 알려줘라. 혹여 자녀가 부모의 말을 듣지 않아도 그것에 대해 자녀를 위협하지 말고 오히려 그 아이가 처한 상황이나 심정을 충분히 헤아리려는 자세를 가져야 한다.

부모든 자녀든 모두가 한 명의 인격체라는 걸 절대 잊지 말아야 한다. 이는 곧 다른 사람이 자신의 감정을 쏟아내는 쓰레기통이 아니라는 걸 뜻한다. 내 감정은 내가 알아서 다스려야지, 자녀가 컨트롤해주지 않는다. 그러니 인내와 자제력을 갖추어야 한다. 만약 그게 힘들면 하루에 몇 번씩 심호흡을 해라.

속담에 '아이가 보는 데서는 찬물도 못 마신다.'라고 했다. 자녀들은 그들이 원하든 원치 않든 부모의 행동을 무의식적으로 보고 배운다. 자녀들은 내가 실수로 내뱉은 말을, 내가 아무 생각 없이 한 행동을 그대로 배운다. 집에서 일상적으로 계속 듣고 보는 것이 부모의 말과 행동이기 때문이다. 내 자녀가 나에게서 화내는 법, 짜증내는 법, 신경질 내는 법을 배운다면 비극이 아닐 수 없다. 부모가 부정적인 감정을 자제하고 좋은 말로써 아이를 대하면 아이도 성격이 원만한 아이로 자라게 된다.

자녀에게 무엇을 남겨줄 것인가

60줄에 들어선 우리 부부는 어느 날부터인가 이런 고민을 한다. 만약 마지막 날이 되면 우리는 자녀에게 무엇을 남겨줄 수 있을까? 단순히 돈이나 땅, 집 등 물질적인 부분 말고 자녀들이 살아가는 데 정신적인 버팀목이 돼 줄 수 있는 것이 무엇인지를 생각하는 것이다.

첫째는 자녀가 우리들의 삶을 본받도록 하고 싶다. 그러기 위해서는 적어도 우리 부부가 살아온 삶에 대해서 후회하지 않도록 해야 한다. 나는 딸들이 어릴 때부터 강조해 온 것이 있다.

"아무리 어려워도 비굴하거나 비겁하게 살면 안 된다. 살기 힘들어도 정직하고 당당하게 살아야 한다. 그게 바로 삶이다. 그래야 후회하지 않는다."

나는 두 딸이 내 말을 이해하고 삶 속에서 그대로 실천해주길 바란다. 그리고 딸들이 자신의 자녀들에게도 똑같이 그런 말을 해 줄 수 있도록 살았으면 한다.

물론 부모가 열심히 살아서 돈과 집, 땅 등 재산을 남겨주는 것도 중요하다. 그러나 그런 것들이 자칫 화가 될 수도 있고, 자녀의 건강한 삶을 방해할 수도 있다. 우리 부부는 부모님에게 물려받은 재산이 거의 없다. 비록 많은 것을 가진 것은 아니지만, 지금 이렇게 살고 있는 것도 온전히 우리 부부의 노력과 땀 흘림의 결과다.

어머니가 돌아가실 때, 상계동에 조그마한 아파트 한 채와 시골에 집 한 채, 그리고 논밭이 조금 있었다. 그러나 나는 그것을 받지 않기로 결심했고, 다른 형제들에게 양보하겠다고 선언했다. 만약 내가 욕심을 부려 어머니의 재산을 요구했다면 어떻게 됐을까? 아니면 아내가 사정이 어려우니 어머니의 재산을 가져오라고 요구했다면 어땠을까? 아마도 남매간에 감정만 상하고 살림에도 크게 보탬이 되지 못했을 것이다.

둘째는 자식들에게 부모의 건강을 물려주고 싶다. 부모는 자녀들을 걱정시키거나 짐이 되지 않기 위해서라도 건강해야 한다. 내가 매일 수건이 흥건해질 정도로 운동을 하는 이유는 건강한 삶을 살아서 자식들에게 걱정을 끼치고 싶지 않아서다.

부모가 자식의 건강을 걱정하듯이, 자식 또한 부모의 건강에 대해서 신경 쓴다. 부모가 건강해야 안심하고 자신의 삶을 잘 살 수 있다. 부모가 건강하지 못하면 자식은 계속 부모를 걱정하게 된다. 그러니 부모의 건강과 자녀들의 삶은 매우 밀접한 관계가 있다.

마지막으로는 자녀들에게 믿음의 재산을 남겨주고 싶다. 부모의 신앙은 자녀들의 신앙에 영향을 준다. 따라서 부모가 생전에 열심히 신앙생활을 하면 자연히 자녀들도 그대로 따라하게 되어 있다. 아내는 처녀 때부터 신앙생활을 했고, 나는 아내의 뒤를 이어 교회를 다니고 있다. 당연히 두 딸은 모태 신앙이다. 어릴 때 딸들의 신앙생활은 열성적이지는 않았지만, 결정적일 때 모태 신앙의 저력이 나오는 것을 보게 된다.

나는 지금 자녀들을 위해 교회를 다니라는 게 아니다. 가정마다 각자의 신앙이 있고, 한 가족이 공유하는 도덕과 가훈이 있을 것이다. 나는 그것을 자녀들에게 물려주라는 것이다. 신앙생활을 하고 있는 사람은 자녀들에게 신앙심을, 양심과 도덕을 중요하게 생각하는 사람은 자녀에게 그 마음을 물려주라는 것이다. 부모의 믿음이 자녀에게로, 나아가 손자손녀에게 이어진다면 그보다 더 좋은 일은 없다.

신실한 믿음은 결코 삶과 충돌되지 않는다. 균형 잡힌 신앙은 반드시 삶으로 실천되어야 한다. 만약 어느 한쪽으로 치우쳐 있다면 되돌아봐야 한다. 교회에서 칭찬받는 믿음이 삶과 동떨어져 있으면 안 된다.

우리 아이들이 어떤 상황이나 환경에도 흔들리지 않고 끝까지 믿음의 경주를 완주해서 주위 사람들에게 칭찬받는 믿음일 뿐만 아니라 그 믿음으로 자신을 이기고 세상을 정복해가기를 바라는 마음이다. 그리고 딸과 사위의 믿음이 더욱 굳건해져 손자 손녀들에게까지 선한 영향을 끼쳤으면 하는 바람이다.

형제자매와의 관계

형제자매는 같은 핏줄을 붙잡고 이 세상에 태어난 사이다. 오늘날은 아이를 아예 갖지 않거나 한 명만 낳는 추세인데, 개인적인 견해로는 자녀를 위해서라면 하나보다는 둘이 더 좋다고 생각한다.

그 이유는 형제자매가 있으면 어릴 때부터 부모가 세상을 떠난 후에도 서로가 의지하며 살아갈 수 있기 때문이다. 또한 서로의 상호 작용을 통해 올바른 자의식을 키우고 가족이라는 사회를 일찍부터 배우게 된다. 학교에서 배울 수 없는 인간적인 면들을 키우는 곳이 가정이고, 형제자매는 서로의 선생이자 동료가 될 때가 있다.

그러나 형제자매는 나이가 비슷한 경우가 많아, 싸움도 많이 하게 되는 사이다. 어릴 때는 형제자매 간에 싸움을 많이 하다가 성인이 된 후에는 사이좋게 지내는 사람이 있는가 하면, 어릴 때는 아껴주고 보살펴 주다가 성인이 되어서는 서로 경쟁 관계가 되거나 사이가 멀어져 버리는 사람도 있다.

심지어 어떤 사람은 형제자매와 의절하고 원수처럼 살아가기도 한다. 내가 잘 아는 사람도 형제가 한 동네에서 살았는데, 부모님이 남긴 유산 문제로 분쟁이 생겨 의절하고 지내다가 형제 중 한 사람이 세상을 먼저 떠났는데, 끝내 장례식장에 참석하지 않는 것을 봤다.

"언니는 일을 왜 그런 식으로 해? 왜 사람이 매사가 건성이야?"

"너는 뭐가 이렇게 깐깐하니? 좀 편하게 살자. 좀!"

내 두 딸 희선과 민주는 성격이 정말 다르다. 외향적인 희선과 감수성이 예민한 민주는 서로를 이해하지 못했고, 어렸을 때는 자주 싸웠다. 두 사람을 중재하는 사람은 언제나 아내였다. 나는 혹여 딸들이 제 고집만 부리다가 서로 등지고 남처럼 지내는 건 아닐지 걱정을 많이 했다. 그러나 다행히도 성인이 된 두 딸은 자주 만나 식사도 하고, 쇼핑도 같이 한다. 물론 우애도 무척 깊다.

비단 우리 딸들만 그런 게 아니다. 다른 형제자매들도 어릴 때는 자주 싸우다가 어른이 되어서는 서로 이해하는 사이가 되기도 한다. 지인 중 한 명은 자식이 형제인데, 어릴 때는 걸핏하면 싸웠다고 한다. 그런데 형제가 군대를 갔다 온 뒤에는 무척 사이가 돈독해졌다고 한다. 군대 같은 결정적인 계기가 없더라도 서로 이해하고 포용하는 마음이 있다면 형제자매는 언제든 금방 친해지고 돈독해질 수 있다.

살면서 형제자매 간에 의견 마찰이 있을 수 있다. 심지어 치고박고 싸울 수도 있다. 그러나 꼭 화해를 해야 한다. 더군다나 인생의 마지막 길에 당도했을 때라면 원망도, 미움도, 배신도, 모든 것을 용서할 수 있어야 한다. 형제자매와 의좋게 지내기 위해서는 자기감정이나 자존심, 체면 따위에 집착해서는 안 된다. 그리고 다른 사람들에게 대하듯이 형제자매에게도 지켜야 할 최소한의 예의가 있다. 나는 내 형제자매들을 통해 이것들을 알게 되었다.

이 글을 읽는 독자들도 대부분 누군가의 형제자매일 것이고 또 형제자매를 자식으로 낳아 키우고 있을지 모른다. 이 장을 통해 내가 형제자매들에게 어떻게 해야 할지, 내 자식들의 우애를 어떻게 두텁게 만들지, 한 번 생각해 보는 계기를 가져보길 바란다.

인간으로서의 도리를 다하라

도리는 인간으로서 마땅히 지켜야 할 의무다. 형제자매 간의 도리도 마찬가지다. 내 주변에 큰돈을 가진 재력가가 있다. 그런데 자기 형님이 큰 병을 얻어 이혼을 하고, 직장도 없이 어렵게 살고 있는데도, 그 재력가는 제 형님을 외면한 채 전혀 도움을 주지 않아 주변 사람들에게 빈축을 샀다. 말만 형제지 이웃만도 못하다. 피는 물보다 진하다는데, 물보다 진하지 못한 피도 있는 건가?

형제자매가 형편이 좋지 못하면, 큰 도움을 주지 못할망정 외면해서는 안 된다. 요즘 많은 사람들이 형제자매애를 가볍게 생각하는 경향이 있다. 하지만 부모가 세상을 떠나면 남아 있는 혈육은 형제자매뿐이다. 평소 형제자매를 챙기는 마음이 있어야 하고, 형제자매의 마지막을 챙겨주는 게 도리다.

나는 이와 관련된 아픈 경험이 있다. 2016년 11월 29일 이른 아침, 제주도에서 한 통의 전화가 걸려왔다. 동생과 함께 일하는 직장 동료였다.

"동생이 심근경색으로 쓰러졌어요. 상황이 아주 위급하니까 얼른 오셔야 할 것 같아요."

다급한 마음에 나는 곧바로 제주도로 향했다. 병원에 도착해서 확인한 동생의 상황은 참으로 처참했다. 의사는 골든타임을 놓쳐서 어쩔 수 없다는 말만 되풀이했다. 사랑하는 동생을 위해서 형이 할 수 있는 일은 아무것도 없었다. 마음은 갈기갈기 찢어졌고, 무력감이 온몸을 감쌌다. 의식도 없이 링거에 의존하여 간신히 버티는 동생을 차마 똑바로 쳐다볼 수 없어서 고개를 숙이고 눈물만 흘렸다.

동생은 오랫동안 여러 일을 전전했다. 그러다 인테리어를 배워 간신히 제주도에 터를 잡아 굉장히 좋아했는데, 인생의 꽃을 제대로 피우지도 못하고 꺾이나 싶어 가슴이 미어졌다. 나는 아무 연고도 없는 제주도에 동생을 계속 둘 수 없어서 전라남도 나주의 한 요양 병원으로 동생을 옮겼고, 동생은 6개월 뒤에 세상을 떠났다. 우리 남매 중에서 제일 명석하고, 인정과 의리가 많고, 친화력도 좋고 마음씨 착한 동생이었다.

동생이 숨을 거두기 며칠 전, 나와 아내는 동생을 만나러 갔다. 그게 동생이 살아있을 때 본 마지막 모습이었다. 내가 이름을 부를 때도 아무런 반응을 보이지 않았는데, 아내가 부르는 말에는 반응을 했다.

"삼촌, 삼촌이 좋아하는 형수가 왔어요."

그렇게 몇 번을 큰 소리로 외치자, 동생은 감긴 눈을 애써 떠보려고 했다. 가늘게 뜬 눈이 마치 나와 아내를 바라보는 듯했다. 의식이 온전치 않아 말도 못하는 동생이 갑자기 흐느끼며 하염없이 눈물을 쏟아냈다. 나와 아내도 가슴이 찢어지는 고통을 느끼며 동생의 손을 붙잡고 울었다.

동생이 숨을 거두자, 나는 제수씨와 조카들에게 소식을 알렸다. 그러나 제수씨나 조카들은 장례식에 참석하지 않겠다고 했다.

"그 사람은 이미 오래전부터 내 남편이 아니에요. 알잖아요?"

"아버지는 아버지로서 우리에게 해준 게 없어요. 어머니가 가지 않으면 저희도 갈 이유가 없습니다.”

서류상으로는 정리되지 않았으나, 동생과 제수씨는 이미 오래 전부터 별거를 해오고 있었다. 제수씨뿐만 아니라 조카들도 동생이 아버지의 역할을 하지 못했다면서 장례식 참석을 거부했다. 그래도 마지막으로 떠나는 길이니 참석해 달라고 간곡히 부탁했고, 결국 제수씨와 조카들이 참석한 가운데 장례를 무사히 치를 수 있었다.

동생은 학업을 마치고 곧바로 서울로 올라와 여러 일을 했었다. 자동차 공업사에 취직해 기능공으로 일한 적도 있고, 문구점을 운영한 적도 있으며, 처남과 사업을 같이 한 적도 있었다. 그러나 어느 것 하나 성공하지 못했고, 이 과정에서 제수씨와 아이들과 헤어지고 말았다.

병원에서 사경을 헤매는 최악의 상황에서도 동생은 아내와 자식들의 돌봄을 받지 못했다. 나는 동생의 장례식이 진행되는 동안 여러 생각으로 마음이 착잡했다. 만약 내 동생이 건강할 때 가족들에게 더 신경을 썼다면? 어려운 상황에서도 가족들이 서로 이해하고 의지했다면 상황이 변했을까?

나는 동생이 잘했다, 못했다를 따지려고 하는 게 아니다. 내가 형 노릇을 잘했다고 자랑하는 것도 아니다. 다만, 가족이 서로를 챙기고 의지해야 한다는 말을 하고 싶다. 의지한다는 것은 정서적으로 기댄다는 의미다. 이는 사랑과 믿음이 전제돼야 한다. 비록 동생은 처자식의 외면 속에서 사경을 헤맸지만, 하늘나라로 가는 길은 처자식과 형제들과 누이가 함께 배웅을 해줘서 외롭지 않게 갔다.

내 일이 바빠서, 내 가족을 챙겨야 해서 형제자매를 등한시하면 안 된다. 형제자매는 '세상에서 가장 막역한 동료이자 친구'다. 어쩌면 나를 유일하게 이해해줄 수 있는 사람도 형제자매다. 그러나 어떤 형태로든 교감하지 않으면 마음에서도 멀어진다. 명절 때나 집안에 행사가 있을 때만이라도 만나야 하는데, 그런 때도 만나지 않고 전화 통화도 하지 않으면 사실상 형제자매라는 유대감은 느슨해지다가 끊어지고 만다.

형제자매는 나와 피를 나눈 인연이다. 태어나서부터 함께한 집에서 커 온 가장 오랜 친구다. 각박한 세상이라지만, 모든 이들이 형제자매의 도리를 잊지 않기를 바란다.

형제자매의 우열을 따지지 마라

형제자매가 하나같이 학벌이 좋고, 골고루 잘사는 집안도 있다. 참으로 복 받은 집안이다. 그러나 대개는 형제자매 간에 차이가 생길 수밖에 없다. 각자 배움의 깊이가 다르고, 재산도 차이가 난다. 그렇다고 더 많이 배운 사람과 더 많은 걸 가진 사람이 그보다 못한 형제자매를 무시하거나 부끄러워해서는 안 된다.

앞서 1장에서 꿩이며 청둥오리를 사냥하고 물고기도 곧잘 잡아오던 큰형님에 대해 얘기한 적이 있다. 어린 시절, 큰형님은 내게 동경의 대상이었다. 큰형님은 지금도 고향에서 농사를 짓고 계신다. 큰형은 불의의 사고로 언어 장애가 생겨서 의사소통에 문제에 있으시다. 한편, 큰형수님은 한 손에 장애가 있어서 손을 쓰는 게 편치 않으시다.

큰형수님은 스물세 살이라는 어린 나이에, 가난하고 시동생이 많은 우리 집에 시집왔다. 그리고 칠순이 넘은 지금까지 고향을 지키고 계신다. 큰형수님은 고생을 참 많이 하셨다. 남편과 의사소통이 잘 되지 않는 것만도 힘들 텐데, 낮에는 닥치는 대로 농사일과 집안일을 하며, 가족들의 삼시세끼를 전부 챙겼다. 저녁식사가 끝난 밤에도 남은 집안일을 하느라 늦게 잠자리에 드셨다. 큰형수님은 시부모님을 모시고 슬하에 사남매를 낳아 키우면서, 다섯 명의 시동생까지 챙기셨다. 그러나 형수님은 늘 웃으며 그 많은 일들을 누구보다도 묵묵히, 열심히 하셨다.

무뚝뚝한 아버지는 고생하는 며느리에게 "우리 며늘아기, 고생했다."라는 다정한 말 한마디 하지 않으셨고, 남자보다 더 강한 어머니는 거칠고 모진 잔소리를 내뱉곤 하셨다. 한편 큰형님은 매우 신사적이고 얌전하지만 매일같이 술을 마시고 주사를 부리는 단점이 있다. 그러니 큰형수님은 몸과 마음이 다 힘드셨을 것이다. 다른 사람 같았다면 진작 뛰쳐나갔을지 모른다.

큰형수님이 시집왔을 때 나는 초등학교 5학년이었는데, 형수님은 매일 아침마다 도시락을 싸 주셨다. 솔직히 그때는 형수님께 고맙기는커녕 도시락을 싸주시는 걸 당연하게 생각했다. 그러나 내가 당뇨가 생겨 식이 요법을 위해 아내가 도시락을 싸 주는 것을 보면서 큰형수님의 도시락이 문득문득 생각났다. 그 고단한 생활 중에도 어린 시동생의 도시락을 정성껏 싸준 그 마음이 너무도 따뜻하고 고마웠다. 큰형수님은 내게 어머니처럼 혹은 누나처럼 사랑을 베풀어 주셨다.

나는 부모님과 부모님 같은 큰형님 내외분의 사랑을 받으면서 자랐기 때문에 마음은 늘 부자였다. 그리고 큰형님과 큰형수님은 내가 성공하겠다는 꿈을 품는 데 동기 부여가 됐다. 큰형님과 큰형수님의 사랑을 많이 받고 자란 만큼, 돈을 많이 벌어서 몸이 불편하신 그분들의 노후를 내가 책임지리라 다짐했기 때문이다.

사회에서 만나는 사람 중에는, '잘나가는' 형제자매를 자랑하면서 마치 자기가 잘나가는 듯이 우쭐대는 사람도 있고, 형제자매가 부끄럽다며 일절 얘기하지 않는 사람도 있다. 나는 잘나가는 형제자매를 둔 게 부럽지 않다. 그리고 형제자매를 부끄러워하는 사람은 기본이 덜 된 사람으로 보인다. 내 큰형님과 큰형수님은 시골에서 소박하게 지내시는 분들이지만, 부모님만큼 나를 아껴주시고 내게 '성공해야 되는 이유'를 갖게 해주신 분들이라 나는 그저 고맙고 또 감사하다.

성공해서 형님 내외를 호강시켜드리겠다는 내 다짐은 쓸모가 없어진 것 같다. 조카들이 장성하여 시집·장가를 가서 다복한 가정을 이루고, 매달 부모님께 용돈을 드려 큰형님 내외가 생활하는 데 불편하지 않게 해드리고 있다. 조카들이 평상시에도 부모님을 찾아뵙고, 지극정성으로 효도하니 큰형님 내외는 자식 복이 많으신 것 같다. 특히 장손인 큰조카는 반듯하게 잘 성장해서 활발하게 사회생활을 하고 있을 뿐더러 집안일이나 친척들 사이에서 제 아버지의 역할까지 다하고 있으니 기특하기 그지없다.

나는 우리 형제자매 중에서 유일하게 고등학교를 졸업했다. 그런데 내가 고등학교를 무사히 졸업할 수 있었던 건 형제자매들의 도움 덕분이다. 그 덕분에 지금의 내가 있다. 절대로 내가 제일 공부를 잘해서, 내 능력이 출중해서 지금의 내가 된 게 아니다.

모든 사람들은 각자 성격과 처지와 환경이 다르다. 내가 큰형님보다 공부를 좀 더 많이 했다고 해서, 혹은 서울이라는 대도시에서 일하고 있다고 해서 내가 형보다 낫다고 생각하지 않는다. 형님과 내 인생에는 '차이'가 있을 뿐이다. 이 '차이'는 '다름'과 비슷한 의미다. 우월과 열등을 따질 수가 없는 것이다.

서로의 차이를 인정하고 섬기려고 노력할 때가 아름답다. 차이는 차이일 뿐이다. 형제자매 사이의 차이를 등수를 매기듯, 수직 관계로 생각하지 말자. 혈육이라는 테두리 안에서 형제자매는 우월함도 없고 열등함도 없다.

형제자매 간에도 예의를 지켜야 한다

부모를 공경하고, 형제자매는 우애 있게 지내야 한다는 건 초등학생도 안다. 그런데 부모는 소중하게 생각하면서도 형제자매는 소홀히 여기는 사람들이 있다. 같은 피를 나눈 형제자매가 있다는 건 크나큰 축복인데 말이다.

형제자매를 가볍게 생각하면 다른 사람도 가볍게 생각하기 마련이다. 안에서 새는 바가지가 밖에서도 샌다. 형제자매는 부모다음으로 만나는 존재다. 형제자매들 사이에서 나누는 대화 태도가 다른 사람과의 대화에서도 나타나고, 내가 형제자매에게 하는 행동이 그대로 다른 사람에게도 나타난다. 그런데 다른 사람들에게는 정중하게 예의를 갖춰 대하면서, 왜 형제자매는 가볍게 생각하는가.

언젠가 함께 일하던 직원과 식사를 하고 있었다. 평소 친절하고 사근사근하여 좋은 평판을 얻고 있는 직원이었다. 그런데 식사를 하는 도중에 갑자기 심드렁한 표정으로 전화를 받는 게 아닌가?

"왜? 뭐야? 근데? 그걸 왜 나한테 말해? 아, 됐어. 나 지금 바빠. 나중에 집에 가서 연락할게. 끊어."

나는 평상시 그 직원에 대해 좋은 이미지를 갖고 있었다. 그런데 날이 선 말투로 전화를 하는 모습을 보니 당황스러웠다. 통화를 마친 그 직원에게 누구와 통화를 했냐고 물으니 자기 형과 통화를 했다고 말했다. 나는 그다음부터 그 직원을 좋게 볼 수가 없었다. 설령 내 앞에서는 미소를 지으며 좋은 말을 해도, 자신의 형제자매를 함부로 대했던 모습이 자꾸 떠올랐다.

일적으로 만나는 사람에게는 친근하고 살갑게 대하면서 가족이나 형제자매에게는 무뚝뚝하거나, 심지어 신경질적으로 변하는 이들이 있다. 가족들 사이에서도 엄연히 지켜야 할 예의가 있다. 가족에게 예의를 지키지 않는 사람은 사회생활에서도 언젠가 예의 없는 행동을 하게 될 것이고, 그러한 행동이 자신을 곤란하게 만들 것이다.

형제자매의 존재를 우습게 여기지 마라. 내가 어려움에 처했을 때 정작 나를 도와줄 사람은 가족과 형제자매밖에 없다. 그리고 가족과 형제자매가 곤궁에 처했을 때 나 또한 적극적으로 나서야 한다.

형제자매가 우애 있는 관계를 갖기 위해서는 손아랫사람은 손윗사람을 부모님처럼 대해야 한다. 그리고 손윗사람은 손아랫사람을 자식처럼 대해야 한다. 그러면 애정은 더욱 커지고, 관계는 더욱 깊어진다. 나는 형제자매 사이에서도 부모의 마음이 있어야 한다고 생각한다. 부모를 대하듯 형제자매를 대하면 서로를 더욱 아끼게 될 것이다.

형제자매의 일도 내 일이다

때로는 형제가 나의 라이벌이 될 때가 있다. 어릴 때는 부모의 관사람은 살면서 여러 기념일에 참석한다. 누군가의 결혼식, 어느 아기의 돌잔치, 누군가의 장례식 등등. 자신과 가까운 사람의 기념일일 수도 있고, 전혀 모르거나 고작 한두 번밖에 안 만난 사람의 기념일일 수도 있다. 비록 가까운 사이가 아니더라도 우리는 사회생활이나 개인적인 관계를 위해 다른 사람의 일에 관심을 가진다.

그렇다면 형제자매는 어떤가? 형제자매는 피를 나눈 관계이므로 더 관심을 가져야 한다. 형제자매에게 좋은 일이 생기면 같이 기뻐해주고, 생일을 맞는 형제자매가 있으면 작은 선물이라도 보내

주고 축하해야 한다. 그리고 형제자매에게 슬픈 일이나 안 좋은 일이 있으면 이를 위로해줘야 한다. 그게 바로 형제자매의 도리다.

나는 가끔 돌아가신 누나의 일을 떠올린다. 나와 누나는 세 살터울이었고, 어릴 때부터 다른 형제자매들보다 많은 시간을 함께 보냈다. 마음이 여리고 인정이 많은 누나를 나는 무척이나 좋아하고 따랐다. 어떤 때는 친구처럼 대화를 나누었고, 함께 부모님의 일손을 도와드리며 손발을 맞추기도 했다. 나는 누나와 함께 나무를 하거나 밭일을 하러 갈 때가 많았다. 그때마다 누나는 어찌나 손이 빠르고 일재주가 좋은지 항상 나보다 두 배, 세 배 이상으로 일을 했다.

손재주가 좋고 명석하며, 어머니를 닮아 셈을 잘했던 누나는 일찍 서울로 올라가 일을 했다. 그리고 명절이 되면 항상 시골집으로 내려와 동생들을 챙겨줬다. 그러던 어느 날, 누나가 남자 친구와 결혼을 하고 싶다면서 어머니에게 허락을 구했다. 나도 누나의 남자 친구와 함께 식사도 하고 시간을 같이 보낸 적이 있었다. 약간 놀기 좋아하는 성격이었지만, 그래도 인정이 많고 온화해서 흠잡을 데가 없었다. 그런데 어머니는 누나의 결혼을 극심하게 반대하셨다.

"너희는 궁합이 안 맞다. 절대 이 결혼은 안 된다! 내 눈에 흙이 들어올 때까지 절대 안 돼!"

당시 어머니는 누나와 남자 친구의 궁합을 봤는데, 결과가 안 좋다면서 결혼을 반대하셨다. 어찌나 불같이 화를 내면서 결혼을 반대했던지 누나는 물론 나와 다른 형제자매들은 설득조차 할 수 없었다. 누나와 누나의 남자 친구는 크게 낙심하고 슬퍼했다. 누나의 남자 친구는 깊은 실의에 빠졌고, 결국 스스로 생을 마감했다. 누나도 남자 친구의 죽음에 충격을 받아 평생을 홀로 지내다가 집안 내력인 당뇨를 얻어 58세가 되기도 전에 세상을 떠났는데, 나는 그때 누나의 젊은 시절을 떠올렸다.

항상 어머니를 잘 챙겼고, 큰조카가 서울에 올라왔을 때는 부모의 심정으로 뒷바라지를 했던 누나였다. 어린 시절의 나와 어린 조카들을 예뻐하며 지갑을 열어 용돈을 주는 데 인색하지 않았고, 뭐든지 필요한 것이 있으면 아끼지 않고 다 사줬던 마음씨 착한 누나였다. 그리고 내 아내와도 친자매보다 더 가깝게 지냈었다. 그렇게 인정 많고 사려 깊은 누나가 홀로 외로이 살다가 쓸쓸히 세상을 떠나자 너무나 안타깝고 비통했다.

만약 나와 내 형제자매들이 어머니에게 누나의 결혼을 적극적으로 설득했다면 어땠을까? 아마 누나는 그 남자 친구와 결혼하여 행복한 삶을 살았을 것이다. 나나 내 형제자매들은 어머니의 기세에 눌려 누나의 결혼 문제에 적극적으로 나서지 못했다. 지금도 여전히 그때의 일이 미안하고 후회된다.

형제자매의 일은 결국 내 가족의 일이고, 내 문제로까지 이어진다. 남의 일처럼 가볍게 넘기거나 무시하지 말자. 형제자매가 좋다는 건 내 형제자매가 내 일에 자기 일처럼 나서주며, 나 또한 형제자매의 일에 내 일처럼 나서주기 때문이다. 형제자매는 나의 가장 든든한 아군이다. 그러니 형제자매의 일을 내 일이 아니라고 무관심하지 말아야 한다.

친구와의 관계

'오성과 한음'으로 유명한 이덕형과 이항복은 조선 중기의 뛰어난 문신으로 이름을 떨쳤는데, 특히 두 사람의 두터운 우정으로 유명하다. 이항복은 이덕형보다 다섯 살 위여서 이 두 사람은 지금으로 따지면 선후배 사이다. 그들은 어렸을 때부터 쌍둥이처럼 함께 자랐고, 같은 해에 장가를 들 정도로 깊은 인연이 있었다. 그리고 관직에 올라서도 스승의 가르침을 받들어 생을 마칠 때까지 두 사람은 우정을 지키며 나라의 대소사에 공헌했다.

한평생 살면서 나를 이해하는 친구를 만나는 것만큼 큰 행운은 없다. 고대 그리스 철학자 아리스토텔레스는 친구에 대해 이런 말을 남겼다.

"친구는 제2의 자신이다."

나와 함께 어울리는 친구가 곧 나다. 어떤 사람의 성격과 됨됨이를 파악하려면 그의 친구를 보라는 말이 괜히 있는 게 아니다.

최근에는 한평생을 함께 보내는 친구를 만나기가 쉽지 않다. 급변하는 사회에서 많은 사람들을 알고 지내지만 진정한 의리나 우정을 만나기란 결코 쉬운 일이 아니다. 나 또한 마찬가지다. 어렸을 때는 동네 친구나 학교 친구, 그리고 사회에 진출해서는 여러 직장 동료를 만났지만 지금까지 진정한 우정으로 남아 있는 친구는 많지 않다.

진정한 우정은 길게 가야 한다. 몇 개월, 몇 년이 아니고 평생을 함께 할 수 있는 그런 우정 말이다. 좋은 일이 있어도, 나쁜 일이 있어도 함께하는 게 바로 우정이자 의리다.

오랫동안 우정을 지키기 위해서는 '불가근불가원(不可近不可遠)의 원칙'을 따르는 것이 좋다. 너무 멀게도 너무 가깝게도 지내지 않는 것이 좋다. 관계가 깊어져서 길게 가면 그 이상 바랄게 없지만, 대부분 관계가 깊어질수록 작은 일에 실망하고 마음이 멀어지기 쉽다. 우정도 마찬가지다. 상대방을 사랑하는 만큼 따라오는 게 고통이다. 이건 이성과의 사랑뿐만 아니라, 친구와의 우정에서도 마찬가지다.

평생을 함께할 줄 알았던 연인과 헤어졌을 때의 고통과 슬픔은 말로 설명할 수 없다. 마찬가지로, 평생 동안 함께할 줄 알았던 친구와 그 관계가 깨졌을 때 생기는 고통의 깊이 역시 그만큼 크다. 그러니 오랜 우정과 의리를 지키기 위해서는 서로를 존중하며 선을 지켜야 한다. 최소한 이 정도만 지켜도 돈독한 관계를 유지할 수 있다. 또한 이어서 말할 몇 가지 부분도 지킨다면, 더욱 좋은 우정을 유지할 수 있을 것이라 확신한다.

마음을 알아주는 우정이어야 한다

흔히 친구를 처음 사귈 때 대화를 나눈다. 서로 이런저런 대화를 나누다보면 뜻이 맞는 순간이 있고, 서로의 공통점이 겹치면 급격히 친해진다. 대화가 통해야 친분이 쌓이고 친구가 될 수 있다. 친구 사이에서 대화는 무척 중요하다. 대화가 통하지 않는데 친구로 발전할 가능성은 희박하다. 그러나 대화를 나누지 않아도 마음이 통하는 친구가 있다. 여기에 대화까지 통하면 더 바랄 나위가 없다.

모든 인간관계에서 대화는 중요하다. 친구 관계도 그렇다. 서로 주고받는 대화에 흥미를 느끼면 시간 가는 줄 모른다. 나에게 한 친구가 있었다. 학교 다닐 때는 그럭저럭 잘 지냈는데, 사회에 진출한 뒤에 우연한 기회에 다시 만나게 됐다. 이런저런 이야기를 하다 보니 급격히 공감대가 형성되고, 친밀한 관계로 발전되었다.

그때만 해도 나나 그 친구 모두 제법 술을 마실 때였는데, 그 친구를 만나는 날에는 호프집 영업시간이 끝날 때까지 대화를 나눈 적이 여러 번 있었다. 그 친구를 만나 대화를 나누는 것이 나는 정말 좋았다. 이성보다 더 진지하고 달콤한 대화를 나누었다고 하면 이상하게 들릴까?

그 친구가 말할 때는 내가 들어주고, 내가 말할 때는 그 친구가 끝까지 내 얘기를 들어주었다. 아내 또한 그 친구에 대해 매우 호의적이어서 두 사람의 만남에 크게 불만을 갖지 않았다. 항상 그 친구를 만나면 늦은 새벽까지 이야기를 나누었는데도 말이다.

내가 꾸준히 그 친구를 만나는 이유는 대화를 나누고 나면 마음이 후련해지기 때문이었다. 일종의 힐링이었다고나 할까. 사회 생활하면서 받은 스트레스가 쌓일 겨를도 없이 나나 그 친구는 서로의 이야기를 나누었고, 헤어질 때는 아쉽고 그다음 만남이 기다려졌다.

"상문이 또 그 친구 만나러 간다면서? 이러다 아예 살림도 같이 하는 거 아냐?"

언젠가 어머니가 나와 내 친구 사이를 놀린 적이 있었다. 어머니는 물론이고 그 친구의 부모님도 나와 그 친구의 관계에 대해서 아셨다. 양쪽 부모님 모두 우리 두 사람의 우정을 이해했고, 서로가 서로의 부모님을 내 부모님처럼 생각하고 섬겼다.

서로를 이해하는 친구 관계가 좋다. 알렉상드르 뒤마의 『삼총사』속 주인공 아토스와 포르토스, 아라미스도 서로 이해하고 협력하면서 위기를 헤쳐 나갔다. 마음이 통해야만 서로가 서로를 반기고 즐거운 시간을 보낼 수 있다. 나는 내 평생 잘한 것이 몇 가지 있는데, 그중 하나가 그 친구를 만난 일이다. 나와 소통이 잘 되는 친구가 있으면 인생이 더 행복해진다.

친밀하다고 말을 함부로 해서는 안 된다

내가 아는 어떤 직원은 오랫동안 친구 사이로 지낸 한 남자가 있다. 우연한 기회에 두 사람을 만난 적이 있는데, 남자의 말과 행동이 너무나 거칠고 경우가 없었다.

"야, 너는 그러니까 돈을 못 버는 거야. 맨날 그렇게 우유부단하게 해서 뭘 하겠다는 거야? 보는 내가 답답하다."

이외에도 몇 번이나 함부로 말해서 나는 그 친구가 있는 자리가 너무나 거북했다. 나중에 따로 직원을 만나, 왜 그런 사람과 친하게 지내냐고 물었다.

"말은 거칠어도 속이 깊어요. 제가 굼뜨게 행동하면 직언을 해주거든요."

나는 그 직원의 말이 황당했다. 그건 직언이 아니라 언어폭력이다. 어떻게 친구 사이에서 그렇게 말을 거칠게 할 수 있단 말인가? 내가 보기에 그건 오만하고 예의가 없는 행동이다. 자신은 솔직하게 말한다고 생각하는데, 오히려 그것이 친구를 공격하는 행위로 보일 수 있다. 직언을 한다고 상대를 무시하거나 오만을 부리면 안 된다.

친한 사이일수록 말을 조심해야 한다. 많은 사람들이 잘못 생각하는 게 하나 있는데, 가깝고 친하게 지내는 사이라는 게 말과 행동을 거리낌 없이 하는 사이를 말하는 게 아니다. 친분을 과시하는 행동은 격식 없이 지내는 것이 아니다. 오히려 친구 사이일수록 말이나 행동을 가볍게 해서는 안 된다. 격의 없는 표현과 행동이 자칫 상대의 인격을 짓밟을 수 있다. 우리는 친구니까, 우리는 오래 봤으니까 가볍게 행동할 수 있다고 생각하는 사람들이 많은데, 그건 절대 바람직하지 않다.

한번은 친구들과의 모임에서 한 친구에게 어릴 적 별명을 부른 적이 있었다. 그냥 친근감의 표현이었는데, 친구의 아내가 못

마땅해 하는 바람에 한동안 민망해서 얼굴을 들지 못했다. 생각해 보니 내가 실수를 했다. 옆에 친구의 부인이 있다는 걸 전혀 개의치 않았던 것이다.

남자들은 친구끼리 어깨동무를 한다. 여자들은 친구끼리 팔짱을 낀다. 스킨십은 서로가 경계하는 부분이 없다는 걸 의미한다. 그러나 서로 경계하는 부분이 없다고 하여 내 친구를 모욕하지 말아야 한다. 내 입장, 내 기분만 생각해서 행동하면 우정이라는 유리그릇은 깨지기 마련이다.

진실한 우정은 하나로도 충분하다

지금까지 살아오면서 다양한 분야의 다양한 친구들을 만나왔다. 그런데 세월도 변하고, 환경도 변하고, 내 마음도 변한다. 그리고 친구의 마음도 변한다. 하지만 진정한 우정은 변하지 않는다. 우리는 이렇듯 변하지 않는 우정을 찾아야 한다.

어떤 유명한 소설가가 인터뷰에서 이런 말을 한 적이 있다.

"저는 젊을 때 친구들을 만난 걸 후회합니다. 친구들을 만나는 시간에 공부를 더 하거나 책을 읽거나 글을 쓰는 게 오히려 저에게 더 도움이 됐을 거예요."

많은 사람들이 이 말을 들으면 친구를 만나지 말라는 소리로 오해한다. 하지만 나는 다르게 생각한다. 소설가가 한 말은 수많은 사람들을 만나 무의미한 시간을 보내지 말고 진정한 친구를 만나 유익한 시간을 가지라는 뜻으로 들린다.

보통 친구를 만나면 뭘 하는가? 술을 마시거나 당구 등, 오락을 즐기는 경우가 많다. 나는 그런 시간을 함께 보내는 게 진정한 친구라고 생각하지 않는다. 비록 술을 마시지 않고 오락을 함께 즐기지 않아도, 카페에서 커피 한 잔 마시면서 대화를 나누어도 속내를 털어놓고 의미 있는 시간을 보낼 수 있는 친구가 진정한 친구다.

만났을 때 무의미한 시간을 보내게 하는 친구가 있다면 만나는 것을 다시 한 번 고려해봐야 한다. 진실한 친구는 한두 명으로 족하다. 한 명만 있어도 충분하고, 둘 이상이면 행복한 삶을 살 수 있다. 친구가 많으면 좋은 면도 있지만 신경 써야 할 일이 많을 수도 있고, 안정된 생활을 해칠 수도 있다.

가정보다 우정을 우선시하는 사람도 있는데, 배우자나 자녀보다 친구를 먼저 생각하는 것은 경계해야 한다. 진실한 우정을 나누는 친구는 친구가 가족과 행복한 시간을 보낼 수 있도록 배려해주지, 친구가 가족과 함께할 시간을 빼앗지 않는다.

그럼 진실한 우정은 어떻게 확인할 수 있을까? 내 경험에 비추어 보면 얕은 우정은 어려운 일에 부닥치면 금방 산산조각이 난다. 다시 말해서 조건을 보고 만나는 우정은 그 조건이 어긋나는 순간, 금방 시들해지고 만다. 그러나 진실한 우정은 비바람이나 눈보라에도 끄떡하지 않는다.

내게는 희로애락을 함께 나눠 온 진실한 친구가 있다. 아내를 알게 해준 징검다리가 됐던 친구다. 이 친구는 중학교 시절에 만나 예순이 넘은 지금까지 50여 년간 우정을 이어오고 있다. 그 친구와 나는 키가 큰 편이어서 중고등학교를 졸업할 때까지 교실의 뒷자리에 배정이 됐는데, 그 친구는 늘 내 옆 자리에 앉았다. 뿐만 아니라 중학교 3학년 때부터는 같이 운동부에 소속되어 고등학교를 졸업할 때까지 함께 운동 연습을 하기도 했다.

우리는 비슷한 시기에 신앙생활을 시작하고, 그 후 몇 년 지나지 않아서 각각 신학교에 들어가 하나님의 말씀을 공부했다. 비록 나는 상황이 여의치 않아 신학 공부를 끝맺지 못했지만, 이 친구는 목회자가 되어 교회를 섬기며 하나님의 말씀을 전하는 삶을 살고 있다.

이 친구를 알고 지낸 50여 년간 참 많은 일이 있었다. 사춘기, 취업, 직장 생활, 결혼, 출산, 자식들의 출가…. 우리는 삶의 각 단계를 거치면서 변했다. 그러나 우리는 여전히 '변하지 않는 우정'을 유지하고 있다. 삶에서 위기를 겪을 때마다 서로를 보듬어주고 이해해줬기 때문이다. 그런 노력이 없었다면 다른 친구들처럼 이 친구도 세월 따라 흘러가 버린 친구가 됐을지 모른다.

인생이 모험이라면 진실한 우정은 보물이라고 생각한다. 우리의 삶은 길고, 그 긴 시간 동안 여러 사람을 만난다. 그들 중 한 명과 진실한 우정을 나눈다면 보물을 찾은 것이나 마찬가지다. 지금까지 그래왔듯, 앞으로 남은 인생도 '오성과 한음'처럼 이 친구와 진실한 우정을 나누며 행복한 날들을 보내고 싶다.

우정에도 최소한의 조건은 따져라

성경 속의 인물인 다윗과 요나단은 서로의 마음을 알고 서로를 자기 생명처럼 사랑하여 우정을 유지할 수 있었다. 그들의 우정은 얼마나 멋지고 아름다운지, 이성간의 사랑보다 더 뜨겁고 강렬하다. 그들은 우정을 지키기 위해 목숨까지 걸었다. 격렬하고 뜨거운 우정은 그만큼 헌신과 희생이 필요하다.

진실한 우정을 얻기 위해서는 감정을 함께 나누며 오랜 시간 서로를 아끼고 바라봐야 한다. 하지만 우정에는 현실적인 측면도 필요하다. 냉정하게 말하자면, 좋은 친구 관계가 형성되려면 서로의 처지나 환경이 비슷해야 한다. 그래야 오랫동안 우정이 유지될 수 있다.

자신보다 더 나은 사람과 사귀지 말라는 게 아니다. 차이가 있더라도 그 차이를 인정하고 받아들이면 좋은 관계를 유지할 수 있다. 그러나 물질적이거나 정신적인 부분에서 균형을 잡지 못하고 어느 한쪽으로 지나치게 기울어져 있으면 건강한 우정을 유지하기가 어렵다. 부족한 쪽이 더 나은 쪽에 기대거나 의지하면 다른 한쪽은 손해를 본다고 생각한다. 이처럼 이해득실을 따지는 순간 관계는 깨지기 쉽다.

이를 미연에 방지하는 방법은 서로 비슷한 처지나 환경에서 자란 사람들끼리 우정을 맺는 것이다. 세상에 공짜는 없으며, 대가 없이 얻을 수 있는 건 아무것도 없다. 헌신과 노력이 이익을 따지는 관계로 변질되면 친구 관계는 멀어진다.

한 친구 모임이 있다고 치자. 여러 명이서 만나 자주 어울리는데, 한 친구가 돈이 없다면서 밥을 먹거나 술을 마실 때 돈을 내지 않는다면? 사정이 어렵다는 걸 알면 한두 번 눈 감아 줄 수 있지만, 그게 오랫동안 반복되면 마음이 상할 수도 있다.

배우자를 선택할 때도 자신의 조건은 생각지 않고, 상대방의 조건만 따지는 사람이 있다. 친구를 사귈 때도 친구의 덕을 보기 위해 나보다 잘난 사람과 사귀려고만 하는 사람이 있다. 나는 그런 부분을 비난하고 싶지는 않다. 하지만 확실한 건, 조건이 비슷한 사람이 결혼 후에도 서로를 이해하고 잘 살듯이, 우정에도 조건이 비슷한 사람들이 폭넓은 공감대를 갖고 깊은 교류를 할 수 있다는 것이다.

踏雪野中去　답설야중거
不須胡亂行　불수호난행
今日我行蹟　금일아행적
遂作後人程　수작후인정
눈밭 속을 걸어가더라도
모름지기 함부로 걷지 마라.
오늘 나의 발자국이
뒷사람의 이정표가 되기 때문이다.

이 글은 조선시대 이양연이 쓴 시다. 백범 김구 선생은 큰 결단을 내릴 때마다 이 글을 자주 인용했다고 한다. 자신의 행동이 혹여나 잘못되어 후세 사람들에게 누가 되지 않을까 경계했기 때문이다. 나도 위 시를 무척 좋아한다. 나 또한 행동하기 이전에 위 시구를 생각하며 실천한다. 그리고 주변 사람들이 읽을 수 있도록 권유한다.

삶이란 나만의 것이다. 그건 부인할 수 없다. 그러나 내 삶을 지켜보는 누군가가 있으며, 내 삶을 따라오는 이도 있다. 그들이 내 아내일 수도 있고, 내 자식일 수도 있고, 내 손자와 손녀, 아니면 친구일 수도 있다. 많은 사람들을 옳은 길로 인도하고 헌신적인 삶을 살았다면 그에 따른 보람과 보상이 주어지겠지만, 그렇지 않으면 후회와 심판이 따를 것이다.

내 딸들은 아내에게서 요리를 정식으로 배운 적이 없다. 아내가 음식 준비를 할 때 마지못해 도와주는 정도였다. 그러니 결혼해서 가정은 잘 꾸려갈지, 음식은 어떻게 해서 먹고살지, 여러 가지로 걱정이 많았다. 그러나 그건 기우였다. 막상 결혼을 하니 두 딸 모두 살림을 야무지게 잘하고 음식 솜씨 또한 좋다. 딸들은 아내가 했던 행동을 그대로 따라하고 있었다.

나는 내 딸들이 아내의 요리 솜씨를 그대로 닮은 것을 볼 때나 손자와 손녀의 말투나 행동이 자기 부모와 닮았을 때 무척이나 놀란다. 혈육이니까, 유전이니까 당연하지 않냐고 말하는 이도 있을 것이다. 하지만 나는 그렇게 생각하지 않는다. 그것은 유전이나 혈육으로는 표현할 수 없는 다른 어떤 것이다. 이처럼 나의 모든 것을 지켜보는 이가 분명 존재한다. 그리고 지금의 내 말투나 행동은 내 뒤에 따라오는 사람에게 이정표가 된다.

나는 인생이라는 시간과 돈을 비롯해 삶을 유지하는 데 필요한 물질, 건강, 재능 등 일일이 셀 수 없이 많은 것을 하나님으로부터 선물 받았다. 나는 그 점을 늘 기억한다. 이렇게 받은 선물을 나만을 위해서 사용할 수도 있고, 선한 목적으로 여러 사람을 유익하게 하는 데 사용할 수도 있다. 어떻게 사용하든지 그건 내가 선택할 부분이다. 다만, 그게 어떤 목적으로 사용되든 후회나 아쉬움은 없어야 할 것이다.

지천에 깔려 있는 음식을 가려서 먹어도 되고, 아무거나 마구 먹어도 된다. 다만 가려서 먹으면 건강을 얻을 수 있지만 아무 것이나 마구 취하면 건강을 해칠 수 있다. 삶 또한 마찬가지다. 함부로 살아도 누가 할 말은 없다. 하지만 잘 살지 않으면 나중에 분명히 후회하게 될 것이고, 내 뒤를 따르는 사람의 원성과 지탄을 피하지 못할 것이다.

나는 지금까지 살아오면서 원하는 것을 이룬 적도 있었고, 원하는 바를 이루지 못해 좌절한 적도 있었다. 그리고 수없는 고뇌로 세월과 맞섰으나 여전히 풀지 못한 숙제가 있고, 나는 지금 그 숙제를 해결하기 위해 부지런히 움직이고 있다. 다만 나에게 닥친 모든 일이 잘될 거라는 긍정적인 믿음을 가지고 있다. 왜냐하면 부정적인 결과를 미리 걱정하면 우리는 할 수 있는 게 아무것도 없기 때문이다.

하루하루가 반복되더라도 오늘은 오직 하루뿐이다. 하루가 쌓여 인생이 되고, 인생 또한 한 번뿐이다. 내 삶에서 '오늘'은 다시 돌아오지 않는다. 어제의 일로 오늘을 괴롭히지 말고, 내일의 일로 오늘을 걱정하지 마라. 오늘은 어제를 닮은 날이고, 내일을 여는 날이다. 오늘을 잘 살면 어제는 추억이 되고, 내일은 희망이 된다.

우리는 단 한 번 주어진 인생에서 삶이란 무엇인지 생각해봐야 한다. 나는 간단명료하게 사는 게 복잡하게 사는 것보다 낫고, 순간순간 최선을 다하되 그 결과에 대하여 수긍하며, 지금 이 순간 내 옆에 있는 사람들과 즐겁게 사는 것이 정말 멋진 인생이라고 생각한다.

이제 나는 일상으로 돌아간다. 사실 잘살아도, 못살아도 오늘은 지나간다. 아무리 많은 재력과 권력을 가지고 있을지라도 '화무십일홍(花無十日紅)'이다. 그러니 일이 잘 안 풀린다고 너무 자책할 필요도 없고, 잘나간다고 자만할 것도 없다. 오늘 나에게 주어진 일에 만족하고 최선을 다해야 하는 것은, 그것이 오늘 내가 살아 있는 이유이기 때문이다. 오늘을 가족과 사랑하는 이들에게 오랫동안 좋은 기억으로 남기고 싶다. 마지막으로, 부끄럽지 않은 나의 삶을 통해 살아계신 하나님께 모든 영광을 올려드리고 싶다.